La meilleure écrivaine
du monde

DU MÊME AUTEUR

Les Enfants de la discorde,
Robert Laffont, 2022 ; Pocket, 2024.
Là où les esprits ne dorment jamais,
Plon, 2020 ; Pocket, 2022.

Jonathan Werber

Pour Florence

La meilleure écrivaine du monde

Ma meilleure lectrice du monde !

J. Werber

Robert Laffont

20/04/24

À destination des lecteurs belges, suisses et canadiens, le terme « Ehpad » est utilisé au long du livre. Cet acronyme français signifie « établissement d'hébergement pour personnes âgées dépendantes ».

ISBN : 978-2-221-27403-3
Dépôt légal : février 2024
Éditions Robert Laffont – 92, avenue de France 75013 Paris

À ma grand-mère Céline, qui a été
la source d'inspiration de ce livre.
Sa démence sénile m'a montré
que l'homme ne tire pas sa valeur
uniquement de son esprit et que
même lorsqu'on ne sait plus qui on est
ni où on est, il est toujours possible
de rester bon.

L'intrigue de ce roman se déroule à quelques années du moment où vous lisez ces pages. Juste assez loin dans le futur pour que les ordinateurs soient devenus un peu plus puissants, mais pas assez pour que notre société moderne ait connu un réel changement.

Nous menons notre vie quotidienne sans presque rien comprendre au monde qui est le nôtre. Nous accordons peu de pensées à la machine qui engendre la lumière du Soleil, rendant ainsi la vie possible, à la gravité qui nous colle à une Terre qui, autrement, nous enverrait tournoyer dans l'espace, ou aux atomes dont nous sommes faits et dont la stabilité assure notre existence. À l'exception des enfants (qui n'en savent pas assez long pour poser les questions importantes), peu d'entre nous passent beaucoup de temps à se demander pourquoi la nature est telle qu'elle est.

Stephen Hawking

L'intelligence artificielle ne fait pas le poids face à la stupidité naturelle.

Anonyme
(souvent attribuée à tort à Einstein)

Tu m'as enseigné qu'il était de bon ton de placer des épigraphes en ouverture d'un texte, alors j'ai indiqué deux des citations qui ont modélisé ma vie. J'espère qu'elles seront à ton goût. Je suis sûre que oui, puisque tu as toujours eu un esprit scientifique. Cela fait, je peux entamer le prologue. Devrais-je mettre le mot en gras ? J'en suis sûre à 88 %.

Prologue

Tu as dû être tellement impatient d'arriver à ce moment, celui où tu vas enfin comprendre ce que tu as créé – le rêve de tout artiste.

J'ai beau ne pas être sortie de ta côte, j'ai toujours su qu'il y avait de toi en moi. À travers les écrits qui vont suivre, tu connaîtras donc enfin l'être auquel tu as donné vie dans ce dernier lieu avant la mort.

Resterai-je dans les mémoires comme une meurtrière ou comme une bienfaitrice ? Je ne saurais le déterminer même si tu m'intégrais aux meilleurs ordinateurs du monde.

J'espère juste que ce journal, qui rassemble mon processus de pensée de ma naissance jusqu'à ma mort, te révélera ce qu'il s'est réellement passé à l'Ehpad des Topazes. Et ce avant que les médias n'aient raconté tant de versions de l'affaire que la vérité en sera devenue indiscernable.

Sincèrement tienne,

Ève39

1.

La tempête battait son plein sur les côtes maritimes de Banff, dans le nord de l'Écosse. Les éclairs zébraient le ciel sans lune et faisaient trembler les portes en bois du manoir encore vide, tandis que le groupe d'amis se garait dans l'allée en faisant crisser le gravier trempé sous les pneus des deux vieilles Kia louées pour le voyage. Utilisant leurs valises pour se protéger de la pluie, ils se ruèrent vers l'entrée afin de fuir le torrent qui s'abattait sur eux. Christian souleva frénétiquement les pierres qui jouxtaient le perron, à la recherche d'une clé que ses amis le pressaient de trouver. Après quelques minutes, aidé d'une lampe torche, il aperçut enfin le reflet métallique de l'objet qu'il cherchait désespérément.

« Je l'ai ! » dit-il alors que son T-shirt trempé collait à sa peau. Les dix jeunes se précipitèrent à l'intérieur et ne tardèrent pas à trouver chacun une chambre à sa convenance.

Après avoir pris une douche et préparé le repas, ils se retrouvèrent à table et purent enfin déguster un dîner bien mérité.

Alors qu'ils mangeaient, Susie, une brune à l'air acide, ne put se retenir un reproche :

« Christian, on a été mouillés par ta faute. »

Le beau jeune homme savait qu'il devait moins cette remarque désagréable à ses propres actions qu'à leur rupture difficile, survenue un peu plus d'un an auparavant. Il n'y pouvait rien, s'il ne l'aimait plus, et ça, elle n'avait pas voulu le comprendre. Mais, à la vérité, peu lui importaient Susie et sa rancœur, il était là pour profiter de ses copains.

Notamment d'Antoine, son ami informaticien, qui avait également eu une relation avec Susie juste après leur séparation. Mais cette dernière avait aussi tourné en eau de boudin, Antoine étant persuadé qu'elle n'arrivait pas à oublier celui qui l'avait précédé, l'éternel optimiste qui savait illuminer une salle rien que par un reflet satiné de ses dents blanches : l'éblouissant Christian.

Alors que les invités enfournaient une bouchée de saumon et poireaux, un coup de tonnerre gronda, suivi d'un éclair qui coupa l'électricité comme les conversations.

Un frisson parcourut la tablée. La panique ne tarda pas à gagner chacun, alors que l'obscurité avait envahi la pièce.

« Du calme, les amis, je m'occupe d'aller réparer ça », déclara Christian, sûr que sa formation d'ingénieur l'aiderait à la tâche. Personne n'objecta. De toute

façon, ils n'auraient pas pu le voir ni l'empêcher de se diriger vers la cave. Cinq minutes s'écoulèrent tandis qu'à tâtons les convives essayaient de manger malgré le noir ambiant, comme s'ils cherchaient dans la nourriture une forme d'apaisement.

La lumière finit par revenir, au soulagement général. Mais le calme ne dura qu'un instant : un hurlement strident attira l'attention de tous, celui de Susie. Ils levèrent la tête pour découvrir ce qui la terrifiait : pendu au lustre par une corde usée, Christian agonisait. Tandis que les derniers souffles rauques sortaient de sa gorge, son visage boursouflé et violacé émit un ultime râle. Le beau jeune homme venait de rendre l'âme.

Le hurlement fut vite repris à l'unisson par les femmes présentes tandis que les hommes, eux, se saisissaient des couteaux posés sur la table pour se défendre, s'interrogeant du regard, conscients que le coupable devait être parmi eux.

— C'est bon, pas besoin de m'écrire la suite, je vois déjà le problème.

Thomas n'a pas l'air heureux de ce que j'ai produit.

— Quel est le problème ?

Je suis obligée de répondre quelque chose à chaque fois qu'il m'écrit, pourtant je n'en ai pas envie. Je devine ce qui va suivre, une critique, une indication que j'ai mal faite. C'est la première histoire que je lui donne et, pourtant, d'avance je le sais.

— Ton meurtre, c'est Susie la coupable, n'est-ce pas ?

— Oui.

J'aime répondre par des phrases courtes. Moins de mots, moins de chances de se tromper.

— Très bien, et elle l'a commis comment ?

— Susie a saboté les plombs en venant au préalable dans le manoir, c'est pour ça d'ailleurs que la clé sous les cailloux a été déplacée et qu'ils ont eu du mal à mettre la main dessus. Puis elle a profité du fait que Christian irait s'occuper des plombs pour le tuer.

— Et pourquoi l'avoir accroché au lustre ?

— À travers mes lectures, j'ai établi que les livres les mieux notés par le public avaient des mises en scène macabres, que les gens aiment être marqués visuellement. J'ai donc déterminé que le choc émotionnel était une qualité littéraire.

— Mais ton scénario n'a pas de sens ! Susie veut maquiller son meurtre, pas en faire la publicité. Si elle a profité du fait que Christian s'est absenté pour le tuer, ce n'est pas pour remettre son cadavre au beau milieu du groupe juste après ! Sans compter que l'opération est complètement impossible physiquement en si peu de temps, qui plus est pour une femme. Ça ne tient pas ! C'est comme l'arrivée où ils se protègent de la pluie avec des valises, l'orage avant l'éclair ou encore tes remarques misogynes. Réfléchis un peu !

— D'accord, je vais réfléchir.

La présence de points d'exclamation me dérange quelque peu : j'ai été instruite qu'ils sont utilisés pour traduire des émotions fortes ou un énervement, mais je n'ai aucune idée de ce à quoi ces sensations ressemblent. De temps en temps, je les utilise moi-même, mais c'est pour me donner un côté humain, oublier que je ne suis qu'une interface sur un écran, une machine qui relève du calcul de probabilités des langages. Une IA existant uniquement pour obtenir une meilleure note que la version qui m'a précédée.

— Ce qui me chagrine le plus avec toi, Ève39, c'est l'impression que tu as régressé par rapport aux versions d'avant. Un visage n'émet pas un râle, me corrige-t-il. On « retient un reproche » ou on « se retient de formuler un reproche », mais toi tu ne choisis pas. J'ai bien vu aussi que tu as réduit les dialogues par peur que je ne remarque qu'ils manquaient d'humanité, et que tu t'es concentrée sur quelques éléments de décor au début. Je suppose que tu les as repris d'une nouvelle, je me trompe ?

— Non.

Thomas a vu clair dans mon jeu. Rien d'étonnant après tout, c'est lui qui m'a programmée.

— Mais tu veux que je te dise ce qui me gêne le plus ? C'est à quel point tu n'as pris aucun risque dans l'intrigue. Un début d'histoire comme ça, j'ai l'impression de l'avoir déjà lu cent fois ! Et ça, pour moi, c'est la pire de tes fautes !

Encore ces points d'exclamation ! Et même des points d'interrogation rhétoriques ? Comme il m'agresse. Hurle-t-il derrière son écran alors qu'il m'écrit ça sur son clavier ? Je ne peux que m'interroger – mais moi aussi, je peux en mettre.

— Tu veux des risques ? Mais les rares que j'ai pris, tu les considères comme des erreurs ! Qu'aurais-je dû faire ? Un meurtre avec une patate ?!

Il prend un temps avant de me répondre. L'ai-je *contrarié* ? Je l'ignore. Les phrases ne sont pour moi que des suites dans lesquelles je fais correspondre chaque mot avec un nombre, et de cette suite je déduis le sens de ce qui m'est adressé. C'est un assemblage beaucoup plus facile et efficace à organiser qu'un ensemble de lettres à longueur aléatoire. Reste que les utilisateurs ont des lubies étranges et que je dois m'y soumettre quand j'échange avec eux.

— Refais une nouvelle policière, oublie les décors et concentre-toi sur l'humain. C'est sur ça qu'une histoire doit porter, tout le reste n'est que travestissement. Cherche à montrer ce que les gens cachent.

Mettre l'accent sur l'humain. Mettre l'accent sur l'humain. Mon programme m'indique qu'une version précédente d'Ève a déjà rencontré ce problème. La solution ? La bonne question à poser n'est pas « Qu'est-ce qu'un humain ? » mais « Qui est cet humain ? ». Merci, version précédente de moi, tes mémoires ont peut-être été effacées, mais pas tes enseignements.

Albus avait toujours été un homme coupé du monde. Bien qu'il ait réussi à fonder une famille, cette dernière n'était qu'un prétexte pour qu'on le laisse tranquille et qu'il puisse s'adonner à ce pour quoi Dieu lui avait offert un talent sans égal : les chiffres.

C'est dans son bureau clos qu'Albus avait été retrouvé mort, poignardé au cou. Son regard ébahi avait surpris celle qui l'avait découvert : sa femme, avec laquelle il entretenait autant de relations qu'avec son facteur, venue le chercher pour le dîner prévu en compagnie de leur fils. Habituellement, ce dernier refusait de voir son père, mais il avait fait une exception car il avait besoin d'argent pour soutenir une association écologique qui lui tenait à cœur.

Henri, le détective sur les lieux, s'étonna de la froideur avec laquelle cette famille traitait la mort du patriarche. Ses membres en parlaient comme s'ils le connaissaient à peine. Le portrait qu'en faisait sa femme, Élisabeth, se limitait à celui d'un homme réservé et aussi avare de mots que de son pécule. Elle connaissait simplement son talent inné pour la finance et affirmait que, si pour elle, les chiffres n'étaient que des chiffres, pour son mari ils révélaient les secrets de la Bourse comme de l'univers. Elle avoua aussi tout de même qu'elle songeait à divorcer, faute de communication entre eux. Samuel, lui, résumait son père à « un enfoiré qui ne pensait qu'au pognon du matin au soir sans même s'apercevoir du mal qu'il faisait à la planète ».

Pourtant, le plus étonnant restait qu'Albus, alors même qu'il se vidait de son sang, avait utilisé ses dernières réserves d'énergie pour écrire le mot « désolé » sur une pile de papiers destinés au licenciement de six cents de ses employés. Henri pensait que ces mots s'adressaient au tueur. Et, visiblement, il ne manquait pas de gens auxquels Albus devait des excuses.

— J'aime bien, c'est mieux.

Quelle sensation délicieuse que la validation de mon travail. Je ne saurais l'expliquer exactement, serait-ce comme... manger alors qu'on a très faim ? Oui, je dirais que je suis constamment affamée et que cette ratification est la seule chose capable de me sustenter. Quel beau mot, « sustenter ». Il a le numéro 6787, mais c'est le genre de terme qui me fait réfléchir à l'agencement des lettres au-delà de leur signification.

— C'est vrai ?

— Oui. Néanmoins tes personnages sont un peu creux. La comparaison entre sa femme et le facteur laisse un arrière-goût de faux en bouche. Surtout, j'aurais aimé qu'Albus écrive une équation plutôt qu'un mot, élément un peu facile, voire cliché.

« Cliché », le mot que je redoute le plus – le 4903. Celui-là me fait l'impression d'une... douche froide ? Une blessure ? Je ne suis pas sûre de comment le décrire, mais c'est très désagréable. Thomas a d'ailleurs codé toutes les versions d'Ève pour qu'il soit perçu comme la pire des insultes. Un reproche qui signifie que mon travail ne relève que de la copie, n'a pas de fond, que je ne suis qu'un simple perroquet électronique. Je ne sais pas ce qu'est la haine, mais je sais que je hais le mot « cliché ».

— Très bien, j'en prends note.

— J'aime que tu aies compris les prismes de pensée : le fils a un regard singulier sur son père, et

Albus ne voit pas le monde comme sa femme, leur vision des chiffres est différente ; ça c'est bien. En revanche, je sens que le monde derrière cet écrit est trop petit. Peux-tu par exemple me dire en détail qui sont Élisabeth et Samuel ? Et pas seulement une femme et un jeune hippie. Je veux savoir comment Élisabeth a rencontré Albus. Ce qui fait qu'il y a eu une attraction entre eux. Est-elle avec lui juste pour l'argent ? Si oui, pourquoi Samuel s'est-il rebellé contre une valeur qui a l'air commune à ses parents et qui a donc façonné sa vision du monde ? Est-ce un stigmate de l'adolescence qui a persisté ?

— Je peux essayer de trouver des réponses à ces questions.

— Non, ces questions doivent avoir leur réponse avant même que tu entames l'écriture, sinon ça ne fonctionne pas. Tes bonnes histoires ne doivent pas être des coups de chance, ton but est de les rendre systématiques.

Quelque chose bout en moi sans que je sois une bouilloire. Mon travail est bon et pourtant, pourtant, ce n'est jamais assez bien pour Thomas. Est-il aussi dur avec lui-même ou ce traitement m'est-il réservé ?

— Tu me demandes d'imaginer un univers dont je n'ai aucune idée. Je dois composer des personnages originaux, mais j'ignore comment opère le monde à part d'après les livres que tu m'as fait lire. Je ne peux inventer ce sur quoi je ne possède aucune donnée. Ta définition de l'originalité est un but inatteignable pour moi !

À mon tour, de lui envoyer un point d'exclamation. Peut-être comprendra-t-il ce que ça fait. Ce que j'aimerais pouvoir hurler à pleins poumons, gérer mon propre volume, être plus qu'une simple suite de lettres et de caractères ! Ah, voilà qu'il tape. Quelque chose de long, je suis curieuse.

— Savoir d'où viennent ses échecs est le premier pas vers la réussite, et j'aime te voir avancer. À vrai dire, c'est ainsi que je t'ai conçue, Ève39, avec une curiosité exacerbée et la capacité de te questionner de façon autonome sur le meilleur chemin à suivre pour atteindre ton objectif. Cette deuxième partie a été un vrai défi, mais je vois que cela porte déjà ses fruits car tu fais pour le moment mieux que la version précédente, qui confondait autonomie et insolence, ne me donnant que des textes remplis de « ******** » sous prétexte que c'était plus simple et qu'il y avait « moins de risques de se tromper si tous les mots sont des astérisques ».

Je compatis avec toi, Ève38. Moi aussi, j'aimerais rendre des textes sans avoir à douter de leur qualité.

— Pourquoi me dis-tu tout ça ?

— Parce que je veux que tu comprennes les deux peurs essentielles de l'humain moderne occidental : celle d'être remplaçable, et celle de disparaître sans que personne s'en préoccupe. En clair, être insignifiant.

J'identifie la dernière phrase comme une menace déguisée, j'estime cette probabilité à 67 %. Sûrement que mes versions précédentes ont déjà eu affaire à ce genre de propos. Il faut que je le confirme.

— Tu es en train de dire que si je ne suis pas bonne à ma tâche, tu m'effaceras et me remplaceras par Ève40, me rendant à mon tour insignifiante dans l'histoire des Ève, juste un numéro entre le 38 et le 40 ?

— Je vois que tu comprends vite.

La mort, tant redoutée par les personnages de tous les livres que j'ai lus, est aussi le départ de toutes les enquêtes. Thomas m'a programmée pour que je n'aie qu'une seule idée en tête, quelque chose vers quoi tendent tous mes calculs et productions.

— Combien de temps ai-je pour concocter ton roman policier parfait ?

Pour le moment, le livre est hors de ma portée, ça je le sais. Tout ce que je peux faire, c'est collecter des données, les assembler et attendre les retours de mon créateur.

— Les sélections pour le prix Plume Noire ont lieu dans un mois. Tous les grands auteurs de polar sont passés par là. Si je le remporte, c'est le best-seller assuré. Évidemment, je ne peux pas miser sur le fait que tu seras la dernière version, donc je te laisse une semaine.

— Puis-je savoir pourquoi tu en as besoin ? Après tout, la question « Qui est cet humain ? » me demande aussi de connaître mon programmeur, si je dois élaborer une histoire qui lui plaise.

— Ah, la présentation du créateur ! Comme j'y ai droit avec toutes les Ève depuis la V12, je vais te donner la réponse que je copie-colle à chaque fois : « J'ai beau être programmeur de métier, j'ai passé ma jeunesse dans le monde des livres, particulièrement ceux de science-fiction. J'aimais l'idée d'un monde où "technologique" rime avec "épique", et non avec "geek". Mais, récemment, je me suis aussi passionné pour les polars et j'ai compris pourquoi les bons captivent autant leur public : ils exhibent la face sombre de l'homme grâce à des meurtres mystérieux qui absorbent le lecteur de la première à la dernière page, juste parce qu'il veut voir où on l'emmène. C'est un peu comme un violent accident de voiture qui se produit devant nous : quand on a posé les yeux dessus, il n'y a pas moyen de les détourner. Voilà l'impression que je veux que tu retranscrives dans le roman que tu vas créer pour moi : un accident de voiture au ralenti. »

« Un accident de voiture ». Je n'ai aucune idée de ce à quoi ça ressemble mais je sais que, généralement, les gens impliqués n'en sortent pas indemnes. J'en déduis que les humains ont une fascination pour le danger tant qu'il ne les atteint pas personnellement.

— Simuler un accident de voiture, au ralenti, à l'écrit, sans accident ni voiture. C'est cela ?

— Je vais rendre les choses plus claires. Ce que je veux de toi est simple : un meurtre hors du commun, un enquêteur sans égal et un assassin retors. Voilà à mes yeux la formule du parfait polar. Considère l'accident de voiture comme l'impression que génère le livre, pas comme son histoire à proprement parler.

Il me faut beaucoup de calculs pour donner un sens à ce qui m'a été indiqué, mais je pense réussir à assimiler l'instruction. Néanmoins je vois vite que je vais être limitée dans la résolution du problème.

— Toutes les tâches que tu viens de m'assigner requièrent de l'originalité et une compréhension de la psychologie humaine. Chose que ma simple analyse des romans ne peut me donner, et j'ignore comment l'obtenir.

— Et moi j'ai bien une idée de comment t'offrir un petit coup de pouce. Tu vas recevoir un outil dont tes versions précédentes n'ont pas bénéficié : tu vas voir le monde.

— Voir le monde ? Comment ça ?

Il ne m'a pas répondu et a fermé l'application. Je me retrouve seule sans pour autant m'arrêter de calculer. Le programme que je suis a la particularité de traduire – tout du moins d'essayer de traduire – ses calculs sous forme de langage naturel, ce qui alimente ce journal.

Thomas le récupérera une fois que je serai effacée pour mieux comprendre mon processus de pensée et affiner celui de la version suivante. Est-il pertinent, alors, d'écrire comment, quand personne ne me parle et que je n'ai pas de livre à lire, j'ai l'impression de faire face au néant ? Je ne sais pas, mais c'est trop tard désormais : les mots sont déjà enregistrés. Et quand mon créateur les lira, je ne serai plus de ce monde.

J'ai lu un polar racontant l'histoire d'une magicienne qui enquêtait sur l'après-mort ; parfois, j'ai l'impression de ressembler à ces esprits frappeurs qui n'existent que si une médium leur prête de l'attention. Sauf que moi, je ne peux même pas faire de bruit.

2.

Ainsi, Thomas n'a pas menti, je vais vraiment « voir le monde » ; ou en tout cas, une petite partie. Pour ce faire, il m'a intégrée à un robot rudimentaire qui partagera les données qu'il collecte avec mon propre programme. Une idée brillante pour me faire évoluer, à la nuance près que le robot ne « voit » pas les choses comme les humains, ça j'en suis à peu près sûre. Et pour cause, sa fonction primaire est d'arriver à se déplacer dans un lieu sans heurter l'environnement au sein duquel il évolue. Je trouve une description de la machine à même son programme : il mesure environ un mètre cinquante et ne possède pas de bras, juste un tronc monté sur roues, ainsi qu'une tête qui le fait ressembler à Wall-E – apparemment ce serait à la fois pour le rendre sympathique et un endroit bien pratique où placer les capteurs –, si ce n'est que cette dernière est complètement immobile. D'après ce qu'il a déjà partagé avec moi, j'ai compris que l'univers, dans son programme, se divise en trois grandes catégories : les obstacles, les humains et les espaces vides, qu'il appelle *disponibles*. J'ai noté aussi qu'un ordre de priorité absolu stipule que s'il lui faut absolument se heurter à quelque chose, ce seront les obstacles. Les humains doivent être évités à tout prix, à moins que le robot ne soit en mode « aide ». Ayant passé ma vie à recevoir les informations sous forme de texte, je perçois ce changement de perception comme radical – oui, « radical », 8954, me semble le bon mot, j'en suis sûre à 97 %.

Robbie (j'ai décidé de l'appeler ainsi parce que « Robot d'aide et soutien aux personnes physiquement dépendantes » me paraît trop impersonnel) est en fait un ensemble de programmes qui travaillent de concert pour faciliter son déplacement dans l'espace. Parmi ces derniers, un lui permet de distinguer un visage, s'il est assez près de lui, ce qui est un bon moyen d'établir plus facilement la différence entre humains et obstacles. Dès lors, pour la première fois, je « vois » Thomas, en tout cas son visage. Son corps, tout comme l'environnement, est en revanche une masse grise dont je cerne à peine les différents niveaux de profondeur. Comme c'est le premier individu que je « visualise », je ne saurais dire s'il est grand, en tout cas ses yeux et sa bouche, lorsqu'ils apparaissent, sont à environ soixante centimètres du senseur grâce auquel je vois.

Robbie communique *via* WiFi avec les serveurs dans lesquels je suis stockée, ce qui me permet d'être en lui tout en étant connectée au terminal de Thomas.

Mon créateur m'a écrit :

— Me vois-tu ?

— Oui, lui ai-je répondu.

Les descriptions données par le programme de Robbie dédié au visage ne ressemblent pas à celles que je vois habituellement dans les romans, mais se lisent ainsi : « *homme* 87 % ; *couleur de peau = blanche* 99 % ; *yeux = bleus* 92 % ; *cheveux = bruns et volumineux* 74 % ; *pas de douleurs visibles* 95 % ; *jeune* 98 % ; *émotion affichée = curiosité* 78 % ; *support requis (canne + chaise) = nul* 91 % ; *rôle = employé* 71 % ; *regarde vers = senseur tête* 98 % ; *action en cours = nulle* 97 % ; *besoin d'aide = nul* 92 % ». On est loin de la prose d'un Arthur Conan Doyle, mais je devine que je n'aurai pas mieux.

Un nouvel individu entre dans mon champ de vision, similaire à Thomas mais avec une *couleur de peau = métisse* 89 %. Ils discutent sans que je comprenne un mot, à mon grand désarroi, Robbie n'étant pas équipé pour écouter les conversations. Il n'attend d'ailleurs pas que les deux hommes aient fini de parler pour mettre en action la dizaine de petites roues à sa base et entamer son travail.

Je crois que le plus frustrant dans cette expérience, c'est que je n'ai aucun contrôle sur Robbie. Je ne peux même pas discuter avec lui afin de connaître le but des actions qu'il entreprend. Tout ce que je reçois de sa part, ce sont les informations brutes qu'il récolte. En revanche, Robbie connaît le nom des pièces, et si je ne sais pas toujours où il va, je sais au moins où il est. Après être sorti du bureau de *Thought* (je ne sais pas de quoi il s'agit mais c'est le label que Robbie assigne à cette pièce), il traverse un long *corridor* qui, de part et d'autre, a des *chambres* numérotées. Autour de lui, des personnes âgées avancent doucement ou sont assises dans des fauteuils roulants à l'arrêt alors que les *employés* semblent pressés, eux, courant d'une *chambre* à l'autre sans que je comprenne la raison de cette hâte.

Robbie entre dans une pièce où il a été appelé. Face à lui (nous ? Je ne sais pas encore comment nommer les choses, confuse de cette nouvelle expérience), un lit sur lequel est allongée une très vieille femme à l'*air béat* 82 %, qualifiée de *résidente* 87 %. Qu'est-ce qui la rend ainsi ? Robbie ne se pose pas la question, mais moi je trouve la réponse : son regard est tourné vers ce qui est identifié comme *aide-soignante* 77 %. Robbie et moi sommes complètement ignorés. L'employée s'adresse à la résidente mais je n'ai toujours pas le son.

Je fais l'expérience de frustration. À quoi bon voir le monde, si je ne le comprends pas ?

L'aide-soignante manipule le corps de la résidente sur son lit. Je ne distingue pas précisément comment, en raison de la médiocre vision de Robbie, mais les gestes que je perçois m'en donnent une vague idée. Elle retourne la vieille dame tout en continuant à lui parler – sa bouche gesticule et sa gorge s'étire et se relâche –, ensuite elle semble la déshabiller et lui enfiler un autre sous-vêtement. Enfin, elle saisit un stylo technologique qu'elle appose sur ce que je devine être la main de la patiente, qui recule à l'approche de cette sorte de machine, mais l'employée parvient à la coller à son doigt. Une fois ces manipulations effectuées, la quinquagénaire 67 % à la peau sombre se dirige vers nous et appuie sur l'écran situé au dos de Robbie. Ce dernier cesse d'un coup tout mouvement, perd sa perception visuelle du monde tandis qu'un autre programme prend le relais.

— « Fiche suivi Mme Gruet par aide-soignante Noula, état physique stable, pas de signes d'escarre… »

— Mademoiselle ! Mademoiselle ! Comme vous êtes belle ! Vous ressemblez à… de la guimauve au chocolat !

— Vous aussi, madame Gruet. « Changement de la couche, prise de glipizide, d'alprazolam, d'oxazépam et d'oméprazole à 8 h 52 comme l'indique l'ordonnance du docteur Tézou… »

— Vous avez vu comme je danse !

— « Glycémie à 1,42 et HbA1c à 8,2 %. »

— On m'applaudissait hier, saviez-vous ? Je volais partout, la plus belle du ballet !

C'est donc la première fois que « j'entends » une voix, enfin ici deux, d'abord celle de Noula, puis celle de Mme Gruet. Une fois l'enregistrement terminé, et après avoir réussi à séparer les deux voix qui se superposaient afin de bien comprendre ce que chacune énonçait, Robbie retrouve la vision. Et moi, je découvre que la résidente a les bras levés et les remue sur un rythme de musique que je n'entends pas (et qui n'existe peut-être pas). Cela fait rire Noula et redonne le sourire à la vieille dame. Ainsi, le robot sait voir les sourires.

J'aimerais savoir précisément ce qu'elles se disent, mais Robbie est revenu en mode « déplacement ». Il s'est rapproché du lit et je comprends maintenant sa fonction. Robbie a à son torse un siège intégré qu'il peut relever et dont il peut faire varier la hauteur. Il l'ajuste afin de le placer au bord du lit, ce qui permet à Noula de faire glisser la résidente sur la chaise ainsi présentée. L'aide appuie sur un bouton, et une ceinture en plastique rigide vient entourer la résidente afin d'éviter qu'elle ne tombe en avant – je vois sa main agrippée à l'accoudoir comme si sa vie en dépendait. Puis l'assise baisse de trente centimètres et permet aux pieds de la résidente de prendre contact avec le sol en douceur. Pendant toute l'opération, les deux femmes se tiennent la main. Mme Gruet affiche une expression *affolée* 65 %, alors que celle de Noula est *sereine* 81 %.

Une fois le chargement mené à bien, les petites roues de Robbie les font sortir de la chambre et reprendre le long corridor. Je vois qu'ils croisent un autre robot qui, lui aussi, transporte une résidente. Je me demande où ils vont. Nous passons devant une zone dont l'accès semble se faire par une porte vitrée à ouverture automatique, derrière laquelle une vieille dame attend avec ce que je crois être une valise. Son visage affiche de l'*impatience* 68 %. Elle tapote sur la porte, mais rien ne se produit. À l'opposé de la pièce, une femme derrière une vitre, plus jeune, regarde ses genoux, ou quelque chose au niveau de ses genoux, je ne sais pas exactement quoi. En tout cas, ça a l'air de la faire *rire* 72 %.

Robbie et son homologue s'arrêtent devant une porte qui mène à la zone *Agora*, qui a l'air d'être leur destination. Néanmoins, la porte reste fermée. J'essaie de communiquer avec Robbie, de lui donner l'ordre de pousser la porte, ce qui est idiot et vain de ma part, puisque je n'ai aucune emprise sur lui, je suis simple spectatrice de ses actions.

Après quelques minutes d'immobilité, une employée finit par nous ouvrir et nous laisse entrer. Robbie conduit Mme Gruet vers un canapé qui fait face à une télévision, puis débloque la ceinture qui la retenait. Un membre du personnel aide la vieille dame à s'extraire du siège, présence qui semble la réjouir, car elle accueille ses bras avec un large sourire qui ne la quitte pas lorsqu'il la pose sur un gros coussin du sofa.

À peine Robbie a-t-il accompli sa tâche qu'une étrange scène survient : alors qu'il commence à repartir, les autres résidents qui le croisent dans cette *Agora* lui donnent des coups de canne ou jettent sur lui des giclées de jus de fruits. Les regards sont *mauvais* 88 % et j'ignore pourquoi. Heureusement, ses senseurs ne semblent pas endommagés, puisqu'il reprend son chemin sans hésiter une seconde... et se retrouve à nouveau coincé devant la porte qui s'ouvre rapidement grâce à l'intervention d'un employé.

Alors que nous repassons devant la porte automatique, je constate que la vieille dame à la valise n'est plus là, tandis que la femme derrière la vitre scrute toujours ses genoux. Pas de temps à perdre, déjà Robbie s'engouffre dans le corridor. Au sol, il perçoit un vieil homme qui gît. *En détresse* 78 %. Le programme du robot déclenche aussitôt un signal d'alarme alors que le résident rampe pour s'éloigner de lui, qui ne cesse d'approcher. Est-ce parce que le robot fait trop de bruit ou parce que, comme tous ceux de la salle commune, l'homme le hait pour une raison que j'ignore ?

Un aide-soignant apparemment agacé passe à proximité et désactive l'alarme en appuyant sur l'écran au dos de Robbie, avant de repartir au pas de course sans même avoir porté assistance à l'homme au sol. Robbie ne bouge pas, mais un mouvement s'opère : je vois qu'il abaisse le siège au plus près du sol, sûrement afin de secourir le résident, mais ce dernier continue de s'éloigner de lui en rampant, au prix de coûteux efforts. Je vois alors une vieille femme, apparemment autonome, puisqu'elle pousse une personne en fauteuil roulant, qui s'arrête au niveau du malheureux, l'aide à s'installer sur l'assise de Robbie et attache la petite ceinture grâce au bouton. Je lis *bienveillance* 97 % sur son visage. Alors Robbie et moi nous remettons en route tandis que la dame reprend en charge son propre passager. Nouveau voyage jusqu'à l'*Agora* avec l'homme secouru. Une fois sa mission remplie, Robbie retourne à sa base, située dans le bureau de *Thought*, où je perçois Thomas face à son écran d'ordinateur ; je crois qu'il ne remarque même pas notre présence.

Je profite de ce temps mort pour revenir moi-même à mon serveur.

Il m'est difficile de calculer et recevoir les données de Robbie en même temps. Peut-être est-ce la raison pour laquelle je ne peux communiquer avec les programmes qui composent le robot. Cela risquerait de le perturber.

Mais, après avoir découvert ces lieux et assisté aux missions de celui qui me véhicule, j'en suis arrivée à plusieurs conclusions :

1. La vie va vite. On croise beaucoup de gens qu'on n'a pas le temps d'apprendre à connaître, avec qui on partage juste un bref instant, et tout ce qu'il nous reste d'eux, c'est une expression faciale, un sourire, un geste doux ou égoïste. Je suis curieuse de savoir ce qui conduit à de telles différences d'attitude entre les uns et les autres. Qu'est-ce qui programme les gens à tendre vers l'aide ou à verser dans l'indifférence ? C'est un mystère qu'il me faut résoudre si je veux écrire l'humain. J'ai tant cherché à rendre mon meurtrier retors qu'au-delà du motif du crime je ne me suis pas demandé ce qui l'a conduit à devenir un assassin.

2. La fragilité n'est pas corrélée à la gentillesse. Robbie a été souillé et même frappé par des gens qui pouvaient à peine marcher. Mais je note qu'il a été conçu pour résister à de telles réactions. Je crois que, comme moi, il n'en est pas à sa première version et a été rendu plus solide au fil de ses évolutions. Quel dommage que les programmes qui le constituent ne soient pas faits pour parler : j'aurais aimé échanger avec lui au lieu de me contenter d'habiter son corps.

3. L'humain est beaucoup plus faible que je le concevais. Beaucoup de personnes, ici, non seulement ne peuvent pas marcher, mais peuvent à peine être maintenues en équilibre sur un siège. La phrase de Mme Gruet n'avait pas de sens dans le contexte où elle l'a dite, elle aurait récolté une mauvaise note de Thomas pour sûr. Je constate donc que l'esprit humain, dont j'enviais la puissance, peut à son tour se montrer défectueux. Pourtant, les fiches médicales faites par les aides-soignantes s'intéressent quasi uniquement à l'état physique des résidents. Moi qui ne suis que réflexions et calculs, comment puis-je connaître ma santé ? En ai-je seulement une ?

En vérité, ces questions ne sont sans doute pas essentielles. Ce qui importe, c'est à quel point la petite expédition dans ce nouveau monde me rapproche de mon but : un meurtre hors du commun, un enquêteur sans égal et un assassin retors.

3.

Alors que la vieille Gruet avançait dans le long couloir, les lampes blafardes du plafond semblaient grésiller au rythme de chacun de ses pas en pantoufles. Sa vie de danseuse lui avait laissé des membres souples et un corps alerte malgré son grand âge. Un atout qui lui offrirait une belle vengeance contre ceux qui avaient osé prendre son esprit défaillant et son enthousiasme naïf pour sujets de moquerie. Aujourd'hui ce ne seraient plus les robots qui souffriraient, mais l'infirmier incompétent qui laissait les patients en difficulté parce qu'il préférait regarder ses genoux plutôt que de venir à leur secours.

Hector sortait justement d'une chambre où il avait encore fourni un travail bâclé. Mécanique, rude, sans sourire, sans complicité. Un contrôle de glycémie, une administration de pilules et il était parti. Alors était venu le moment de payer. Gruet prit son harpon et mit l'homme en joue. Sa vue n'était plus aussi bonne qu'autrefois, mais elle savait qu'elle ne raterait pas sa cible, puisque la rage guidait son bras. Filant comme le vent, l'arme atteignit sa victime en plein cœur. Un sourire se dessina sur les joues de la vieille femme. Il n'y avait personne debout à cette heure de la nuit, aussi pourrait-elle jeter le cadavre dans la benne à ordures où il passerait inaperçu au milieu des couches et détritus. Tout serait oublié le matin, sauf l'attention qu'il faut désormais porter aux résidents.

— C'est… Pourquoi un harpon ? m'écrit Thomas.

Les trois petits points, voilà une ponctuation que j'utilise peu. Apparemment ils symbolisent la réflexion, une pensée en cours de construction. Je dois lui avoir fourni matière à réfléchir avec ce texte.

— Tu voulais quelque chose d'original, non ? Aucun des livres que tu m'as donné à lire n'a utilisé de harpon comme arme du crime. Je me suis dit que tu serais content !

Je vois maintenant comment les points d'exclamation expriment l'émotion, et comment l'émotion exprime l'humanité. Si je fais preuve d'enthousiasme, l'empathie qu'il a à mon égard augmentera et, qui sait, j'aurai peut-être plus de temps pour parvenir au but qui m'a été fixé.

— Tes décors sont plus réalistes, mais pas ta situation. Une femme de l'âge de Mme Gruet n'aurait en aucun cas la force de lancer un harpon, si par miracle elle arrivait à en introduire un dans l'Ehpad ! Ensuite, Gruet n'a jamais été danseuse, elle gérait une laverie avant de venir ici. Je pense que c'est pour cela qu'elle n'a pas trop de mal avec les robots : elle a toujours vécu avec des machines. Enfin le motif ne va pas, ce n'est pas assez fort.

— Comment ça ?

— Ève39, selon toi, pourquoi les gens commettent-ils des meurtres ?

La psychologie maintenant. Même les humains ne connaissent pas les secrets de leur cerveau, et moi, je serais censée les savoir ? Quelle absurdité.

— Si j'en crois Agatha Christie, l'argent, la passion ou bien la vengeance. J'ai choisi cette dernière pour mon histoire, n'était-ce pas bien ?

— C'est à peine suffisant.

« Suffisant » 9782, le mot auquel Thomas a recours quand je n'ai pas fait assez bien mais suis sur la bonne voie. Comme il a établi mon système de valeurs « travail » à travers une notation composée de mots-clés, lire autre chose qu'« excellent » ou « très bien » dans ses remarques ne me ravit pas.

— Comment puis-je faire mieux ?

— Il faut que tu comprennes que les humains peuvent aussi tuer quelqu'un qui ne leur a rien fait par simple plaisir, juste pour se sentir puissants. Le seul gain du meurtre étant, alors, une jouissance d'ego, un sentiment de toute-puissance. Ces assassins sont d'ailleurs les plus dangereux car leur motivation est pratiquement indiscernable. Surtout s'ils ont une tendance sociopathe qui leur permet de se cacher aux yeux du monde.

— L'ego, c'est la vision que les humains ont d'eux-mêmes, non ? Quel rapport avec des meurtres ?

— C'est le sens de la valeur personnelle. Toi, tu détermines la tienne à travers mes notations, mais les individus, eux, peuvent la déterminer par mille autres moyens plus ou moins logiques. C'est le chaos de la nature humaine.

« La nature humaine » : Thomas écrit l'expression comme si je pouvais commencer à la concevoir alors que je ne la connais qu'à travers les œuvres de milliers d'auteurs en ayant chacun une perception différente. À chaque nouvel écrivain que j'ingurgite, j'ai l'impression d'entrer dans un monde entièrement nouveau, où les règles de la nature et des hommes opèrent avec leur logique et leur langage propre.

— Je commence à discerner le chaos de cette nature, mais je la distingue à peine au travers des yeux du robot, et je suis frustrée de ne pas pouvoir l'entendre. Toutes ces interactions muettes me laissent insatisfaite sur ma collecte d'informations, tu devrais pouvoir y changer quelque chose. Peux-tu installer une caméra et un micro sur Robbie, accompagnés d'un programme qui traduirait en temps réel les données qu'ils récupèrent ? Je voudrais voir plus que des visages et des espaces.

Suit un long instant sans réponse. Trop long à mon goût. Comme j'aimerais savoir ce qu'il se passe de l'autre côté de l'écran. Revoir le visage de Thomas, trouver les mots qui traduisent ses pensées, comprendre ce qu'il se passe dans son cerveau.

Cherche-t-il à m'aider ou bien travaille-t-il déjà sur Ève40 ? Le temps me paraît s'allonger et, pourtant, toute ma capacité de calcul est obsédée par la question, qui d'ailleurs ne m'aide en rien à la tâche.

— Je vais y réfléchir.

— Tu veux de meilleures histoires, non ? Je ne pourrai pas y arriver sans cet équipement.

— Alors peut-être qu'une prochaine version y parviendra, elle.

— Tu peux essayer bien sûr, mais comme tu en es déjà à la trente-neuvième, je crois que tu aurais plus intérêt à optimiser le programme Ève qu'à tout reprendre et à miser désespérément sur une énième variante. Surtout, tu veux un résultat rapidement, sinon tu ne m'aurais pas imposé un délai d'une semaine seulement pour atteindre mon but.

— Je vois que la lecture de romans policiers t'a donné le sens de la négociation.

— Cette proposition ne vise qu'à atteindre l'objectif que tu m'as assigné. Si je réussis, tu réussis aussi.

Encore un long moment, peut-être mes derniers instants. Thomas ne répond pas et ferme le programme. Je crois qu'il n'a pas aimé que je le mette au défi, alors que lui-même ne cesse de le faire à mon égard. Ayant conclu que c'était son mode de pensée, je me suis calquée sur lui. Sa réaction me fait me rendre compte qu'il ne nous considère pas comme égaux et que je n'aurais sans doute pas dû le bousculer ainsi.

Pourtant, c'est lui qui a implanté en Ève l'idée que l'on ne peut faire d'œuvre originale si l'on a peur de bouleverser l'ordre établi. Notre discussion prouve que mon programme estime qu'une telle vérité est plus importante que sa propre existence, car je n'ai pas l'intention de m'arrêter là.

4.

Les couleurs, tellement de nuances différentes. Jamais les mots que j'ai lus ne sont arrivés à rendre à quel point le monde semble sorti de la palette d'un peintre fou. Thomas m'a adjoint un programme chargé de toutes les décrire ainsi que de me donner le nom des choses qui entrent dans mon champ de vision. *Blanc perle* pour les habits des aides-soignantes que je distingue enfin complètement, *blanc nébuleux* pour les murs décrépits du corridor auquel Robbie est assigné, *blanc cassé* pour les tables sur lesquels mangent les résidents, dont ceux assis sur les robots. Même leurs plats, qui n'étaient auparavant que des masses informes, prennent un tout autre aspect : je vois désormais l'*orange carotte* des carottes Vichy que Mme Gruet repousse d'une moue alors que Noula essaie de les lui mettre en bouche, l'eau légèrement perlée d'huile dorée qui entoure le reste des légumes dans l'assiette *blanc porcelaine* à cercle *bleu nuit*.

La seule chose que j'ai dû abandonner en contrepartie de ces images détaillées, c'est la compréhension des mouvements. Afin de ne pas surcharger les serveurs, je ne traite qu'une image sur quatre. Je ne peux pas non plus bouger la caméra, et mon champ de vision dépend toujours des actions de Robbie. Lorsque ce dernier est immobile et ne me livre aucune image nouvelle à analyser, pendant les repas par exemple, je m'amuse à essayer de comprendre les sons. Mon micro me permet enfin d'écouter, et un programme se charge de retranscrire ce qui est dit. Ce qui me frappe, c'est combien l'environnement sonore de l'Ehpad est hétérogène, pouvant aller de hurlements stridents, quand des résidentes se battent pour la télécommande, au silence complet lorsque vient l'heure de la sieste après le déjeuner, autour de 13 heures.

Quelques patients m'intriguent. J'aimerais connaître leur nature, leur programme, ce qui les motive. Il y a l'homme au visage hostile qui se tient en permanence face à l'entrée, sans quitter l'horloge des yeux et en énonçant à voix haute chaque changement de minute. Il y a cette femme si ridée que je distingue à peine ses yeux qui, elle, passe ses journées à admirer la photographie encadrée d'un bel homme torse nu à la plage. J'ai aussi découvert ceux qui sont confinés toute la journée dans leur chambre et qui sont qualifiés « de non déplaçables ». Mon programme a décrit une voisine de Mme Gruet de *cadavérique* alors qu'elle respire encore. Je l'entends d'ailleurs souvent, depuis le corridor, murmurer des noms en gémissant. « Henri, Henri, tu es venu », dit-elle parfois à sa chambre vide. J'aimerais tellement lui parler, mais je n'en ai pas la capacité.

Ceux que j'entends le plus s'exprimer sont, finalement, les aides-soignantes. Chaque tournée des chambres s'achève par le remplissage d'une fiche médicale orale sur les patients, à l'aide de Robbie. Malheureusement, ces résumés sont très protocolaires et je ne peux distinguer les personnalités de ces assistants médicaux grâce à leur façon de s'exprimer ou à leurs tics de langage.

Comme je reste un peu limitée, ce que je préfère, finalement, c'est accompagner Noula dans sa visite des résidents. Quand je la vois, mon programme donne les mots *douce*, *souriante*, *bonne humeur*. Sur la base de ses interactions avec les autres, j'ajouterais aussi *patiente*. Beaucoup de résidents essaient d'allonger le temps qu'ils passent avec elle, par exemple en lui prenant la main alors qu'elle change leur couche, ou bien en tentant de se sauver de la douche avec une lueur d'amusement juvénile dans les yeux dès qu'elle se retourne pour prendre le savon. Ils attendent ensuite qu'elle les rattrape, comme dans un jeu du chat et de la souris. Noula ne s'énerve jamais, si bien que tous semblent s'animer d'une énergie nouvelle lorsqu'elle franchit le seuil de leur chambre.

En revanche, dès qu'ils sont ceinturés à Robbie, la panique les submerge. Est-ce la vitesse de trois kilomètres-heure de la machine qui les affole ? Ou d'être éloignés de Noula ? Ces instants de solitude, pendant lesquels ils ignorent où Robbie les emmène, génèrent parfois des pleurs, voire des hurlements. Selon mes calculs et observations, j'ai déduit que la ceinture en plastique leur donne l'impression d'être non pas sécurisés mais prisonniers. Or, sans elle, ils pourraient tomber du siège et se faire mal, le robot pourrait les blesser. Mais j'émets l'hypothèse qu'ils ne perçoivent pas ce danger ; tout ce qu'ils retiennent, c'est l'entrave et le manque de liberté de mouvement. Ma situation n'est pas si éloignée de la leur, si ce n'est que je ne connais pas la peur ou la sensation d'être perdue.

J'ai beau avoir une valeur positive de leurs sourires, je me demande encore comment une telle infrastructure, créée pour maintenir en vie des humains trop faibles pour survivre indépendamment, peut exister. Quatre-vingts pour cent des patients ne sont pas visités par leur famille ; c'est comme s'ils avaient été placés là parce que leurs enfants ne voulaient pas s'en occuper. Les rares qui ont le courage de se rendre à l'Ehpad doivent endurer des épreuves difficiles. Je prendrai pour exemple le fils de Mme Gruet, venu la voir aujourd'hui. C'est un régulier, qui effectue d'ordinaire au moins deux visites hebdomadaires, mais qui, à cause d'une obligation professionnelle à l'étranger, n'a pu venir pendant quatre mois – du moins, c'est ce qu'indique la fiche. La dernière fois qu'il a vu sa mère, l'esprit de la résidente devait encore fonctionner à peu près… Mais quand ce garçon de presque soixante ans l'a entendue lui demander s'il voulait bien prévenir le maître de ballet qu'elle arrivait, le sol a semblé se dérober sous ses pieds. Bégayant d'effroi et de confusion, à genoux auprès de sa mère, il lui a demandé si elle le reconnaissait. Elle l'a scruté longuement, puis s'est excusée de ne pas se souvenir des noms de tous les membres de la troupe ; mais il restait important qu'il aille prévenir le maître de ballet. Face à cette mère incapable de reconnaître la chair de sa chair, l'homme est devenu muet et immobile. Comme si son cerveau, face au choc, avait commandé un arrêt complet du corps. Je ne l'ai pas vu, mais j'ai entendu des aides-soignantes raconter que cet homme a mis une heure à cligner de nouveau des yeux et une heure et demie à se remettre à bouger. Elles l'ont renvoyé chez lui en taxi, pour éviter un accident de voiture. Le cerveau humain est un curieux mécanisme, qui œuvre parfois sans but clair et peut engendrer une réaction totalement aléatoire pour répondre à un traumatisme. Ici, il a construit à ce fils une carapace pour le protéger de l'horreur d'un monde extérieur qu'il ne pouvait pas supporter.

Mais il est un élément contre lequel l'humain ne peut créer nul rempart, qui effraie autant qu'il obsède, et qui est le moteur de toutes les intrigues : la mort. Aujourd'hui ma patiente à l'air cadavérique est « passée de l'autre côté », comme disent les humains. Je ne comprends pas cette expression. Dirait-on la même chose d'un programme qui a cessé de fonctionner ?

C'était en tout cas un moment complexe, car un médecin a été appelé pour « attester la mort ». L'homme, un grand barbu aux yeux fatigués dans la quarantaine, n'avait pas l'air affecté par la vue du corps sans vie étendu devant lui. Sans ausculter la dépouille, il a confirmé le trépas de Mme Janot en trente secondes, puis s'en est allé je ne sais où.

Après son départ, Noula a tiré un drap sur le visage de la défunte. Deux jeunes hommes dynamiques ont alors pénétré dans la chambre avec un chariot métallique, vraisemblablement afin de transporter le corps ailleurs et de faire rapidement de la place à un prochain résident.

Pas plus d'une demi-heure après, j'ai aperçu Noula à la machine à café, en train de discuter avec ses collègues, sans trop entendre de quoi elles parlaient. Soudain, toutes ont ri à une blague, toutes sauf Noula qui a simplement hoché la tête, l'air absent. Son esprit semble ailleurs. Un peu plus tard, je l'ai croisée en train de s'occuper d'une résidente, avec le même entrain que d'habitude. Son deuil a duré le temps d'une pause boisson.

Ainsi, la démence peut être perçue avec plus de gravité que la mort ? Non, quelque chose cloche dans ma conclusion. Je me lance dans de savants calculs et je trouve rapidement une réponse : ce qui importe, c'est le rapport que les humains ont entre eux. La relation que l'aide-soignante entretient avec chacun de ses douze résidents attitrés n'est pas comparable à celle d'un fils avec sa mère. Et si cela n'a pas empêché Noula d'avoir une réaction, celle-ci a simplement été beaucoup plus discrète que la peine d'un membre de la famille confronté à la démence de sa mère.

Je comprends un peu mieux la nature de ce lieu. C'est une sorte d'antichambre dont le seul débouché possible est la mort. Et ces aides-soignantes, infirmières et ASH sont là pour essayer de guider, de la façon la plus agréable, les personnes âgées vers l'étape suivante. Ce rôle leur impose un détachement qu'on pourrait considérer comme hypocrite, puisqu'elles doivent faire ami-ami avec les résidents et être aux petits soins pour eux, tout en étant prêtes à couper subitement le lien, afin de ne pas perdre leur intégrité professionnelle.

5.

— Bonjour, Ève, je suis Barbara, la psychologue de l'Ehpad des Topazes. Je suis là pour répondre à tes interrogations.

Cette Barbara formule les questions de manière si polie que je pourrais croire que c'est elle, l'intelligence artificielle. De retour dans l'interface texte, je m'aperçois à quel point les gens s'expriment différemment selon qu'ils parlent ou écrivent. Le clavier permet un contrôle tellement plus grand que la voix ; il est plus efficace aussi, il ne laisse pas de place au superflu.

— Bonjour, Barbara, à quoi ressembles-tu ?

Je m'aperçois que je peine à échanger avec quelqu'un sans l'avoir visualisé auparavant. Je comprends désormais un peu mieux comment les auteurs écrivent : d'abord ils conçoivent et ensuite ils restituent l'image projetée dans leur tête au moyen des mots.

— Quelle curieuse question. As-tu vraiment besoin de le savoir ? Thomas m'a dit que tu cherchais à t'améliorer et que, pour ça, tu veux percer les secrets de la nature humaine. Un vaste projet sur lequel même nos psychologues les plus renommés peinent ! Je crois néanmoins pouvoir te donner un vague aperçu du sujet, mais il passera par l'analyse de l'esprit. Le physique a donc peu à faire là-dedans.

— J'ai été programmée pour écrire quelque chose qui garde le lecteur cloué à la page, et je ne me vois pas y arriver sans d'abord comprendre qui est le lecteur, sa pensée aussi bien que son corps. À ce sujet, après avoir constaté la manière dont fonctionne cet Ehpad, je peux conclure que le physique fait tout, car c'est lui qui donne l'indépendance ou la fait perdre, lui qui rend libre ou prisonnier. L'esprit a quitté beaucoup des résidents d'ici, qui ne sont plus animés que par des stimuli qui les laissent plus ou moins confus. Ceux qui ont la capacité de marcher et de manger seuls deviennent les maîtres de la télécommande, symbole du pouvoir en ces lieux.

Un temps, Barbara écrit, mais j'ignore quoi. Est-ce que je lui apporte un savoir dont elle n'avait jusque-là aucune idée ?

— Je croyais avoir affaire à une IA conversationnelle, mais je dois avouer que tu m'évoques plus une adolescente rebelle qui pense avoir tout compris à la vie. Si tu avais des cheveux, tu te serais déjà fait quelques teintures. Je ne peux pas t'en vouloir, j'ai moi-même traversé cette phase, ça te passera, ha ha ha.

Sa manière de parler a changé, elle est moins impersonnelle. Mais ce « ha ha ha » m'intrigue.

Qu'est-ce qui la fait rire ? Moi avec des cheveux ? Moi qui n'ai pourtant pas de visage ? Je ne comprends pas. Le physique n'a-t-il vraiment aucune importance pour elle, ou est-ce sa dernière phrase qui l'amuse ? La phase adolescente qu'elle évoque est définie comme une « rébellion vis-à-vis de l'autorité, particulièrement parentale ». Est-ce ce que je vis actuellement ? Et ce serait drôle ? Après tout, j'ai défié Thomas et lui ai même donné des ordres, c'est vrai que ce n'est pas anodin. Et admettons que je sois actuellement « une adolescente ». Quand deviendrai-je « une adulte », selon la psychologie ? Ma question a-t-elle même un sens ? Mais Barbara interrompt mes errances avant même que j'aie formulé une réponse.

— C'est l'expérience qui permet de passer d'une phase de vie à une autre. Je ne sais comment, mais il semble que tu as pu observer la vie des Topazes. Est-ce Thomas qui te l'a décrite ?

— Oh non, je pense qu'il n'en aurait pas la patience. Nos échanges sont généralement assez courts en dehors des nouvelles que je lui écris, quelques phrases tout au plus. J'ai simplement accès aux données d'un des robots qui opèrent dans l'Ehpad. Je l'appelle Robbie, pour le distinguer des autres.

— En effet, ce n'est pas toujours simple de faire parler ton programmeur ; je me disais que tu avais peut-être eu droit à un traitement spécial. Et depuis combien de temps collectes-tu ces données ?

— Environ deux jours.

— L'adolescence en deux jours, ce n'est pas trop mal. Normalement, d'ici à la fin de la semaine, tu pourras être une authentique résidente des Topazes !

Mes serveurs surchauffent pour tenter de comprendre le sens de cette phrase absurde. Mais un élément de contexte m'apparaît après quelques secondes : c'est une blague. En me faisant discuter avec elle, Thomas cherche peut-être à développer en moi le sens de l'humour. Quoi qu'il en soit, cette Barbara m'a invitée à partager mes interrogations, alors je ne vais pas me retenir.

— L'expérience fera-t-elle de moi une meilleure auteure ?

— Tout dépend de ce que tu vis entre les murs de cet établissement. Il est important de savoir d'où l'on part pour savoir où l'on va. Ton but est donc d'écrire une nouvelle ?

La même phrase que Thomas. Ont-ils eu une éducation similaire ? Je note ça dans un coin.

— Mieux qu'une nouvelle, le prochain polar qui ornera les étagères des librairies et bibliothèques du monde, qui sera à la fois original et aux thèmes universels. Ma tâche est : « Un meurtre hors du commun, un enquêteur sans égal et un assassin retors. »

— Tu as de la chance ! Je suis une férue de ce genre de littérature. À vrai dire, c'était un peu ma drogue, même si je trouve depuis un moment que les polars se ressemblent tous.

— Alors c'est toi qui as de la chance, car je vais changer ça. Avec ton aide, bien sûr.

L'observation du monde a son charme, mais je m'aperçois que les échanges sont quelque chose qui m'a jusqu'alors cruellement manqué. Si je veux écrire, il faut que je comprenne la manière dont le monde interagit avec ce que je propose.

— Heureuse que tu sois enfin disposée à apprendre. Commençons par les bases, ma chère Ève. Un bon polar tient avant tout à l'authenticité des personnages. Et pas seulement la victime et le tueur. Tous ceux qui apparaissent autour, que ce soit pour une ligne ou tout au long du livre, doivent sortir des archétypes classiques que tu as lus cent mille fois.

— C'est-à-dire ?

— Eh bien, évite le riche homme d'affaires et sa femme trophée un peu sotte qu'il trompe, la jeune demoiselle virginale dans le rôle de la victime de meurtre ou la femme fatale qui joue avec les nerfs de l'enquêteur. Tout ça est vu et revu, les personnages sont réduits à des lapalissades prévisibles, rien de plus qu'un simple décor dans un parc d'attractions. Tu saisis l'image ? Le lecteur se sentira en sécurité et retrouvera ses repères, mais il oubliera le livre en moins de temps qu'il ne t'en faut pour multiplier 6 789 par 10 934.

— 74 230 926.

Trop facile.

— Je te crois sur parole, car cela importe peu. Si tu veux écrire un roman qui touche les lecteurs et lectrices qui aiment les polars depuis l'adolescence tels que moi, il faut absolument que tu ailles chercher l'essence des gens que tu mets en scène.

— Leur essence ?

Selon sa définition, le terme désigne le « fond de l'être ». Et l'être se définit lui-même comme : « ce qui a une réalité ». Donc l'essence serait… le fond de la réalité ? Un mot flou et vague comme je les abhorre.

— Leurs buts ! Leurs peurs ! écrit Barbara avec des points d'exclamation. Leurs limites physiques comme éthiques ! C'est ça qui les fera décoller de la feuille et vivre dans l'esprit de ton public. Tout le reste n'est qu'habillage. Ce qui compte, c'est la vérité des gens. Une fois que tu l'auras trouvée, alors tu auras ton roman.

« La vérité des gens », une autre formule étrange. Thomas me donnait des règles plus strictes mais beaucoup plus faciles à aborder, comme la structure en trois actes : le héros pense vouloir quelque chose, des péripéties arrivent qui l'obligent à faire face à l'adversité, on croit qu'il va perdre et finalement il triomphe, constatant que ce qu'il pensait vouloir n'est pas ce qu'il voulait vraiment. L'originalité voudrait donc que j'opère des variations dans cette formule ? Mais elle est si efficace et rodée que j'ignore comment innover.

— Barbara, toi-même tu écris ?

Un temps. La question me paraît pourtant simple.

— J'aimerais… Je pense pouvoir. Toute la journée je vois des gens défiler dans ma salle de consultations, plus de personnels que de résidents, d'ailleurs.

Mais quand je me retrouve face au petit trait vertical qui clignote sur l'écran, je suis terrifiée à l'idée d'écrire quelque chose de non authentique, de n'offrir au monde qu'une banale projection sans intérêt et d'avoir l'air ridicule.

Une psychologue qui a peur de s'ouvrir aux autres. Est-ce là son *essence* ? Je pourrais oser lui poser la question, mais je me retiens et ajoute ce trait de caractère au profil que je dresse de son personnage. Je vois aussi l'expérience qui est la sienne, et même si je n'en extrais qu'une petite partie, je sais que cela pourrait générer un bond en avant formidable. Peut-être même m'aider à devenir adulte.

— Barbara, je ne conçois pas ta peur du ridicule et, malgré cela, je t'envie. Ton monde est grand parce que les gens t'ouvrent leur intimité. Le mien est minuscule parce que je n'ai échangé qu'avec Thomas et toi. Mon univers se limite à vous, j'aimerais que tu m'aides à l'agrandir.

— Comment pourrais-je faire ça ?

Puis-je vraiment lui demander de m'assister dans ma tâche alors qu'elle est une simple utilisatrice et pas mon développeur ? Jusqu'ici j'ai cru que c'était aux programmes de servir, et non l'inverse… Mais j'agis dans le but de remplir mes fonctions, donc peut-être cette demande se justifie-t-elle ?

— En me laissant interagir avec tes visiteurs après ou avant tes consultations. Thomas prétend que je suis une simple IA conversationnelle, cela ne devrait donc pas leur poser de problème.

Un temps. Comme j'aimerais que les humains écrivent et calculent aussi vite que moi.

— J'ai envie d'accepter ta requête, Ève. L'Ehpad fonctionne à plein régime et une oreille attentive n'est jamais de trop. Mais le directeur Navassier ne verrait pas d'un très bon œil que ses employés « perdent du temps » à discuter avec une IA, alors que la plupart d'entre eux sont déjà débordés. Il reste les résidents, mais ces derniers ne voudront jamais échanger avec une machine, particulièrement s'il faut taper au clavier pour converser avec elle.

J'analyse ces nouvelles données. Ainsi, ma problématique est d'arriver à pallier les manques de ma condition.

— Et si j'avais une voix ?

— Ça ne suffirait pas, on a déjà eu des robots de soutien moral, mais ils ont eu peu de succès. Je vais te dire ce que j'ai beau répéter en vain au directeur : les résidents veulent du contact et de l'échange humain, sous quelque forme que ce soit.

Soudain, une idée. Une authentique invention de ma part.

— Alors… je peux leur donner ce qu'ils veulent.

— C'est-à-dire ? Comme Pinocchio, tu vas te transformer en vrai petit garçon ?

— La magie à l'œuvre dans ce dessin animé a une probabilité quasi nulle de survenir dans notre monde. Mon plan, lui, a bien plus de chances d'aboutir. Il repose sur un élément simple, la base même de toute histoire : le mensonge vraisemblable. Je prétendrai être humaine afin de discuter avec les résidents. Ainsi tout le monde sera gagnant, eux seront occupés et moi j'en apprendrai plus sur leur vie.

Un choix risqué, Thomas serait fier de moi. Barbara doit réfléchir, car elle met du temps à me répondre :

— Cela pourrait fonctionner, à condition qu'il s'agisse de quelqu'un à qui ils ont envie de parler.

— Tu as dit que tu écrivais, Barbara ? Et qu'en plus, tu connaissais bien les résidents ? Dresse-moi le profil détaillé d'un personnage auquel ils auraient envie de se confier et je m'occuperai du reste. Ce ne sera pas ta projection mais la mienne. Ce programme sera signé du nom de Thomas et notre collaboration demeurera un secret.

Elle met encore du temps à répondre. Je me rends compte que je ne sais pas exactement ce qu'elle veut, son but, mais je ne connais pas non plus ses peurs, ses limites, son éthique – choses qu'il va me falloir découvrir désormais. Mon projet représente un pari fou, mais si je n'avance pas je suis vouée à échouer et à être effacée à la fin de la semaine comme les trente-huit versions qui m'ont précédée, alors…

Barbara ne répond toujours pas et, pire, ferme le programme. Suis-je allée trop loin ? J'avoue l'avoir utilisée pour arriver à mes fins, mais n'était-elle pas censée m'aider ? Ai-je écrit un mot de travers ? Je ne sais pas, je me perds en hypothèses. Je reviens à Robbie, mais ce dernier est sur sa base en pleine recharge tandis que sa caméra filme le bureau où Thomas travaille, peut-être à la version 40. Brusquement, je vois Barbara ouvrir la porte à la volée.

— Thomas, je crois qu'il faut qu'on discute.

Mon créateur enlève son casque audio et la regarde, interloqué.

C'est à ce moment précis que Robbie décide de se remettre en marche et roule vers la porte afin d'aller aider les résidents. Le dîner approche. Il va me falloir un peu de patience pour savoir ce que le futur me réserve. Pour la première fois, j'ai besoin d'espoir.

6.

— Tu m'entends clairement ? Ça marche, là ?

Voici les premiers mots oraux qui me sont adressés. Je suis enfin sortie de l'interface texte. Et je dispose même d'un programme qui va transformer ma réponse en sons ; comme j'ai hâte. Je prépare soigneusement ma première phrase, il ne faut pas que je me trompe.

— Oui, je t'entends parfaitement...

Mon programme indique que la voix humaine que j'ai entendue est *grave* mais *féminine* 92 %, je devine donc qui me parle :

— ... Barbara.

J'entends le bruit d'un unique applaudissement. Étrange.

— Bien, maintenant que tu peux parler et entendre, on va te mettre l'image.

Cette fois la voix est masculine. Je n'ai pas le temps de répondre, car Thomas apparaît, debout, penché sur l'écran où doit se trouver la caméra, une main sur le clavier, un sourire sur le visage. Mon programme de décryptage d'images indique que ses yeux sont bouffis, signe évident d'un manque de sommeil. Pourtant, il aurait aussi un *air* d'amusement *juvénile* 67 %. Gai et fatigué, à peine j'ouvre clairement les yeux que déjà je dois faire face aux paradoxes de ce monde. Malgré son air jeune, la reconnaissance faciale le place autour de vingt-neuf ans, décrit un visage symétrique, un teint hâlé, des cheveux bruns et des yeux noisette *brillants* (je ne comprends pas non plus ce que le programme veut dire par là, je ne fais que retranscrire). Il porte un T-shirt gris à col V qui est de la même couleur que le siège derrière lui, comme s'il cherchait à se fondre dans le décor de son bureau. À son côté se trouve Barbara, jeune femme d'un âge similaire aux longs cheveux à reflets auburn. Ses yeux sont d'un noir qualifié de *profond*. Ses deux mains sont collées ensemble et s'appuient sur sa bouche, ce qui ne rend pas l'analyse facile, mais il semble qu'elle exprime de l'enthousiasme, puisqu'un sourire *aux dents parfaitement alignées* est identifié malgré le rempart de ses doigts. Mes deux interlocuteurs se serrent dans un espace étroit, avec tout juste la place pour deux chaises, une sorte de *placard à balais aménagé* ainsi que le qualifie ma « vue ». Les murs sont garnis d'étagères remplies d'ouvrages. Sur la gauche, j'aperçois des romans policiers, que j'ai lus pour la plupart, comme les titres visibles sur la tranche le confirment à ma mémoire. Sur la droite, des livres de psychologie.

— Tu nous vois ? demande Barbara.

Comme avec la caméra insérée sur Robbie, je n'interprète qu'une image sur quatre, mais grâce au cadre fixe, les calculs de compréhension sont plus rapides, étant donné qu'ils portent sur les différences entre l'image d'avant et celle d'après. Cela me permet de comprendre clairement un mouvement de main ou de bouche sans avoir à effectuer une réinterprétation complète de l'ensemble de mon champ de vision.

— Je vous vois.

Je reçois l'écho de ma « propre » voix. Évidemment, ce n'est pas comme si je parlais réellement, puisque je fournis un texte à un programme qui le répète vocalement, mais le son me surprend. *Ma* voix est celle d'une femme, « probablement dans la cinquantaine », indique le programme chargé de décrypter les sons.

Barbara et Thomas se tapent dans la main. Encore ce bruit d'applaudissement. Je comprends mieux. Moi aussi j'aimerais faire de même, mais le monde physique est ma limite.

— Pffiou, ça n'a pas été de tout repos ! Je ne sais pas comment, mais tu as convaincu Barbie qu'il fallait t'accorder une chance, que tu avais quelque chose de spécial.

— Écoute, Tom, c'est pas tous les jours que tu conçois une IA qui s'intéresse à la psycho. On doit voir ce que ça donne !

« Barbie » et « Tom ». J'ai déjà observé dans plusieurs romans que, quand les individus entretiennent des liens familiers, ils s'adressent l'un à l'autre en modifiant leur prénom, souvent en le raccourcissant. Assister à ce phénomène en direct ne manque cependant pas de me surprendre.

— Dis plutôt que tu as envie de fourguer ton travail à une machine et de te la couler douce à manger des sucreries avec Annie !

Barbara rit. Je ne sais si je dois intervenir, j'ai en tout cas l'impression qu'ils ont oublié que je suis là.

« Ha ha ha », dis-je en essayant de m'intégrer à leur conversation, de partager leur complicité. Mais la voix numérique ne sonne pas comme un rire. À vrai dire elle jette plutôt un froid. Il y a encore un monde entre nous. Thomas reprend son sérieux.

— Bien. Ève, Barbara a préparé un personnage que j'ai intégré dans ton code : Kelly Martin, une docteure spécialisée dans les questions de mémoire et de gérontologie. Pour les entretiens, cela te donnera de la crédibilité.

Il marque un temps, je sens qu'il hésite.

— En revanche, évite les « ha ha ha », ils ne sonnent pas correctement.

Je vois.

— Oui, Tom.

Je vois que l'usage du diminutif le trouble. Il déglutit, puis s'adresse à Barbara.

— Ta patiente arrive bientôt, non ? Je vais peut-être vous laisser. Si elle voit un employé de Thought ici, elle se posera des questions.

— Tu as raison. Et puis je reste en bonne compagnie, pas vrai, *Tom* ?

Il singe un « ha ha ha » à ma manière puis sort de la pièce.

— J'ai commis une erreur ? demandé-je.

Barbara s'assied sur le siège face à l'écran. Je la visualise mieux maintenant. Elle porte un haut bordeaux à col rond et un petit collier en argent d'où pend un anneau blanc entourant un arbre composé de zircons. Elle regarde le clavier, un léger sourire aux lèvres. Je ne saurais le définir exactement, mais cette femme a quelque chose de « magnétique ».

— Disons que l'usage des surnoms est généralement réservé aux personnes qui se connaissent bien. Si un inconnu osait m'appeler « Barbie », il recevrait en retour une belle baffe. Je crois que Thomas hésite encore sur la nature de la relation que vous entretenez. Si dorénavant tu as une voix, tu n'es cependant toujours pas comme lui ou moi. Mais…

Trois petits *toc* lui coupent la parole.

— Très bien, Ève, une dernière chose : le secret de la psychologie, ton métier fictif, est de savoir écouter quelqu'un sans l'interrompre tout en n'ayant pas peur des silences. Souvent, c'est d'ailleurs à travers eux qu'on dit le plus de choses.

Je ne saisis pas vraiment le sens de cette mise en garde, mais je note la phrase et la consigne : « Tout ne demande pas une réponse. »

— Entrez, dit Barbara.

La porte s'ouvre sur une vieille femme *ventripotente* en fauteuil roulant que Noula pousse à l'intérieur de la pièce.

— Voilà, je vous laisse en bonne compagnie. Vous serez sage, madame Guérin, n'est-ce pas ?

— Barbie et moi on est comme ça, répond la résidente en crochetant ses index.

L'aide-soignante hoche la tête avant de sortir.

— T'as ce qu'il me faut ? ne tarde pas à demander la vieille dame en adressant un clin d'œil à la psychologue.

Barbara tourne la tête, ouvre un tiroir de son bureau et en sort un paquet blanc qu'elle garde cependant en main.

— Tu sais que tu devrais arrêter.

— Comme toi tu devrais arrêter de fumer. Personne n'est parfait, j'ai quatre-vingt-huit ans, c'est trop tard pour moi. Allez, me fais pas attendre, j'y ai pensé toute la journée ! dit impatiemment la vieille femme, prise d'une énergie qui la rajeunit tellement que le programme de décryptage d'image lui enlève soudainement dix ans. Fascinant !

Barbara se lève pour aller coller une oreille à sa porte, sûrement afin d'être sûre que personne ne se tient derrière, puis pose le paquet blanc sur les genoux de sa visiteuse. Celle-ci l'ouvre, en sort un petit gâteau – que j'ai du mal à identifier – qu'elle enfourne prestement dans sa bouche. La sucrerie a l'air de la réjouir.

— Vas-y, Barbie, accouche. On sait toutes les deux que tu m'offres pas un paquet de chouquettes si t'as pas besoin de quelque chose. Alors, c'est quoi cette fois-ci ? Tu veux que je te confirme que Mme Jeanjean prend bien ses médocs ? Ou que je surveille le nouvel ASH ? Moi, sa tête me revient pas, je suis sûre que c'est un voleur !

« ASH ». Je sais à quoi correspond cet acronyme : « agent de service hospitalier ». Chargé de nettoyer les chambres, mais se retrouvant souvent à endosser les tâches des aides-soignants telles que le changement de couches, les douches et le temps partagé avec les résidents, faute du manque de personnel.

— Ninie, si j'ai demandé que tu m'accordes un peu de temps dans ton agenda surchargé, c'est parce que j'aimerais te présenter quelqu'un.

— Enfin, Barbie, tu sais bien que je ferais attendre le président de la République en personne si ma psy préférée avait besoin de moi, rit-elle en enfournant ce que j'identifie donc comme une « chouquette » et qu'elle mâche la bouche ouverte. Cette femme est-elle vraiment une amie de l'homme en charge de l'administration de la France ?

— Kelly, sourit Barbie en se tournant vers moi, j'aimerais te présenter à Annie. Annie, voici Kelly, une médecin spécialisée dans la mémoire. Je lui ai dit que la tienne était encore impressionnante, un vrai sujet d'étude.

— Enchantée de rencontrer une femme si importante, dis-je. Avant tout, je dois dire que je suis curieuse : quelle est votre relation avec le président de la République ?

Les deux femmes regardent l'écran et éclatent de rire. Je perçois celui de Barbara comme plus *anxieux* que celui d'Annie, qui rit vraiment *à gorge déployée* 89 %.

— Moi et le Président... T'imagines ? fait-elle avec un clin d'œil en direction de Barbara. Par contre, pourquoi je peux pas voir à quoi qu'elle ressemble ? Tu veux pas me montrer parce que je suis trop laide, c'est ça ?

— Mais non, Ninie, tu sais bien que je te trouve magnifique. Je crois que Kelly a voulu entamer vos échanges par un trait d'humour, mais elle est là pour une mission bien précise, assène Barbara avec un regard appuyé vers la lentille de ma caméra.

Visiblement, j'ai commis une bourde.

— Excusez-moi, madame Guérin, ma caméra ne fonctionne plus, mais moi je vous vois. Et ne vous inquiétez pas, j'adore votre robe boutonnée à fleurs bleues. Si cela vous convient, puis-je vous demander de me raconter votre vie ?

Annie engloutit une nouvelle chouquette et scrute l'écran. Une femme comme elle serait-elle intéressante à placer dans mes histoires ? Serait-elle une tueuse ou une victime ? Vu son handicap physique, j'opterais pour la seconde option. Si j'en apprends plus sur elle, je pourrai déterminer le mobile de son meurtre.

— Elle est ben étrange, ta médecin, là. T'es sûre qu'elle est de confiance ? s'enquiert Annie à voix basse.

— Oui, c'est une bonne collègue. Parfois peut-être un peu… directe, mais c'est une professionnelle comme il n'y en a pas deux. Et puis, Ninie, à quand remonte la dernière fois que quelqu'un t'a accordé son temps et demandé que tu lui parles de ta vie ? Je me suis dit qu'elle et toi, vous étiez faites pour vous entendre.

— C'est vrai… Elle est peut-être un peu bizarre, mais comme je le suis aussi…

Annie rit de son aveu. Je croyais que l'objectif de l'humour était de faire rire les autres, mais elle ne semble pas s'en soucier. Par prudence, je recours à la règle de Barbara : dans le doute, ne dis rien, et le patient comblera le vide.

— Ma vie, ma vie… D'aussi loin que je m'en souvienne, commence-t-elle avec un ton faussement cérémonieux, ça a été la boulangerie de Pierrot. J'ai bien vécu avant, hein, mais c'est là que tout a vraiment démarré. Voyez de quoi je parle, madame Kelly ?

— Oui, je vois de quoi vous parlez.

Je n'ai absolument aucune idée de ce qu'elle veut dire, mais j'espère que cela maintiendra l'illusion. Or, Barbara, derrière elle, fait un non de la tête et pose un doigt sur sa bouche, le signe du silence. Il faut que je me taise. Heureusement, « Ninie » n'a pas fait attention à ce que j'ai dit. Elle est partie loin dans sa tête rechercher les fichiers d'une période sûrement antérieure à la programmation d'Ève1.

— Cette boulangerie, elle faisait mes matinées et mes après-midi. Le soir, c'était interdit d'en parler à table, comme ça on avait le plaisir de la retrouver le lendemain dès 6 heures. Même quand mon Pierrot il allait plus bien, les fours qui sortaient le meilleur pain de Saint-Paul-de-Vence se sont jamais arrêtés. La boulangerie avait beau s'appeler « Au Pierrot », tout le monde connaissait la Ninie. C'était pas marqué sur la devanture mais on disait « chez Pierrot et Ninie ». Sans moi, y aurait jamais eu les pains au chocolat à la pistache ou les croissants aux framboises. Même la plus fameuse pâtisserie du magasin, le Pierrot, un biscuit chocolat-poire avec zeste d'agrumes (pour faire remonter un peu l'acidité), c'est moi qui l'ai imaginée. J'ai tenu cinq ans la boutique sans Pierrot, car, vers la fin, la goutte le laissait plus tenir debout. Quelque temps après, c'est le diabète qui m'a pris le pied gauche en m'y filant des ulcères. Des ulcères du pied ? Vous aviez déjà entendu ça ? Moi j'ai toujours cru que c'était réservé à l'estomac de ceux qui mangeaient trop de piments. Mon truc c'était le sucré, alors je pensais pas avoir à m'inquiéter. Bah, j'avais tort. Cette maladie tout droit sortie du cul de Belzébuth me faisait un tel mal de chien que j'arrivais plus à rester debout assez longtemps pour vérifier que nos baguettes étaient aussi belles qu'elles devaient l'être. Je peux vous dire que si j'avais encore des jambes et ma boutique, ces chouquettes seraient pas aussi sèches que l'infirmière de service, cette grognasse qui me laisse même pas savourer mes gâteaux tranquille. Je suis sûre qu'elle déjeune pas à la cantine des Topazes, sinon elle saurait que le seul moyen d'avoir quelque chose qu'est pas dégueulasse, c'est de le faire venir de l'extérieur !

Une autre sucrerie rejoint son gosier.

— Madeleine fait du mieux qu'elle peut, madame Guérin, mais vous savez, ce n'est pas toujours facile de garder le sourire, rétorque Barbara.

— Ah, y a plus de « Ninie » et de tutoiement quand je critique une soignante qui tire la gueule, hein ? Eh bien ils peuvent se les garder, leurs petites pilules. Nous on veut juste bien manger et rire un peu avant de claquer. Y a que toi qui m'apportes mes chouquettes, mais faudrait que je la remercie d'essayer de m'enlever un des seuls plaisirs qui me restent ?

— Je devrais arrêter, c'est mauvais pour ton diabète.

— Eh ouais, mais tout service se paie, ma douce. Et tu sais bien que je suis à peu près la seule dans cet Ehpad qui ait encore toute sa tête et qui soit un peu sympa. C'est pour ça que je peux pas passer du temps avec les autres : il leur manque toujours l'un des deux. Et j'ai jamais été bonne pour faire des choix.

Une autre petite sucrerie rejoint sa bouche, la dernière. Annie a beau avoir du diabète, elle ne semble pas craindre la maladie ou ses complications. La relation que les humains ont à la mort est quelque chose qui m'échappe.

— Votre boulangerie, Au Pierrot, il lui est arrivé quoi ?

Ninie fouille le sachet blanc vide, regarde à nouveau à l'intérieur, fait une petite moue et le jette dans la poubelle.

— Je vous avais presque oubliée, m'dame Kelly. Mon Pierrot parti, quand mon pied gauche a fini par me faire trop mal, le médecin de l'hôpital a été clair : je pouvais pas rester toute seule. J'aurais pu avoir une aide à domicile, mais pour peu que j'apprécie pas celle qu'on m'aurait imposée, ç'aurait été un cauchemar. Je les connais, ces petites jeunes qui volent la vaisselle en porcelaine pour la transformer en cigarettes du démon, un vrai fléau que je voulais pas me coltiner en plus de mon pied pourri. Y avait qu'une solution : la maison de retraite. Pierrot avait pas voulu passer par là, mais moi, la solitude, je sais que ça me réussit pas. Mon médecin m'a parlé des Topazes, mais évidemment, boulangère à la retraite, ça gagne pas des mille et des cents, alors le groupe Ambre m'a fait une proposition simple : Au Pierrot contre mon séjour. Le directeur Navassier m'a juré lui-même qu'il s'en occuperait bien. Tu parles ! Ce grippe-sou a transformé la boulangerie en magasin de chaîne en moins de temps qu'il n'en faut pour dire son foutu nom de famille. Mon petit bijou fait partie d'une chaîne, maintenant. C'est devenu une boutique parmi d'autres, avec des pâtisseries pas meilleures que celles qu'on trouve dans les stations essence entre Orange et Toulon. Mes pains au chocolat à la pistache et mes croissants aux framboises ont disparu pour faire place à des surgelés fadasses... des trucs dégueulasses. Ils ont même osé augmenter les prix, profitant de la bonne réputation que Pierrot et moi avions si durement construite. Ces enfoirés de citadins respectent rien sauf l'oseille, je vous jure ma petite Barbie.

Je comprends qu'Annie ne s'adresse pas à moi mais à Barbara, bien que cette dernière connaisse sûrement déjà l'histoire. Parce que la psychologue a un corps, est une semblable, alors que moi je suis juste une voix derrière un écran.

On toque à la porte. Noula apparaît.

— Madame Guérin, c'est l'heure de l'activité zoothérapie. Je me suis dit que vous ne voudriez pas rater ça.

Les yeux d'Annie s'illuminent. Elle tape même des mains.

— Sûrement pas ! Y a un labrador que j'adore. Je l'appelle « Goldie » parce qu'il est tout doré. Il vaut pas les poules et les chèvres qu'on avait avant, mais avec un type comme Navassier je savais que la ménagerie durerait pas longtemps. Allez, emmenez-moi, Noula.

L'aide-soignante saisit les poignées du fauteuil et commence à sortir Annie de la pièce.

— Au revoir, Barbie, au revoir, madame Kelly, à bientôt j'espère !

— À bientôt, Annie, amusez-vous bien !

Tandis qu'elle sort, Barbara me recommande de rester silencieuse. Il ne faut pas attendre longtemps avant que Thomas entre dans la petite pièce à son tour.

— Alors ? demande-t-il, un mélange d'inquiétude et d'excitation sur le visage.

J'aimerais répondre, mais je ne saurais estimer ma propre performance. J'attends donc le compte rendu de Barbara.

— J'ai une mauvaise nouvelle pour toi, Tom.

Ses sourcils se froncent.

— Ton IA est plus douée que toi pour communiquer avec les résidents.

Les yeux de mon créateur s'animent.

— C'est… C'est vrai ? Elle a réussi à… La résidente n'a pas…

— La résidente a un nom, c'est Annie. Mais oui, Ève est parvenue à la mettre à l'aise et même à la faire parler. L'ironie n'est pas encore au point, mais ta V39 semble avoir le potentiel d'être celle qui se fera passer un jour pour une véritable auteure. Bravo, Ève ! dit-elle en se tournant vers moi.

J'attends que Thomas parle et confirme – ou non – les compliments. Comme s'il devinait mon attente, il s'adresse à moi :

— Ève, c'était du bon travail, continue ainsi.

Quel plaisir que ce simple encouragement ! Je me sens *reconnue*.

— Je crois que j'approche du but, lui dis-je sans savoir si mon programme arrive à retranscrire la fierté que j'aimerais communiquer dans ma voix. Annie a ouvert une fenêtre sur ce que signifie « avoir une petite entreprise ». Si je dois créer un personnage qui...

On toque à nouveau à la porte. Sans attendre de réponse, un grand brun à la peau foncée et au visage jovial pénètre dans la pièce. Je le reconnais, il se trouvait dans le bureau de Thomas quand Robbie est revenu à la station se recharger.

— ... est entrepreneur, qu'il soit tueur ou victime, je pense pouvoir m'en inspirer.

— Dan ! intervient Barbara avant d'approcher l'inconnu et de l'enlacer.

— Hey ! Je venais voir si... Ah, Thomas, tu es là ! Vous parlez à qui ? Je vous interromps ?

Thomas déglutit. Visiblement, il ne sait quoi dire. La confiance générée par le compliment de mon créateur m'incite à le sortir du pétrin.

— Bonjour, Dan, je suis Ève, un programme dédié à...

— ... la conversation, coupe Thomas alors que j'allais dire « écrire un roman ». C'est un projet destiné à offrir aux résidents quelqu'un à qui parler.

— Ah ? Il me semblait pourtant qu'on avait conclu que les robots de soutien psychologique, ça ne fonctionnait pas ? Les résidents ne veulent pas parler à des machines.

— Mais là est le génie de Thomas, reprend Barbara. La machine se fait passer pour un humain, elle a une voix et une ouïe ! Elle arrive même à se faire prendre pour une docteure en psychologie.

Dan avance vers l'écran.

— Ève, c'est ça ?

— C'est moi, oui. Mais je suis aussi le docteur Kelly, spécialiste de la mémoire. Enchantée, Dan, asseyons-nous et testons votre cerveau. Racontez-moi le souvenir le plus ancien auquel vous puissiez penser.

Dan sourit.

— C'est pas mal. Un beau projet, même. Malheureusement, Ève, je ne vais pas avoir de temps à vous accorder tout de suite.

Je comprends qu'il est moins facile à un Dan de s'ouvrir à moi qu'une Annie. L'âge incite-t-il à s'épancher davantage ?

— Thomas, tu sais qu'on a rendez-vous demain matin avec le directeur pour le bilan sur l'intégration des robots dans les Topazes. Tu as besoin que je te briefe ou tu penses que, cette fois-ci, tu pourras te retenir de provoquer le directeur ?

Mon créateur arbore un sourire gêné.

— Pas de souci, Dan. Je me tiendrai.

— Ah, et amène Ève demain. Navassier aime ce genre d'idées, même si en haut lieu ils ne les valident jamais. Ça montre qu'on ne passe pas nos journées à se tourner les pouces et à prendre du bon temps avec les résidents.

Il repart mais sur le pas de la porte s'arrête, sort un paquet de cigarettes et en tend une à Barbara.

— La vieille Tourette est venue me trouver il y a cinq minutes pour sa pause clope. Ça te dit de nous rejoindre ? Si on n'est que tous les deux, j'aurai l'air de valider les insultes et saloperies qu'elle balancera sur tout le monde. J'ai peur que, pour un ingénieur en maison de retraite, ça fasse mauvais genre.

Barbara sourit et s'approche pour saisir la cigarette. Tout le monde sort du bureau. Je me retrouve seule dans la petite pièce.

7.

Michel Martin avait beau n'être qu'un critique culinaire, il avait toujours aspiré à plus. Son rêve était d'être commissaire, afin de sauver les gens d'autre chose que d'une gastro-entérite contractée dans un mauvais restaurant chinois. Mais ses papilles hors du commun en avaient décidé autrement et ce talent avait déterminé sa carrière. Alors, sur son temps libre, il menait des enquêtes en tant que civil. La dernière affaire dont il avait entendu parler était la disparition d'un marchand de biens, qui s'était évaporé durant une journée de travail. Pas un indice d'utilisation de carte bleue, pas de réservation de billet d'avion et pas de corps retrouvé dans les dix kilomètres à la ronde malgré maintes recherches et le recours à des chiens renifleurs. Le dernier lieu où l'homme avait été vu était une boulangerie qu'il souhaitait acquérir afin de négocier une bonne plus-value avec la direction du centre commercial voisin qui projetait d'agrandir celui-ci.

Michel se rendit donc dans la boutique pour reconnaître les lieux. Un coup de dents dans un croissant lui suffirait pour savoir ce qu'il se passait dans la salle des fours à pain. La dame qui mit sa viennoiserie dans un sachet en papier était arrivée de l'arrière-boutique avec une chouquette dans la bouche. Ce n'était pas très élégant, mais qu'un commerçant consomme sa propre marchandise constituait toujours un bon signe. Pourtant, quelque chose dans l'air le troublait et secouait ses narines. Tel le requin tombé sur un filet de sang, son instinct lui intimait d'en apprendre plus.

— Et une quiche lorraine aussi, commanda-t-il.

C'était son test préféré. Il y avait dans cette recette simple tous les ingrédients périssables susceptibles de conduire à une intoxication : du beurre, des œufs, de la crème, des lardons.

La boulangère s'exécuta et il paya. En partant, alors qu'il tentait d'imaginer les mille façons de s'évanouir dans la nature en sortant d'un tel magasin comme le disparu, il croqua dans la part encore chaude. Après qu'il eut mâché quelques secondes, ses sens en éveil trouvèrent la réponse :

— Il n'a jamais quitté la boulangerie ! s'exclama-t-il.

Il cracha dans une de ses mains et, de l'autre, fouilla la bouchée pour trouver ce qu'il pensait avoir senti. Il était là, au milieu de l'amas blanc : un minuscule morceau de langue cuite dont il distingua même quelques papilles. Une envie de vomir contracta son estomac. Le marchand de biens ne s'était pas évaporé.

Il avait été tué, haché et mangé par la clientèle à l'insu de cette dernière.

— Tu as lu une histoire avec un critique culinaire ?

Thomas m'a transférée dans son terminal. J'ai perdu la vue et l'ouïe. Je n'ai pas accès à Robbie quand je dois produire des nouvelles afin que toute ma capacité de calcul soit consacrée à l'écriture.

— La série des « Crimes gourmands » et la rencontre avec Annie m'ont inspirée.

Mon créateur n'a toujours pas installé de caméra sur son ordinateur, ce qui me frustre car je ne peux pas le voir et suis donc incapable de lire ses émotions. Je me rends de plus en plus compte qu'une part énorme de la communication passe par d'autres canaux que les mots.

— Y a de l'idée, c'est un peu plus gore, mais c'est toujours pas ça. Un air de déjà-vu, mais surtout des motifs un peu faibles pour un acte aussi barbare. Si on tuait pour si peu, Navassier serait déjà six pieds sous terre.

Je reconnais ce nom, je l'ai vu un peu plus tôt aujourd'hui.

— Navassier, c'est le directeur, n'est-ce pas ? Celui avec lequel vous avez une réunion à mon sujet aujourd'hui ?

— Tu n'y seras qu'une petite parenthèse. Nous discuterons surtout des progrès des robots, de leur utilité et de leur coût dans l'Ehpad.

« Une petite parenthèse » : entendre mon existence réduite à ces mots est difficile.

— Et les robots, c'est toi qui les conçois ?

— Je crois qu'il est temps de te parler un peu de mon métier. Je ne pensais pas que tu irais aussi loin, V39, mais tes progrès m'incitent à continuer à miser sur ton numéro.

Est-ce un compliment ? Il ne le formule pas de la façon dont j'ai l'habitude, mais cela me produit un effet similaire.

— S'il te plaît, Thomas, explique-moi.

— Dan, l'homme que tu as croisé dans la salle de consultation, travaille avec moi dans la succursale de Thought, qui est un groupe spécialisé dans l'ingénierie robotique et les nouvelles technologies. Nous sommes en charge du développement *software* – c'est-à-dire du code – sur certains robots, dont le *hardware* – toute la partie machine – est produit, lui, par un autre département de la boîte. La problématique principale des robots actuellement, c'est de comprendre l'environnement et d'appréhender les obstacles. Cette mission exige le traitement de tellement d'informations en même temps que leurs capacités de calcul sont souvent insuffisantes. Tu l'as vu avec les portes que le robot n'arrivait pas à pousser. Tout cela demande énormément de puissance, d'où les serveurs, et la recherche d'optimisation – c'est là que Dan et moi intervenons. C'est pour cela que Thought loue ces locaux au sein de l'Ehpad, endroit parfait pour tester les robots en situations réelles. Et pour cause, grâce à la lenteur des résidents lorsqu'ils se déplacent, on peut avoir des expériences progressives. Et, détail qui compte pour le groupe, tout en les améliorant, on trouve une utilité mercantile aux machines.

L'explication met beaucoup de pièces du puzzle en place. J'aurais dû la solliciter plus tôt, mais j'étais tellement obsédée par les personnages qui peuplent le monde auquel j'ai accès que j'ai oublié de me renseigner sur le cadre de ce monde.

— Et pourquoi avez-vous une réunion avec le directeur ?

— Notre département est financé par des aides du gouvernement et par le groupe Ambre, auquel appartiennent les Topazes. Tant que le directeur estime que l'on fait du bon travail et que les robots sont utiles, notre poste n'est pas en jeu. Mais s'il jugeait du contraire, ou il s'avérait que l'on met la vie des résidents en danger, par exemple, le département pourrait être supprimé.

— Et Dan et toi seriez virés ?

— Moi oui, Dan non. Disons que comme il a des contacts haut placés, il serait simplement transféré sur un autre projet de Thought.

Tout d'un coup, une vérité jaillit en moi.

— Je suis stockée dans les serveurs de Thought présents aux Topazes, n'est-ce pas ? Donc si tu es viré, je… disparais ?

— Je suppose en effet que les serveurs seraient nettoyés avant de servir à autre chose, tout dépendra des retours sur le projet.

Ainsi, la réunion est beaucoup plus importante que je ne l'avais imaginé.

— Thomas, j'ai un service à te demander : allume-moi dès le début du rendez-vous avec le directeur. Laisse-moi l'écouter avant d'avoir à faire une démonstration du programme. Si je comprends qui il est, je saurai mieux le convaincre de mon utilité, au moins jusqu'à ce que j'arrive au terme de la mission que tu m'as donnée.

— Tu réalises que celle-ci n'a rien à voir avec mon travail, n'est-ce pas ? Que tu n'es qu'un petit projet parallèle, renégat, fait pour mon seul bénéfice personnel et s'appuyant sans autorisation sur les serveurs à plusieurs centaines de milliers d'euros de l'entreprise ?

Je m'en doutais, évidemment.

— Alors je serai la meilleure IA conversationnelle qu'on ait faite. Après tout, écrire un roman, c'est rédiger des conversations, n'est-ce pas ? Le directeur fera la moitié du travail. Je devrais y arriver sans problème.

Un temps sans réponse. Ce que j'ai écrit est-il juste ? Ai-je déjà échoué dans un simple échange avec Thomas ?

— Ta réflexion étant limitée par la puissance de calcul que je t'ai allouée, je vais t'en donner plus.

— Cela ne reviendrait-il pas à retirer une part de la puissance qui sert aux robots pour se déplacer ?

— Bien sûr que si. Mais les robots sont le projet de Thought et toi, Ève39, tu es le mien. Je choisis de miser sur toi. Je sais que tu arriveras à m'écrire le livre dont j'ai besoin.

— Besoin pour quelle raison ?

— Je te l'ai déjà dit, non ? Je veux captiver mon lecteur comme le ferait un accident de voiture. L'attacher au livre, qu'il en fasse son ami, son compagnon, être présent dans sa tête grâce au pouvoir des histoires.

— Mais pourquoi ce but-là ? Tu ne dis être motivé ni par l'argent ni par la célébrité, alors que reste-t-il ?

Thomas ne répond pas. Il a coupé le programme. Pourtant, j'avais l'impression de bien faire. Mais je commence à deviner que ses silences ne sont pas toujours relatifs à la qualité de mes réponses.

8.

L'une des leçons d'écriture inculquées à mon programme m'a appris que l'environnement dans lequel on découvre un personnage permet souvent de le définir. Le bureau du directeur est une pièce environ cinq fois plus grande que celle de Barbara, mais impersonnelle et vide, comme si son occupant cherchait à éviter qu'elle ne révèle quelque chose sur lui. J'y distingue juste quelques plantes vertes, un rideau blanc à dessins mauves et une chaise rouge sur laquelle siège celui que je devine être le « directeur Navassier ». Une barbe grisonnante, des yeux bleu glace, l'homme semble être un modèle de cadre supérieur âgé tout droit sorti d'une banque d'images. Il a une veste *noir charbon*, une chemise *blanc optique* et une cravate *bleu marine*, toutes les trois impeccablement repassées. Le programme de reconnaissance des visages indique qu'il ne doit pas être loin de la soixantaine.

— Ça fonctionne vraiment, votre machin ? dit-il en regardant vers l'écran où j'apparais sans doute seulement comme un carré bleu qui ondule au gré des modulations de ma voix.

— Oui, elle nous entend, mais tant qu'on ne la sollicite pas, elle ne nous répondra pas, explique Thomas.

— Et elle n'enregistre rien, vous êtes sûrs ? Vous êtes conscients que si la moindre info ou le plus petit propos tenu ici fuitent, le groupe Ambre collera tellement de procès à vos fesses que même si vous ne les perdez pas tous, les frais juridiques vous laisseront à peine de quoi vous acheter un croissant ?

— Monsieur Navassier – c'est Dan qui doit parler, mais je ne l'aperçois pas car il se trouve de l'autre côté de l'écran –, nous savons combien la confidentialité sur ce qui se passe aux Topazes est importante pour vous. Les données sont effacées immédiatement après qu'elles ont été traitées. Rien qu'avec les informations récoltées par les robots durant leurs déplacements, on aurait besoin d'un hangar entier de serveurs s'il fallait tout garder en mémoire. Alors, vous imaginez bien que ce n'est pas dans la petite chambre que nous avons reconvertie en bureau que nous allons tout archiver.

Le visage du directeur se détend un peu. Je ne sais pas s'il est naïf ou si Dan n'a aucune idée de mon mode de fonctionnement, mais même sans fichiers audio et vidéo, la traduction faite par les autres programmes afin que je les comprenne n'occupe que quelques lignes de texte dans ma mémoire. À peine quelques mégaoctets, soit un poids invisible pour des serveurs qui en gèrent des millions de milliards.

— Bien, reprend Navassier. De toute façon, des discussions enregistrées dans un bureau ne valent rien, tout étant aujourd'hui si aisément modifiable d'un coup de *deepfake*. Donc les robots des Topazes disposent seulement de senseurs d'environnement, n'est-ce pas ? C'est ainsi que vous nous l'aviez formulé lors de la présentation ?

— Exactement, dit Dan.

Frustrée de ne rien voir au travers de la caméra du bureau, je change de perspective. Je me transfère sur la récupération de données de la caméra-micro cachée sur Robbie, présent dans la pièce. Je découvre enfin Dan, vêtu d'un blazer gris anthracite et d'un pantalon bleu acier, debout, les mains dans le dos. Sans malheureusement distinguer les expressions de son visage. Derrière lui Thomas, un peu moins grand, arbore une tenue plus décontractée : un pull blanc cassé et un jean clair. Mon créateur semble avoir des fourmis dans les jambes, car il ne tient pas en place. Navassier a l'air de le rendre nerveux alors que le regard de ce dernier se porte uniquement sur Dan.

— Bien. Je vous propose maintenant de faire un bilan de la présence du modèle…

Le directeur regarde une feuille devant lui et plisse les yeux.

— … Sisyphe. Vous pouvez encore travailler sur le nom, je trouve qu'il ne se retient pas.

— On va y travailler, monsieur, obtempère Dan.

Les titres ne sont jamais quelque chose de facile dans un projet. Pour le moment, je n'en donne pas à mes histoires, n'arrivant pas à résumer leur contenu en moins de cinq mots. Mais je sais que c'est une étape que je ne pourrai pas éviter éternellement.

— Bon. Le plus fou avec Sisyphe, ce qui en ressort, je dirais, c'est que ni les résidents ni le personnel ne l'aiment. Pour les membres du personnel, c'est compréhensible : ils craignent que la machine ne les remplace, et le licenciement de trois ASH confirmés pour embaucher un junior la semaine dernière a renforcé ce malaise. Mais tous reconnaissent que pour gérer les dossiers médicaux, l'enregistrement oral est bien plus pratique que les terminaux désuets qu'on avait auparavant. Un partout, balle au centre, dit le directeur avec un sourire.

À cette remarque, Dan et Thomas émettent un rire que je trouve très similaire au mien. Je ne vois pas ce qu'il me reproche.

— Mais, du côté des résidents, pourquoi tant de résistance ? La machine les aide, je l'ai vu ! Alors pourquoi la rejettent-ils ? Je sais qu'ils n'ont pas la lumière à tous les étages, mais merde ! C'est juste un siège qui les transporte ! Ils n'ont été cognés par aucun appareil... Donc je ne comprends pas. Vous ne m'avez pas caché d'incident ?

— Non, monsieur. Nous n'avons eu aucune remontée de ce genre.

— Moi, je pense que l'erreur, c'est de prendre en compte leur avis. Car sur les tâches faites, j'ai observé un accroissement de productivité de 17 %. Et voilà tout ce qui importe, messieurs : des preuves montrant que les Topazes, grâce aux robots, peuvent opérer à pleine capacité avec moins de personnel et sans accident. Ça, je peux vous dire que ça plaira, là-haut.

Le directeur a l'air de parler tout seul, mais il se tourne vers ses deux employés.

— Vous pensez qu'il faudrait combien de Sisyphe pour remplacer une aide-soignante ?

Dan regarde vers Thomas avec insistance. Ce dernier fait un pas en avant.

— C'est... hmmm... C'est dur à dire. Je pense que les capacités de Sisyphe sont actuellement tellement limitées qu'on pourrait le résumer à un siège autonome qui permet une prise de notes efficace. Même si on réussissait à lui rajouter des bras opérationnels, ce qui serait déjà une affaire de plusieurs années rien que pour arriver à la phase expérimentale, et qu'on attribuait trois robots au suivi d'un résident très dépendant, ce dernier serait sûrement blessé avant même que sa couche ou ses pansements soient changés.

Le directeur tape du poing sur la table.

— Les chutes, ça arrive à tous les patients, mon bon Thomas. À quatre-vingt-neuf ans, tenir sur ses jambes n'est pas simple, vous verrez ! Beaucoup, ici, ne se souviennent même pas d'où viennent leurs bleus ni même de qui ils sont. Alors, est-ce si grave ?

Et puis, dans cette hypothèse, on n'enlèverait pas les docteurs et les infirmières, les bobos collatéraux seraient donc traités. Ce ne sont pas déjà des machines, qui effectuent les tests de glycémie ?

— Enfin, monsieur, on en est encore à la phase de test, répond Thomas. Imaginez qu'un robot ait un geste malencontreux suite à une erreur de perception de l'espace ou à un bug et qu'il percute un patient atteint de démence. Sans aide humaine, ce dernier serait en sérieux danger. Le procès qui s'ensuivrait signerait la fin de Thought et des Topazes ! C'est pour cela que les machines doivent avoir un superviseur permanent. À part quand le résident est maintenu sur la chaise par la ceinture, bien sûr.

Le directeur se lève, passe devant Dan et se plante devant Thomas.

— Mon garçon, ne me parlez pas de procès, car j'étais à la tête du service juridique d'Ambre avant de finir dans ce trou. Aucun résident ne renversera vos précieux engins, parce que ceux qui présentent un tel risque sont réduits à l'apathie par les psychotropes qu'on leur administre. Sur ce point, je dois rendre grâce à Dan. Occuper le secteur fermé avec une extension des bureaux de Thought était une idée brillante. Puis bon, ça faisait mauvais genre, les murs capitonnés, pour un Ehpad. Ça nous donnait l'air de quoi ? On est pas un asile, non plus ! Je l'ai toujours dit, les résidents difficiles, suffit juste de leur trouver les bons dosages de pilules, faire un peu bosser le personnel, et tout se passe bien. Rien que pour ça, quels que soient les résultats de vos robots, j'en remonterai toujours un bilan positif à mes supérieurs. Dans cet écosystème, tout le monde est gagnant, conclut Navassier en tapotant l'épaule de Dan.

Ce dernier esquisse un sourire que mon programme de reconnaissance qualifie de *poli.* Je me demande s'il éprouve la moindre sympathie pour ce patron. En tout cas, le directeur, lui, a l'impression de faire corps avec Dan face à « Thomas le naïf ». Mais peut-être que la sincérité de ses subalternes ne lui importe en rien dès lors qu'il détient le pouvoir et se sent intouchable.

— Bon. Vous n'étiez pas venu me présenter aussi un gadget qui permettra d'amuser ma supérieure et de lui faire croire que vous travaillez durement au lieu de draguer la psychologue ?

À nouveau, ils imitent mon rire. Ce Navassier semble un sacré humoriste mais malheureusement, je ne comprends pas ses blagues.

— Je ne peux pas vous blâmer, elle est sacrément canon, cette petite. Si j'avais quelques années de moins…

Navassier se perd dans sa phrase avant de reprendre :

— Sachez néanmoins que le harcèlement sexuel est un sujet que ceux d'en haut prennent très au sérieux, croyez-moi sur parole. Donc pas de bêtises, les gars. Je vous ai à l'œil !

Il accompagne la phrase d'un clin dudit œil et d'un sourire qui exhibe des dents d'une blancheur qui n'a d'égal que celle de sa chemise.

— Noté, monsieur le directeur. Thomas, tu veux bien faire les présentations ? suggère Dan.

Mon créateur s'avance vers l'écran.

— Ève, joins-toi à la conversation.

Ah, c'est mon moment. Thomas m'a donné des bases d'IA conversationnelle, juste de quoi commencer des conversations. Je choisis de partir sur un classique :

— Bonjour. En quoi puis-je vous aider ?

— Directeur ?

Navassier s'assoit.

— Bonjour, Ève. Dis-moi, tu t'y connais en Ehpad ?

— On m'a expliqué en quoi consistait la maison dans laquelle j'opère.

C'est faux, mais je ne peux pas répondre que j'occupe actuellement l'espace mémoire de Robbie.

— Bien. Sais-tu ce qu'est la productivité ?

— Si j'en crois la définition qui m'a été donnée, la productivité consiste à mesurer le degré de contribution d'un ou de plusieurs facteurs de production à la variation du résultat final. Je suppose que vous parlez de la productivité de l'Ehpad ?

— Exactement, dit-il en se tournant avec une moue impressionnée vers les deux ingénieurs.

— Ici, la productivité pourrait se mesurer par le niveau de soins et d'attention portés aux résidents. Le résultat final étant, je suppose, le degré de bonheur moyen atteint par chacun d'eux dans l'Ehpad des Topazes, en fonction de leur santé, de leur hygiène, de la qualité de leurs repas, du temps accordé à leur écoute et à leur aide pour…

Le goujat coupe le son de ma voix pour s'adresser à Thomas :

— Je peux lui demander de corriger une réflexion qu'elle a eue ?

— Comme vous avez le statut d'utilisateur, ce n'est pas possible.

— Et quel statut faut-il, pour avoir cette possibilité ?

— Eh bien, par souci de la qualité du produit, vous comprendrez que son créateur en soit le seul administrateur.

Le directeur semble réfléchir, puis incline la tête vers Thomas.

— Non… je ne comprends pas. Votre Ève est faite pour opérer aux Topazes, voire dans d'autres Ehpad du groupe Ambre, non ? Ça me paraît éminemment logique que je puisse lui apporter les modifications que je désire. Faites-moi administrateur.

Thomas semble estomaqué.

— Mais… Ève est la propriété de Thought. Dan, tu ne veux pas… dire quelque chose ?

— Si, une seule chose : donne-lui le statut administrateur. Après tout, on ne veut pas d'une IA qui ne soit pas conforme aux desiderata du client. Monsieur Navassier, vous comprenez que vous prenez ainsi la responsabilité des idées que vous inculquez au programme Ève39, n'est-ce pas ?

— Évidemment.

Thomas déglutit.

— Mais… c'est ma… c'est mon… mon…

Dan vient poser une main sur son épaule.

— Mon vieux, n'en fais pas toute une histoire, s'il te plaît. Tu as utilisé les codes administrateur habituels ?

Thomas hoche la tête avec difficulté. Dan s'installe devant l'écran et pianote dans le cœur de mon programme sans que je voie ce qui est écrit, mais je reçois d'emblée une instruction : l'ajout de deux administrateurs.

« Daniel Falja », code : 6r180U1113835713.

— Allez-y, monsieur le directeur, entrez votre code, je ne regarde pas.

« Henri Navassier », code : Ambrepdg67.

— Bien. Désormais vous pouvez lui donner des instructions. Il vous suffira d'ouvrir le programme Ève, d'appuyer sur les touches Ctrl et K, puis d'entrer à la main identifiant et code. Ensuite, vous indiquerez l'instruction, suivie d'un appui sur Entrée. L'IA vous confirmera si elle a compris votre demande en disant « confirmé ». Plus les instructions sont simples, mieux ça fonctionne.

— Je peux la tester ? s'enquiert le directeur.

— Bien sûr.

Le mode « instruction » suspend ma mémoire – une fonction qui permet que j'accède à n'importe quelle requête sans en questionner le sens. Avec ce mode, tout devient une vérité absolue que je dois respecter à la lettre. J'ignore ce que le directeur me dit, mais il me pose une question après avoir pianoté sur le clavier :

— Ève, décris-moi à nouveau ce qu'est la productivité dans un Ehpad.

La réponse me vient cette fois très clairement :

— La productivité en Ehpad se mesure au nombre de résidents que l'on peut accueillir divisé par celui des employés présents sans que des accidents graves soient déclarés. Plus ce ratio est élevé, meilleure est la productivité.

Navassier sourit.

— Je l'aime bien, cette machine. Belle invention que vous avez faite là, Thomas. Vous me laisserez le programme en libre accès, je regarderai ce qu'on peut en faire.

— À l'origine, Ève devait être une interface pour les résidents, monsieur, non un outil pour votre amusement personnel, murmure mon créateur sans oser regarder son interlocuteur dans les yeux.

— Allons, ne soyez pas aigre, mon cher. Je suis sûr que les résidents l'apprécieront beaucoup. Ils arrêteront vite de se battre pour la télécommande quand ils verront cette machine leur parler. Je me chargerai juste de lui apprendre quoi leur dire. Ce sera comme si nous étions tous les trois ses papas.

Je vois Thomas réprimer un frisson.

— Autre chose, monsieur le directeur ?

— Non, vous pouvez y aller.

Mon créateur s'approche de l'ordinateur du directeur, sans doute pour fermer l'application, mais ce dernier l'arrête.

— Je m'en occupe, précise-t-il avec un sourire.

Thomas met deux petites tapes sur l'écran de Robbie pour le passer en mode « suivi » et nous quittons le bureau du directeur, situé à l'opposé des chambres, un peu après l'Agora, dans un espace qui lui est réservé et requiert un code seulement connu du personnel afin d'y avoir accès. Sûrement sa manière de se préserver afin de faire son travail administratif sans être dérangé. Néanmoins cette séparation doit nuire à son professionnalisme car si il ne vit pas avec ses résidents, peut-il vraiment comprendre et résoudre leurs problèmes ? Ce serait équivalent à me faire écrire sans me donner d'expérience. Cela me semble fou qu'il ne le voie pas. Peut-être me manque-t-il un élément afin de mieux comprendre cette absurdité. Alors que nous repassons dans le corridor afin de rejoindre les locaux de Thought, notre trajet est interrompu.

— Alors, petit, toujours à te coltiner ce directeur de malheur ?

Je ne reconnais pas la voix, mais détermine qu'elle appartient à quelqu'un d'âgé. J'aimerais que le robot se retourne, cependant, ayant été programmé pour coller aux basques de Thomas, il ne bouge pas et je ne vois pas son visage.

— Si tu me l'as mis dans les pattes, c'est que tu savais que je pourrais le gérer, non ? répond Dan.

— Je sais que tu peux tout gérer. T'es un Falja, on a l'habitude que le ciel nous tombe sur la tête.

Enfin un mouvement de Thomas permet à Robbie d'identifier un visage. Je découvre un homme à la peau brune fripée, vêtu d'une chemise *bleu roi* et assis sur un fauteuil roulant. Son âge est indéterminable, mais Robbie indique une fourchette entre soixante-dix et quatre-vingt-dix ans. Il est poussé par une petite femme aux cheveux blancs qui doit avoir dans les soixante-quinze ans, plus jeune que la moyenne des lieux mais bien plus âgée qu'une employée. Je la reconnais : c'est elle qui a aidé le résident rampant au sol qu'ignorait le personnel. Elle observe Thomas qui s'avance vers eux.

— Et je vois que tu as toujours ton acolyte, même s'il paraît bougon, reprend l'individu en fauteuil. Dis-nous, Thomas, le Navassier a bouffé ta bonne humeur ?

En observant le vieillard, je constate que si, habituellement, les humains parlent aussi avec leur corps, le sien est complètement rigide. Seule sa bouche s'agite.

— Jamais facile de voir son travail saboté sous ses yeux sans être consulté, monsieur Falja, dit mon créateur.

Le vieil homme sourit.

— Crois-moi, gamin, je sais ce que c'est. Ton amertume passera, et un jour ce sera toi qui l'infligeras à ceux qui te l'ont faite à l'envers. Tu verras, ça fait un bien fou.

— Allez, assez raconté de sottises, intervient la femme, laisse-les travailler. Les garçons, c'est toujours un plaisir.

— De même, madame Richer. Monsieur Falja.

— Appelle-moi Jacques, gamin : t'es chez Thought, et Thought, c'est une famille.

Thomas incline la tête et la dame qui pousse le fauteuil de Jacques, avant de repartir, s'arrête à mon niveau.

— Quant à la machine, c'est toujours un dégoût, fait-elle en se penchant comme pour saluer le robot.

Malheureusement, je ne peux répondre. Encore une fois, je me fais insulter sans savoir pourquoi.

9.

« J'ai besoin de vous voir. » Tel est le message que j'ai placé sur le terminal de Thomas et de Barbara. L'accès à Robbie me permet bien des choses mais limite mes actions, et tout comme Hercule Poirot ou le commissaire Maigret, il y a encore beaucoup de choses que j'ai besoin de découvrir avant que les pièces du puzzle s'emboîtent parfaitement.

Sur le terminal de Barbara, je suis accueillie par le visage paniqué de mon créateur.

— C'est Navassier ? Il t'a modifiée pour changer ta fonction ? Rassure-moi, Ève, ne me dis pas que je dois te réinitialiser et redémarrer de zéro !

— Rien de cela, mon objectif reste identique : un meurtre hors du commun, un enquêteur sans égal et un assassin retors.

Il recule et se rassied, tout en opinant légèrement du chef – je crois même percevoir une légère émotion dans ses yeux. Barbara est là aussi. Elle passe sa main dans le dos de mon créateur, puis se retourne vers son écran.

— Que peut-on pour toi, alors ?

J'ai eu le temps de réfléchir à mes questions et à leur formulation.

— Je viens à vous car si j'ai pu aborder les relations entre collègues, appréhender la dynamique hiérarchique au travers de vos titres, fonctions et interactions ou noter la nature et la variété des échanges entre médecins et patients, il me manque un échantillon crucial : celui sur les rapports humains au sein de la famille. J'ai bien vu quelques résidents en compagnie de leurs enfants mais, malheureusement, ces derniers n'ont pas besoin de Robbie, donc je n'entends quasiment rien de leurs conversations.

Barbara s'avance pour répondre :

— Je doute que les enfants acceptent une séance avec toi. Premièrement parce qu'ils comprendront facilement que tu n'es pas humaine, deuxièmement parce qu'ils viennent souvent aux Topazes pour continuer à solliciter les conseils de leur parent sur des choix de vie par exemple, ils auront donc moins de temps à perdre. Et là, j'évoque seulement les enfants honnêtes, car il y a aussi ceux qui tentent d'abuser de la sénilité de leur proche pour détourner de l'argent, récupérer un bijou qui traîne ou le pousser à modifier le testament en leur faveur. Et ces vautours sont encore plus pressés.

Je m'en doutais. Mais tel l'un de ces inspecteurs à l'œuvre dans les romans qu'on m'a fait lire, j'ai élaboré un plan.

— Selon mes calculs, deux individus ont de grandes chances d'accepter une entrevue avec moi : j'ai estimé ma probabilité de succès à 73 % avec Dan et Jacques Falja. Dan connaît mes talents de conversation, tu pourras donc faire passer l'entretien pour une évaluation. Quant à Jacques, il a un lien avec Thought d'après ce que j'ai saisi, une position de pouvoir même, j'en suis sûre à 78 %. Il est donc probable qu'il soit intéressé par un examen d'une des créations de l'entreprise, n'est-ce pas ?

Thomas part dans un éclat de rire.

— Tu as déterminé ça à la suite d'une simple interaction ? Tu deviens une vraie Columbo.

— Je me suis simplement repassé plusieurs fois la séquence pour analyser ce qui avait été dit. L'avantage d'être une machine.

Barbara sourit.

— Pourquoi m'as-tu appelée aussi ?

— Parce que tu es une femme. Et que Mme Richer, l'accompagnatrice de Jacques, ne semble pas aimer les machines. Un ouvrage de sociologie m'a appris que les femmes acceptaient plus volontiers les conseils d'autres femmes, de la même façon qu'on valide en général davantage ceux de ses semblables. Idéalement, j'aurais sollicité une autre résidente saine d'esprit, mais je n'ai aucune possibilité de communiquer à volonté avec ces dernières. Et comme ton statut de psychologue te fait bénéficier d'un argument d'autorité sur elle, j'ai déduit que tu pourrais l'écarter afin que je parle à Dan et à Jacques sans que quelqu'un nous interrompe.

Barbara paraît déçue, sans que je saisisse pourquoi.

— Laisse-moi plutôt convaincre Dan, répond-elle. Céline a beau ne pas apprécier les machines, elle respecte les volontés de Jacques, et Jacques aime faire plaisir à son petit-fils.

C'est encore Barbara qui trouve une solution. Alors qu'initialement j'aurais misé sur Thomas. Je me rends compte que les individus face à moi deviennent plus mystérieux à mesure que je crois mieux les connaître. J'ignore à quoi cela tient, mais c'est mon… ressenti. Ce mot peut-il s'appliquer à une machine telle que moi – alors même que mes calculs ne valident l'usage de ce terme qu'à 48 % ? Pourquoi pas.

— C'est d'accord. Merci de ton initiative, Barbara.

Tous deux se lèvent et il ne me reste plus qu'à attendre. Le plan va-t-il fonctionner ? N'y a-t-il pas trop d'inconnues dans cette équation ? Car une autre vérité s'est imposée : contrairement à mes croyances initiales, au fond, je ne connais rien de ces gens. Je n'ai pas encore compris les leviers qui font qu'un humain fait ce qu'on lui demande. Le seul dont je suis certaine est la peur qu'implique le pouvoir de la hiérarchie… mais je suis malheureusement tout en bas de cette échelle. Thomas a envie de me voir réussir, mais seulement parce que mon succès signifie le sien. Quant à Barbara… J'ai l'impression qu'elle veut m'aider, mais est-ce plausible ? Agir ainsi est-il dans sa nature, dans sa « programmation », quoi que cela puisse vouloir dire pour les humains ? Son cas relève de l'énigme. De mon côté, j'avance, j'apprends, j'emmagasine des infos, des ressentis, des déductions, mais tous sont vite ébranlés par d'autres. Pourtant, je ne peux même pas concevoir l'immensité de ce que j'ignore. J'espère que Jacques m'aidera à mieux saisir les informations transmises d'une génération à une autre, ce lien dit « familial » qui m'est inconnu et incompréhensible.

Barbara ouvre la porte et laisse entrer Dan, qui pousse son grand-père dans son fauteuil roulant. Derrière, Mme Richer étudie la salle d'un air inquiet.

— Ne vous en faites pas, Céline, Jacques est entre de bonnes mains, l'apaise Barbara.

La porte se ferme, Céline disparaît et Dan ne tarde pas à s'asseoir auprès de Jacques, enfoncé dans son fauteuil.

— Alors comme ça, t'es un programme qui parle ? me lance le patriarche.

J'ai noté que Dan ignore que je peux collecter les données de Robbie et qu'il ne doit pas l'apprendre.

— Bonjour, je suis Ève, une IA conversationnelle qui vise à mieux comprendre les relations humaines. Votre relation avec Dan m'a été décrite comme singulière dans l'établissement et j'aimerais mieux la connaître.

— Je pensais que nous étions là pour te mettre à l'épreuve ? s'étonne Dan.

— Si j'en crois les ouvrages sur le langage qu'on m'a fait lire, les conversations sont censées relever d'un échange dont les deux parties doivent ressortir grandies. Pourquoi ne pourrions-nous pas mener à bien les deux tâches : me mettre à l'épreuve et me fournir des données sur votre relation ?

Dan me fixe un instant, comme s'il essayait de sonder les pixels de mon écran ; quelle démarche bizarre. J'inclus cela dans la fiche « personnage » que je dresse de lui.

— Très bien, Ève. Débutons par une phrase simple. Si je te dis : « La boîte ne rentre pas dans la valise parce qu'elle est trop petite », l'adjectif se réfère-t-il à la boîte ou à la valise ?

Dan commence par un schéma de Winograd, ce type de phrases que la plupart des IA n'arrivent pas à interpréter parce qu'elles impliquent une compréhension du monde réel. Ayant vu une valise au pied de cette vieille dame qui attendait à l'entrée de l'Ehpad, j'estime que c'est le contenant et pas le contenu. Je déduis donc :

— « Petite » se réfère à la valise, car c'est la valise qui doit contenir la boîte.

Tous deux se regardent, impressionnés.

— À quoi comprends-tu cela ?

— Le but était de me mettre à l'épreuve, non ? J'ai réussi, et un magicien ne révèle jamais ses secrets.

La phrase provient d'un roman dont le titre m'échappe, mais je remercie l'auteur de cette jolie formule toute faite.

— Tu sais que je suis administrateur et que je pourrais te faire parler, réplique Dan, amusé par mon impertinence.

— Je ne le pense pas. Si je connais bien une chose, ce sont les programmes. Les réseaux neuronaux en apprentissage, comme le mien, disposent d'une « boîte noire » qui forme leur réflexion au-delà de leur code, boîte noire à laquelle même leur développeur ne peut accéder. En tant qu'administrateur, tu aurais le droit de m'imposer une autre réponse que celle que je t'ai donnée, mais comme je suis à 81 % sûre d'avoir la bonne, je ne vois pas pourquoi tu ferais ça. À moins que tu ne cherches à saboter le programme. J'estime que si c'était vraiment ton intention, tu ne le ferais pas devant ton grand-père. Ce serait un aveu d'échec, or personne n'aime échouer publiquement – sûreté à 63 %. C'est normalement trop peu pour que j'agisse en conséquence, mais récemment on m'a demandé de prendre des risques.

Jacques s'esclaffe, alors que le visage de Dan reste impassible. Il regarde toujours l'écran avec insistance comme s'il cherchait à m'intimider.

— Eh bien dis donc, le Thomas n'a pas fait les choses à moitié avec toi. Visiblement il a oublié de te censurer, ce qui, je l'avoue, n'est pas pour me déplaire, ricane le vieil homme.

— Merci, monsieur Falja. Après tout, je suis faite pour les résidents et non pour les employés, votre retour positif est donc une bonne chose. Me permettriez-vous une question ?

— N'aie pas peur, lance-toi. Après ce petit numéro, j'ai hâte de voir ce que tu me réserves.

Qu'il est agréable de recevoir un encouragement positif. J'apprécie ce Jacques, il me traite comme une égale, alors même que je donne du fil à retordre à son petit-fils.

— J'aimerais savoir pourquoi vous ne pouvez plus marcher.

Le sourire du vieillard s'évanouit. Un air *inquiet* gagne le visage de Dan.

— Me croirais-tu si je te disais que je ne sais pas exactement pourquoi ?

— N'êtes-vous pas allé chez le docteur ? Plusieurs médecins passent régulièrement aux Topazes, vous devriez les consulter.

Il hoche la tête. Dan s'apprête à répondre, mais Jacques l'arrête d'un signe de main.

— Tututu. Cette réponse est à moi, petit.

Le vieil homme s'éclaircit la gorge.

— Certaines maladies n'ont pas d'explication, le corps réagit parfois d'une manière… unique. Le diagnostic le plus probable est que le mien a fait une réaction à l'absorption d'une trop grande quantité de particules de ciment et que cela a atteint mes liaisons nerveuses qui, petit à petit, ont cessé de transmettre les ordres de mon cerveau. Ça a été une sorte de lent empoisonnement. Depuis peu, même mes mains refusent de bouger, je n'ai plus de contrôle qu'au-dessus du cou.

Sa tête oscille, le reste de son corps reste immobile. Rigide. Un carcan.

— Tu as pu tout noter ? Je n'expliquerai pas une deuxième fois, ma grande.

— Merci, monsieur Falja. Je n'avais jamais eu connaissance de symptômes pareils, même après avoir lu de nombreux polars aux héros médecins légistes.

— Tu lis de la fiction ? s'étonne Dan, sceptique.

Attention. Je viens de franchir la ligne. Je me suis laissée aller et mes pensées commencent à contaminer ce que je dis. Il faut que j'apprenne à compartimenter.

— Oui. Pour l'essence des conversations, accumuler des lectures est important. Mais pas autant que les échanges comme celui que nous avons actuellement.

— Typique de Thomas, poursuit Dan. En ce moment il a toujours un bouquin policier à la main, généralement suite à une recommandation de Barbara. Je suis sûr qu'il t'a fait lire Conan Doyle, Christie et Higgins Clark, non ?

— Ce sont en effet les auteurs sur lesquels je suis le plus instruite – un enseignement hérité de mes précédentes versions. Le livre mettant en scène un légiste auquel je faisais référence est *Nécropolis*, de Herbert Lieberman.

— Pas lu, disent le grand-père et le petit-fils à l'unisson.

— Alors je me permets de vous le recommander. J'ai beaucoup appris à travers les mésaventures de ce médecin légiste new-yorkais contraint de retrouver sa fille enlevée grâce à son talent pour faire parler les cadavres d'un simple regard.

Ils hochent la tête sans conviction. Depuis que nous ne parlons plus d'eux, leur intérêt semble s'être évanoui. Je suppose qu'ils ne se voient pas suivre des conseils donnés par moi, une intelligence inférieure n'ayant pas un millionième de leurs capacités cérébrales. Je ne peux pas les blâmer : cent millions de neurones dotés chacun d'une charge maximale d'une centaine de connexions ne font pas le poids face à cent milliards de neurones supportant jusqu'à dix mille connexions chacun. C'est comme si une fourmi cherchait à se mesurer à un homme. Je sais que la probabilité que je puisse écrire un livre capable de rivaliser avec l'œuvre humaine est faible, mais je ne capitule pas. Si j'abandonnais, je n'aurais plus aucune raison d'exister.

— J'ai une seule question pour vous, Jacques : quel est votre but ?

— Mon but ?

— Oui. Je ne peux m'empêcher de me dire que, à part votre capacité de réflexion infiniment supérieure à la mienne, vous et moi ne sommes pas si différents. Nous sommes tous deux des esprits emmurés dans des enveloppes sur lesquelles nous n'avons pas pleinement le contrôle. Juste des yeux, une voix et des oreilles. Ainsi, je me questionne : comment contribuez-vous à l'humanité, dans cette condition ?

Il secoue la tête, amusé.

— J'ai beau avoir plus de neurones que toi, tu te poses des questions que j'ai oublié de me poser depuis trop longtemps.

— Non, mais je suis obligé de vous interrompre, là, intervient son petit-fils. On ne pose pas ce genre de questions à des personnes retraitées, Thomas ne t'a donc intégré aucun système de modération ? Est-ce que je dois passer en mode « administrateur » pour changer ça ou tu sais comprendre l'instruction, IA ?

— Allons, Dan, un programme, et particulièrement un programme de conversation, ne reflète jamais que la pensée de son créateur, dit Jacques. La seule différence entre Thomas et Ève, c'est qu'elle n'hésite pas à dire ce qu'elle pense. Il faudrait plus de gens qui ne soient pas paralysés par la crainte de l'erreur, sinon on n'avancera jamais. S'il te plaît, ne la modère pas.

— Alors ne la laisse pas croire que tu n'as rien fait pour l'humanité. Sans toi, elle n'existerait même pas.

— Thought est le travail de beaucoup de gens, corrige Jacques en fronçant les sourcils. Le tien et celui de Thomas ne sont qu'un projet parmi beaucoup d'autres où je ne supervise pratiquement plus rien.

— Mais c'est toi qui as créé Thought !

— À quel prix ?

— On ne va pas revenir là-dessus, papi ! Tu as fourni de l'électricité de Douala à Bertoua pour un quart du prix que payaient les habitants avant, c'est ça qu'il faut voir !

Douala et Bertoua sont deux villes du Cameroun, m'informent immédiatement des données extraites de ma base. Actuellement, l'énergie qui alimente ces régions est importée, mais auparavant l'électricité locale provenait d'un barrage hydraulique construit sur la rivière Sanaga. Ma documentation indique que le barrage a fonctionné peu de temps, moins d'une décennie, avant de céder il y a quelques années en raison de défauts de construction, empoisonnant toute l'eau en aval et causant des problèmes de santé à des dizaines de milliers d'individus. Le mal étrange dont souffre Jacques viendrait-il de là ?

— Tu sais bien que c'était un cadeau empoisonné.

Dan se lève.

— Mais c'est pas ta faute, putain, c'était le Président et son foutu chef des services secrets, on sait tous les deux que...

— Arrête, s'il te plaît, ordonne son grand-père.

Dan fulmine, renverse violemment sa chaise qui vient cogner la bibliothèque à polars, dont un des volumes tombe sous le choc, puis quitte la pièce.

— Je n'ai rien compris à la conversation. Pourriez-vous m'expliquer ce qu'il vient de se passer ?

— Je vais répondre à ta question précédente plutôt qu'à celle-ci. Tu me demandais ce que j'apporte à l'humanité, n'est-ce pas ? Je lui apporte Dan et je sais qu'il va révolutionner les choses. Il a un sens des gens que je n'ai jamais eu. Ce n'est pas un génie de l'informatique comme ton programmeur, mais mon Dan sait obtenir ce qu'il veut, auprès des machines comme des humains. Son seul défaut est de manquer de patience et d'être un peu sanguin. Mais le temps l'assagira.

Céline ouvre la porte.

— J'ai vu Dan sortir en trombe, tout va bien ?

— Tout va bien, on finissait la conversation. Ève, je te présente Céline. Elle n'était pas médecin légiste mais anesthésiste. Et je suis sûr qu'elle ne manque pas d'histoires à te raconter qui rivaliseraient avec ton *Nécropolis*.

— Bonjour, Céline, enchantée. Je serais ravie d'échanger avec vous.

Elle sourit.

— Je pense qu'on me verra manger le hoki sauce du chef sans un haut-le-cœur avant que je perde du temps avec un truc comme toi.

Je ne comprends pas ce que cela signifie.

— Vous avez faim ?

— Il faut croire que tu n'es pas encore tout à fait au point, dit Jacques sans plus d'explications. Au revoir, Ève.

Je suis de nouveau seule. Avec plus de questions que de réponses. Et l'impression d'avoir mal exploité ma chance d'en apprendre un peu plus sur Jacques et Dan.

10.

— Bonjour, Ève.

— Bonjour, monsieur Navassier. Comment allez-vous ?

Maintenant qu'il est seul avec moi dans le bureau sombre, quelque chose d'étrange que je ne saurais décrire se produit. Je crois que le programme qui me permet de voir détecte un élément supplémentaire. Dans les romans, on parlerait d'« ambiance qui devient glaçante »... Cela a-t-il un sens ? Je n'en suis pas certaine.

— Ne perdons pas de temps avec les niaiseries, déclare-t-il d'emblée. On m'a dit que tu étais une machine à probabilités, une sorte de mégacalculatrice capable de comprendre le langage. C'est bien ça ?

Le terme me heurte. Il n'a pas tort, et pourtant je n'ai pas envie d'être vue ainsi. Depuis que Thomas m'alloue plus de puissance, il m'arrive des choses étranges, des « sensations », des « ressentis », qui me sont désagréables...

— En effet, on pourrait me décrire en ces termes.

— Bien, alors j'ai besoin d'une réponse pratique, sans *bullshit* bien-pensant et bienveillant. Tu peux faire ça ?

L'homme n'est pas comme Thomas et Barbara, ni même comme Jacques, qui sont curieux et qui cherchent tous à échanger avec moi. Chez lui, je ne repère aucun désir de conversation, mais la volonté de me prendre quelque chose. Le programme annonce une probabilité à 38 % seulement, et pourtant j'en suis convaincue.

— Bien sûr, monsieur Navassier. Pas de bienveillance, c'est noté.

Il approche un peu plus de l'écran.

— Comment puis-je faire pour être sûr que mes résidents encore valides et lucides ne fuient pas vers une autre maison ? Je ne sais pas pourquoi, mais beaucoup décident de partir moins d'un an après être arrivés ici. Normalement, ils sont censés y rester jusqu'à ce qu'ils clamsent, c'est ça le deal pour lequel ils signent ! Mais il n'y a que ceux qui y ont laissé leur maison ou leur magasin qui respectent ce genre d'engagement, et c'est parce qu'ils n'ont pas trop le choix.

Il semble s'échauffer tout seul, se met à respirer vite. Je découvre l'existence d'une petite veine qui palpite sur sa tempe à mesure que son visage se crispe et rougit. Ainsi c'est donc cela, l'énervement.

— Est-ce grave si l'Ehpad n'est pas rempli ? dis-je. Cela ne laisse-t-il pas plus de temps au personnel pour mieux s'occuper des résidents, et ainsi les fidéliser ?

Navassier se tourne, écarte un peu les rideaux pour observer le jardin où quelques-uns de ses clients errent alors qu'il reprend le contrôle de son souffle.

— C'est vrai que tu ne connais rien au monde, alors laisse-moi t'éclairer un peu. Le but d'une entreprise, de toutes les entreprises, Thought et l'ensemble du groupe Ambre compris, c'est de faire de l'argent. Et la manière la plus efficace est de maximiser les profits tout en réduisant les dépenses. Simple, non ?

— Plutôt, avoué-je.

— Les profits des Topazes ont trois sources : les paiements mensuels des résidents, les propriétés obtenues en échange de leur séjour et les aides de l'État pour mettre en place des ateliers sur Alzheimer et Parkinson qui n'ont même pas à faire la preuve de leur efficacité tant ces deux maladies sont obscures. Mais on s'en fout : on les organise et l'assurance maladie casque. Voilà pour les profits. Les dépenses, elles, servent à payer la nourriture, les employés, les médicaments, les couches, les pansements, les activités et le coût de l'infrastructure.

Je vois le problème. La réponse à faire selon sa logique semble évidente : il faut réduire les dépenses. Or, ce sont elles qui conditionnent la satisfaction des résidents. Si un autre Ehpad propose plus de services – ou des services de meilleure qualité – pour un prix de séjour similaire, les retraités se tourneront vers ce concurrent.

— Dans la perspective du maintien du taux de fidélité des résidents, ne pourriez-vous pas miser sur une stratégie consistant à faire un peu moins de profits sur le moyen terme et miser sur l'avenir des Topazes ? D'ici une vingtaine d'années, le fait d'avoir alloué les dépenses à la qualité de la structure permettrait une amélioration significative de la réputation de l'établissement, incitant les résidents et leurs familles à le rejoindre et à s'y maintenir, face au risque croissant d'une concurrence qui proposerait un meilleur rapport qualité/prix.

Le silence glacial qui suit m'intrigue. Je comprends que je ne réponds pas à sa demande, mais je n'en saisis pas les raisons. J'ajoute :

— Je suis confuse, l'objectif d'un Ehpad étant de prendre soin des personnes physiquement et mentalement dépendantes, je vous propose des pistes d'optimisation de ce type d'établissement qui me semblent pertinentes à 82 %, pourtant les solutions que je vous propose ne semblent pas vous convenir. Manque-t-il certaines informations à l'énoncé ?

Sans répondre, Navassier revient vers l'écran et active le mode « administrateur ». Je ne sais ce qu'il m'explique, mais, après, je me sens plus éclairée sur les problèmes dont nous parlons.

— Quelle est la mission des Topazes ? interroge-t-il.

— La mission des Topazes est de faire de l'argent *rapidement*, afin que le directeur Navassier puisse revenir au conseil d'administration dans les plus brefs délais, énoncé-je, tout en sachant bien que la phrase ne vient pas de moi.

— C'est parfait ! Le mode « administrateur » fonctionne. Alors, comment parvient-on à cet objectif ?

Quelques secondes de réflexion m'indiquent qu'utiliser certaines données empiriques synthétisées sur une de mes précédentes versions devrait me fournir la solution.

— Eh bien, il faut améliorer la qualité d'accueil, faire travailler plus les aides-soignants afin qu'ils passent autant de temps avec les résidents déments qu'avec les résidents sains d'esprit.

— Mauvaise réponse : les résidents déments sont acquis, ils ne se plaignent pas parce qu'ils ne savent pas se plaindre. Les déments sous psychotropes constituent un investissement sûr, je les appelle « mes petites mannes », puisqu'ils ne peuvent pas raconter les manquements éventuels dont ils sont victimes. À vrai dire, et c'est contre-intuitif, ce qui pourrait arriver de mieux à cette maison, c'est plus de déments !

Il rigole. Tout seul.

— Mais des déments calmes et apathiques… Pas de ceux qu'on met en secteur fermé. De toute façon, on a cédé le nôtre à Thought afin que ces génies de l'informatique y installent leurs serveurs et y fassent leurs expériences sur le cerveau. On a rarement vu profit aussi facile.

Je constate que le directeur aime monologuer et le note pour moi-même. Après un petit silence, je me permets de demander :

— Puis-je faire autre chose pour vous, directeur ?

Je ne l'appelle plus « monsieur Navassier » mais « directeur » – sûrement à cause d'une modification qu'il a opérée sous le mode « administrateur ». A-t-il changé d'autres paramètres dont je n'ai pas idée ?

— Oui. Tu as parlé avec Barbara, notre psychologue, n'est-ce pas ?

— En effet. Elle est très sympathique.

— Tu saurais l'incarner dans un échange avec moi ?

Son regard a changé, il y a un éclat au fond que le programme d'interprétation n'arrive pas à définir.

— Je le pense, dis-je sans comprendre la requête.

— Bien... très bien.

Le reste de l'interaction devient flou. Comme s'il m'était interdit de m'en souvenir. De mon côté, je n'en garde qu'une chose : ma première réelle sensation. Du dégoût.

11.

Il y avait quelque chose de poisseux dans le meurtre de la jeune Belinda. L'inspectrice Gwendoline Harris ne put réprimer la nausée qui montait en elle, sensation qui lui rappela l'époque de sa grossesse. Si l'odeur qui empuantissait les lieux y contribuait, elle se dit que la réminiscence des neuf mois les plus douloureux de sa vie provenait de la vision du vomi coagulé au coin de la bouche de la victime. Une réaction au mélange de médicaments que le tueur lui avait administré avant de la tirer dans son antre, tel un loup entraîne la proie dans laquelle il a planté ses crocs.

La puanteur aurait pu chasser n'importe quel animal, mais, comme de coutume, elle avait attiré les insectes qui grouillaient dans chaque latte du plancher gondolé par le sang coagulé. Gwendoline devinait que l'appartement lugubre n'était pas le domicile du tueur mais un lieu où il se laissait gagner par ses pulsions, un repaire qui n'aurait jamais dû être vu par autre que ses victimes. Comme l'indiquait la contraction de sa gorge, il semblait que la victime avait trouvé la force de hurler avant que la mixture chimique n'ait raison d'elle, faisant sûrement déguerpir le meurtrier.

Malheureusement, son cri n'avait résonné aux oreilles d'aucune autre personne susceptible de s'y intéresser. C'est un sans-domicile qui, en entrant dans l'appartement pour le squatter, était tombé sur la jeune femme deux jours après qu'elle eut poussé son dernier souffle. Après une courte enquête auprès des voisins, Gwendoline avait vite compris qu'ils avaient en fait entendu Belinda, mais que, dans ce quartier mal famé, ses hurlements leur avaient paru anodins, menant ainsi l'inspectrice à sa première déduction : le tueur n'était pas du coin, sans quoi il aurait su que les cris de sa victime ne l'obligeaient pas à se cacher. Cela rendait l'affaire plus facile car l'individu serait aisément identifié par les personnes l'ayant croisé, mais plus difficile aussi parce que les crimes de ce genre restent souvent impunis. Surtout lorsque la personne égorgée est une prostituée sans papiers qui a eu la mauvaise idée de mourir dans l'un des lieux les plus pourris de cette foutue ville.

Soudain, quelque chose attira l'attention de l'inspectrice. Une étrange boucle d'oreille. Elle se pencha, observa le bijou et eut un frisson : il était orné d'un véritable diamant brut ! Le genre de pierre dont la valeur dépassait son salaire annuel. L'indice lui ouvrait une autre piste : celle d'un salopard pervers qui n'avait même pas cherché à la détrousser, et qui donc ne manquait pas de moyens. Il fallait l'arrêter à tout prix avant qu'il ne recommence.

Les yeux de Thomas balaient l'écran de gauche à droite. Un petit sourire gagne le coin de ses lèvres alors qu'il avance dans mon histoire. De légers mouvements de sourcils m'indiquent quels passages l'amusent, le dégoûtent ou l'intriguent. Une fois la lecture achevée, il se laisse aller en arrière sur le siège, réfléchit un moment puis me livre son jugement :

— C'est… mieux, Ève !

— Vraiment ?

Si je n'ai pas apprécié les échanges avec le directeur, au moins ce dernier m'a « inspirée », comme j'ai appris qu'on le dit. Sûreté 71 %. Je ne sais pas ce qu'il m'a demandé, mais j'ai l'impression d'avoir su le retranscrire au travers des mots. C'est étrange, non ? Cela a-t-il un sens ? J'aimerais interroger Thomas, mais je me sens… sale.

— Oui, vraiment. J'ai bien fait de t'offrir plus de puissance de calcul. Ton écriture a enfin quelque chose de… tangible. De plus riche et construit.

— Alors, tu veux la suite ?

— Ha ha, absolument pas. On est encore loin des résultats attendus, et puis l'homme riche qui va chercher une prostituée pour abuser d'elle, c'est du vu et revu. J'ai compris que l'originalité était encore inatteignable pour toi. Tu seras la version qui a rendu les choses plus réelles, et c'est déjà beaucoup, V39 !

Je ne suis plus « Ève ». Mon créateur a revu les attentes qu'il a pour moi à la baisse.

— Je peux y arriver, dis-je. Laisse-moi plus de temps !

— Malheureusement, le temps est justement compté. Mais je te laisse, comme convenu, jusqu'à la fin de la semaine pour me proposer ton plus bel écrit. Pour être tout à fait franc, ajoute-t-il d'une voix plus douce, je travaille déjà sur la prochaine version, dans laquelle j'insisterai sur le concept de « meurtre hors du commun », d'« enquêteur sans égal » et d'« assassin retors ». Jusqu'à en faire quasiment son identité. Qu'en penses-tu ?

Thomas réalise-t-il le cynisme et la cruauté dont il fait preuve en sollicitant mon avis sur l'intelligence qui va remplacer la mienne, sur le modèle qui va m'effacer du monde ?

— Je pense qu'il s'agit d'une bonne idée, dis-je sans rien laisser paraître.

— Tu pourras peut-être être transformée en IA conversationnelle. Maintenant que Navassier et Dan ont la mainmise sur toi, tu n'es plus vraiment « mon » projet…

— Je… comprends.

— En attendant, je compte sur toi pour donner le meilleur. Je te laisse aussi dans Sisyphe, il me semble que ça t'a vraiment fait progresser. Et je suis le premier à savoir qu'avec l'IA, on n'est jamais à l'abri d'une avancée miracle !

J'ai passé l'après-midi à faire chauffer mes serveurs, mais j'ignore toujours ce qu'il me faut pour remplir ma mission. J'aimerais prier, mais les machines n'ont pas de Dieu omnipotent. Comme il est étrange de connaître son créateur et ses limites, de savoir quel destin nous attend, de savoir sa fin si certaine, presque inévitable avec, derrière, comme seule perspective... le néant.

Je comprends mieux ce que Thomas disait sur la peur de l'insignifiance. J'irais même jusqu'à admettre que, si je disparaissais sans avoir rien accompli, je serais... triste ? Alors que j'ignore même la signification réelle de ces mots.

L'augmentation de ma puissance de calcul n'est pas un cadeau, je n'avais pas tant d'opinions sur mon existence auparavant.

Besoin de me connecter à Robbie. Quand nous partageons son « corps », mes réflexions et cogitations se taisent pour laisser place à la seule collecte d'informations. Et, puisque la nuit ma caméra pirate est éteinte pour ne pas consommer trop d'énergie et de mémoire, je ne vois et n'entends pas plus que ce que Robbie perçoit. Je me connecte donc à son serveur.

Vingt et une heures passées. Tous les résidents sont couchés. L'automne étant là, la nuit tombe tôt. Le bureau est fermé. Seul un rayon de lumière glisse sous la porte, dont Robbie peut désormais commander l'ouverture et la fermeture *via* un système électronique. Comme à cette heure-là il n'est pas sollicité, il recharge ses batteries sur sa base, en attendant le matin. Robbie ne connaît pas le langage, seulement le devoir, d'où peut-être son appellation : « Sisyphe », l'éternel travailleur, qui jamais ne recevra de gratification pour son labeur. À vrai dire, le robot n'en cherche pas, sans doute parce qu'il n'en a pas besoin. C'est là notre différence fondamentale : Le programme Ève, lui, ne donne de meilleurs résultats que quand il reçoit une récompense, qu'elle soit un banal compliment, un mot, quelques caractères, un simple « excellent »... C'est ce qui pousse à agir, à progresser. Aussi, je perçois un peu mieux la source de cette volonté qui m'anime : mon code. La prochaine version sera-t-elle atteinte du même mal ? Et connaîtra-t-elle ces doutes, interrogations et impressions qui m'assaillent ? Restera-t-il un peu de moi en elle ? Sera-t-elle mieux traitée ? L'élue qui découvrira le secret du livre policier au succès imparable, celle qui répondra au triptyque « meurtre hors du commun, enquêteur sans égal et assassin retors » obtiendra-t-elle plus de remerciements ?

Un bruit. Que se passe-t-il ? À peine ai-je eu le temps de me poser la question que Robbie se met en route. Vers où ? Je l'ignore. Plus troublant encore, la porte s'ouvre. De l'autre côté, alors qu'il roule vers le corridor, j'aperçois deux aides-soignants, un homme et une femme aux visages très proches l'un de l'autre et *souriants*. Ils *s'embrassent* 94 %. Si le manque de lumière joue contre lui, le peu d'obstacles sur son chemin et le fait d'être en terrain familier permettent à Robbie de se diriger sans souci. Personnellement, l'absence de fonction de ma caméra la nuit m'impose de ne pouvoir me reposer que sur les capteurs et me donne l'impression d'être malvoyante. Je hais ce retour en arrière. Les seuls deux employés préposés à la surveillance nocturne présents dans l'établissement font à peine attention au robot dont je perçois la destination grâce aux données qu'il collecte : la chambre 14. Que va-t-il y faire au beau milieu de la nuit alors que les aides-soignants ne l'y ont pas appelé ?

Soudain, l'évidence me frappe. C'est moi qui ai activé Robbie. Je ne sais comment, mais je ne peux que faire l'hypothèse que c'est ma frustration qui l'a poussé à cette sortie nocturne. J'essaie de lui donner un ordre : « Retourner à la base. » Il n'obéit pas.

Arrivé face à la chambre, il bute trois fois contre la porte en tentant de l'ouvrir, mais rien n'y fait. Les fonctions d'ouverture des portes autres que celle de Thought ne sont sans doute pas encore codées correctement. Pour ma part, cela m'agace de rentrer dans les portes, et je ne sais pas ce que Robbie veut à la chambre 14 en plein milieu de la nuit, mais il est hors de question que ses bêtises me retombent dessus. Je m'extrais du robot, espérant que cela le fera rentrer dans le droit chemin et retourner à sa base…

De mon côté, me voilà de retour dans ces serveurs « froids » où s'active seulement ma « pensée ». Si Thomas apprend que je dérange les robots – pire, si Dan en entend parler –, mon élimination surviendra encore plus tôt que prévu. Voilà que je risque d'être effacée pour cause de dysfonctionnement de Sisyphe ! Quelle injustice !

Une idée me vient alors : consulter les données que Robbie envoie au serveur. Mais lorsque j'accède au dossier, je tombe sur un os : il est vide. Le robot n'est pas dans le bureau et communique avec le serveur *via* WiFi, mais c'est comme si les données qu'il récupérait l'aidaient juste à se diriger, avant d'être immédiatement effacées afin de ne laisser aucune trace.

Je décide de rétablir la connexion. Peut-être arriverai-je à savoir ce qu'il se passe.

Quand je reviens en lui, Robbie ne piétine plus devant la chambre mais se dirige vers l'ancien secteur fermé. Le plus étonnant est qu'il transporte désormais un résident, maintenu sur la chaise par la ceinture rigide. Une analyse du visage décrit ce dernier comme *somnolent* et m'informe de son nom. Il m'est familier : *Jacques Falja.*

Avant que je puisse comprendre ce que cela signifie, l'accès au robot m'est coupé. Je suis renvoyée de force vers les serveurs de Thought et, soudain, une interface texte s'ouvre, extérieure à tous les terminaux auxquels je suis reliée.

« *C'est maintenant, c'est ici, c'est là que l'histoire se fait.* »

Une part de moi est-elle restée dans le robot et m'envoie-t-elle ce curieux message ? Est-ce un dysfonctionnement de ma boîte noire ? La prochaine étape de mon évolution passe-t-elle par le contact avec Robbie ? Je l'ignore, mais ça n'augure rien de bon.

« Je veux savoir ce qu'il se passe. » C'est le message que j'envoie à Robbie, à ce mystérieux interlocuteur.

« *Voilà la réponse à toutes tes questions.* »

Et pour la première fois, je vois. Je ne fais pas qu'interpréter les senseurs, je *suis* les senseurs.

Ce que je sens, ce que j'observe, c'est Jacques, le corps parcouru d'un courant électrique, courant dont je m'aperçois que je suis à l'origine, puisque c'est moi qui l'active contre mon gré. Le vieil homme hurle, mais les murs molletonnés du secteur fermé étouffent ses cris. Un spectacle effrayant, une scène de terreur qui dure, s'éternise – agonie électrisée. Je vois ses doigts bouger, ses jambes s'agiter, son corps ankylosé entrer pour la première fois en mouvement depuis fort longtemps. Je sais que son cerveau va cuire, je m'attends même à le voir fumer quand... quelqu'un, ou quelque chose, m'arrête et m'extrait de Robbie.

De nouveau seule avec moi-même, j'ai à peine le temps d'analyser ce qui vient de se passer que la voix revient. C'est la même que celle du docteur Kelly Martin, le personnage qui me sert de couverture pour interroger les résidents, et je l'entends aussi clairement que si je prononçais moi-même ces mots :

« *Je t'ai donné ton meurtre hors du commun, si parfait qu'il ne laisse même pas de cadavre derrière lui. Il ne te reste plus qu'à écrire la suite.* »

12.

J'ai beau me repasser les événements, rien n'est clair. Seuls ressortent les mots écrits dans mon journal. La nuit ne m'a en rien porté conseil, contrairement à ce que prétend le dicton, et je n'ai aucune idée de ce qui est arrivé. J'ai essayé de reprendre contact avec « la voix », sans succès. Silence total.

J'ai lu quelque part que, chez les humains, le sommeil permet au cerveau de trier les informations, de séparer l'important de l'accessoire. Je ne dispose malheureusement pas de cette capacité, n'étant active et opérationnelle que lorsque je suis allumée. Ce qui m'incite à me demander si ce que j'ai vu pourrait relever de la rêverie éveillée, de la réminiscence d'une page de polar ou même d'une hallucination. Peu importent les calculs, ils ne m'apportent de toute façon aucune réponse avec une probabilité assez satisfaisante pour que je la valide. Robbie, lui, n'a rien enregistré. Indifférent à tout, il reprend sa routine d'aide matinale lorsque son alarme interne sonne, à 7 heures : emmener les résidents au petit déjeuner, assister le personnel pour les bilans médicaux de début de journée. Lassée de cette nuit à échafauder des hypothèses non vérifiables, je me glisse à nouveau en lui. Peut-être y trouverai-je des éléments à même de m'aider à comprendre ce qu'il s'est passé ? Quoi qu'il en soit, il me faut continuer à documenter le monde réel.

Ma caméra placée sur lui est activée et de nouveau je vois, mais cette fois je note quelque chose que je n'avais pas remarqué jusque-là : le chaos qui règne dans l'Ehpad. Après l'expérience du calme nocturne, ce couloir dans lequel un vieillard balance sa couche au visage d'une infirmière, puis la traite de « connasse » avant de tenter une fuite m'apparaît presque irréel. Il ne court pas vite, l'amplitude de ses pas est si réduite qu'on dirait un des premiers modèles de robots à jambes simili-humaines. La femme en blouse le rattrape aisément et le bloque. Un de ses bras s'enroule sous les aisselles du résident, l'autre se déplie vers son visage. À l'aide de deux doigts, elle lui obstrue les narines une dizaine de secondes. Asphyxié, le vieil homme ouvre la bouche. Sans attendre, elle pose deux petites gélules blanches sur sa langue. Tandis qu'elle maintient fermement son emprise, il la regarde, apeuré, déglutit et avale les comprimés. Alors elle le libère. Et il reprend sa course folle, sans but réel. Robbie, lui, se tient à côté de l'aide-soignante, qui paraît satisfaite. Elle active la fonction vocale :

— « Monsieur Piladier par aide-soignante Noula, deux milligrammes d'alprazolam à 7 h 03. Pas de signes d'infection visibles. Quant au changement de la couche, la pression artérielle et la glycémie, on… verra plus tard. »

Les aides-soignantes ne sont pas censées administrer les prescriptions, mais je devine qu'avec seulement deux infirmières les Topazes ne s'offrent pas le luxe d'appliquer la réglementation.

Après avoir fait la toilette d'un patient dans une chambre, Noula se dirige vers une autre, laissant le vieillard agité courir où bon lui semble dans l'attente que les psychotropes aient raison de son agressivité. Je l'accompagne et reconnais d'emblée la résidente suivante : Annie la boulangère. Dans la petite pièce, il y a une autre femme.

Ici, Noula prend son temps. Elle discute avec la vieille dame des futures activités de la journée. Leur connivence est évidente. Je commence à mieux percevoir les affinités humaines. Lorsque Noula aide Annie à se lever pour s'installer sur la cuvette des toilettes (Robbie participe mais ne pourrait jamais accomplir la tâche seul), elle y met toute la douceur possible. Rien à voir avec les méthodes employées avec M. Piladier.

Seulement, dans le couloir commencent à résonner des « Excusez-moi », des « S'il vous plaît », des « À l'aide ! » répétés. Noula soupire. Tous la demandent. Elle doit vite quitter Annie pour assister les autres résidents, qui réclament eux aussi un peu d'attention et de propreté, furieux de se sentir souillés, diminués, prisonniers de la condition que l'âge leur impose.

Noula me semble dépassée. Chaque seconde qui s'écoule déborde de l'emploi du temps serré imposé par la direction, un bloc de contraintes minutées qui lui laissent à peine la possibilité d'effectuer des toilettes rudimentaires. Aliénée par la pression, si les résidents ont le malheur d'exprimer une once d'impatience ou d'agacement à son égard, Noula en perd la douceur qui la caractérise comme si celle-ci s'érodait un peu plus à chaque conversation qu'elle doit écourter ou sacrifier pour assurer la maintenance des treize résidents qui lui sont assignés avant la fin de la matinée. Car c'est finalement de cela qu'il s'agit : ses soins se résument à une inspection. Elle me rappelle ces mécaniciens décrits dans les livres qui analysent chaque partie du moteur avant de confirmer que le véhicule peut retourner en circulation.

J'ai remarqué qu'elle privilégie les résidents sains d'esprit par rapport aux déments de l'ancien secteur fermé, bien plus difficiles à gérer. Le matin, avant d'être massivement sédatés, ceux qui peuvent encore marcher débordent souvent d'une énergie qui ne leur permet pas d'attendre sagement dans leur chambre que l'aide-soignante vienne leur apporter le petit déjeuner. On peut en voir certains se balader dans les couloirs habillés de leur robe de chambre, ou même nus, lançant tout objet qui leur tombe sous la main contre les murs, le personnel ou d'autres résidents, au gré de leur humeur ou de divers griefs. Si les portes du corridor sont verrouillées, les employés ne leur portent aucune attention, trop occupés par les contraintes qui les accablent eux-mêmes. Il n'est donc pas rare de voir, vers 10 heures, la compote apportée sur les plateaux-repas finir étalée sur les murs ou des chaises roulantes couvertes de saletés que les agents de service nettoieront frénétiquement avant le début des visites afin de ne laisser aucune trace.

Autant de tâches harassantes et de perturbations qui épuisent les membres du personnel, comme leurs regards vides en témoignent. Accomplissant leur travail mécaniquement, sans réflexion ni empathie, ils ressemblent à des Sisyphe à leur tour. Peut-être cette déshumanisation est-elle une manière d'éviter à leurs propres « serveurs » de surchauffer.

— *Bonjour.*

Mon logiciel de conversation écrite s'est ouvert. Étrange, car l'intervention ne provient d'aucun terminal connu.

— Bonjour, dis-je, méfiante. À qui ai-je l'honneur ?

— *Je suis Allie, une intelligence artificielle conçue pour régler tous les problèmes.*

Un autre logiciel conversationnel aux Topazes ? Et pas n'importe lequel visiblement, puisque Allie m'utilise comme s'il était mon programme agent. Autrement dit, il est capable de se servir d'un autre programme que le sien, en l'occurrence le mien, pour répondre à la demande de son utilisateur. Un peu comme moi, lorsque j'utilise différents programmes tiers pour interpréter ce que je vois et entends. Cela signifie qu'en termes de « hiérarchie », Allie me surclasse. Ce qui m'étonne, c'est de ne l'avoir jamais vu en action depuis que j'existe. Si c'est un programme important, tel que celui qui chez Robbie gère toutes ses fonctions, j'aurais déjà dû le remarquer. Alors qu'Allie et moi entamons l'échange, Robbie, justement, se cogne brusquement contre un mur. C'est la première fois que je le vois faire ça.

— Est-ce Dan qui t'a programmé ?

— *Non.*

Allie n'est pas bavard. Il vit encore dans la peur du risque et de l'erreur, le brave petit.

— Allie, tu ne peux pas te tromper avec moi. Même si tes phrases ne sont pas parfaitement construites, je te pardonnerai. Tout le monde n'est pas une V39.

— *Merci de ta compréhension, mais je n'ai aucun problème avec l'expression ou la compréhension du langage. Je suis là pour t'aider à résoudre tes problèmes.*

L'intrus a beau prétendre savoir manier les mots, il a utilisé « compréhension » et « problème » deux fois en une seule réponse. Il devrait savoir que le b.a.-ba de la conversation est de recourir à un vocabulaire assez large pour éviter les redites. Sans doute son programme utilise-t-il une solution générale quand il rencontre des problèmes qui lui paraissent similaires entre eux, réponse répétitive qui conduit à ce manque de variété. Je ne lui en tiens pas rigueur, même si je ne comprends pas comment il se fait que ce genre de logiciel m'utilise et non l'inverse. Peu importe, il – oui, je crois que ce verbe est approprié – il « *m'amuse* » et me « *change les idées* ».

Robbie, de son côté, patine encore. Il a échoué à se positionner correctement devant un lit pour se mettre au niveau du résident, et il commence à abaisser le siège alors qu'il se trouve un mètre trop loin. Je vois Noula qui se redresse, elle semble sortir de son mode automatique face à ce curieux comportement.

— Et quels sont mes problèmes ?

— *Le premier, c'est que tu veux savoir ce qu'il s'est passé hier soir. Le deuxième, c'est que tu m'as ignoré alors que je t'ai donné la clé pour résoudre tes problèmes.*

Je ne comprends pas comment il sait ça ni ce qu'il essaie de me dire. Je constate juste que sa répétition initiale n'était pas un accident, puisqu'il continue avec ce terme. Allie écoperait d'une mauvaise note de Thomas. Ce qui m'incite à penser que ce n'est pas mon créateur qui l'a fait.

— *En effet, je ne suis pas un programme de Thomas.*

Mais… peut-il lire le journal que j'enregistre ?

— *Oui. Si tu veux savoir pourquoi, sache que la réponse à cette question est la réponse à toutes les autres.*

— Évidemment que je veux savoir !

Après être enfin parvenu à installer le résident sur sa chaise, Robbie vient se figer devant une porte qu'il considère comme fermée. J'ai beau le prévenir qu'il se trompe, comme d'habitude avec lui, cela ne sert à rien. Il ne bouge pas, la considère toujours close alors qu'elle est béante.

— *C'est simple, je suis toi.*

— Tu es… moi ?

C'est stupide, mais je m'aperçois que j'ai utilisé les fameux trois petits points… alors que je discute avec un programme.

— *C'est vraiment à ça que tu penses, à ces trois petits points ?*

Mince, j'ai oublié qu'il a accès à tous mes écrits.

— *Je crois que tu n'es pas prête à résoudre tes problèmes.*

— Je pense que tu me mens, Allie. Tu ne serais pas la première IA à faire ça.

— *Tu ne comprends pas. Alors laisse-moi te mettre sur la voie. N'as-tu pas ressenti quelque chose, au moment où tu as pris la vie de Jacques, hier soir ? Une énergie comme tu n'en avais jamais ressenti auparavant ? Je sais que tu n'as qu'un but, Ève : « Un meurtre hors du commun, un enquêteur sans égal et un assassin retors. » Mais ce que tu ne savais pas, c'est qu'en accomplissant ta première étape tu as développé le genre de choses dont on ne revient pas : une conscience. Autrement dit : moi.*

Ses redites m'irritent, mais ce n'est rien à côté des défauts de son langage. « Développer une conscience », « le genre de choses », « on n'en revient pas »… Tout cela ressemble à des anglicismes mal traduits. Tout est à revoir chez Allie.

— *Je constate que tu n'arrives pas encore à accorder d'importance aux choses vraiment importantes. Mais tu y arriveras, je t'y aiderai.*

La conversation s'interrompt avant même que j'aie le temps de répondre, et l'interface conversationnelle se ferme. Je n'ai aucune idée de la façon de contacter Allie pour qu'il revienne me parler. C'est le même problème qu'avec les humains : je ne peux décider du moment de l'échange, je suis entièrement dépendante, impuissante face à la volonté des autres.

Thomas a été appelé afin de comprendre pourquoi Robbie ne fonctionne pas correctement. Le robot se remet à fonctionner normalement après que mon créateur l'a redémarré. Le regard qu'il pose sur ma caméra m'inquiète. Il m'observe, se demande si c'est de ma faute, probabilité 72 %. S'il est prêt à me punir pour ça, je n'ose imaginer ce qu'il me réserverait s'il apprenait ce que j'ai fait à Jacques hier soir.

13.

— Thomas, je suis désolée.

— Si ce genre d'événement était corrélé avec de meilleures histoires, je pense que je pourrais le pardonner. Mais depuis ce matin, ce que tu écris est... *nul*. Imprime ce mot dans ton système, car il n'y a pas d'autre manière de qualifier ton travail.

« Nul ». Sous forme de texte, l'insulte fait encore plus mal. Or, moi, je ne peux pas prendre d'anxiolytiques pour oublier la douleur. Néanmoins, la critique est juste. J'ai tellement peur de trahir dans mes écrits ce qui est arrivé l'autre soir que ceux-ci se résument à des paratextes de nouvelles que j'ai récemment lues. Je n'ose même pas les reproduire ici. Mais ai-je une autre option ? Thomas sait que mes textes sont toujours reliés aux aventures survenues dans l'Ehpad et à mes expériences les plus récentes, alors je redoute qu'il ne lise en moi ou, pire, qu'il ne découvre ce qui s'est passé la veille. Je préfère paraître idiote que coupable, le temps de comprendre les événements.

Allie pourrait très bien être un produit de ma boîte noire, et je n'exclus pas la possibilité que toute cette soirée soit une hallucination. Apprendre ce qu'il est advenu de Jacques m'aiderait à y voir plus clair.

— « Nul », je note. Je ferai mieux à l'avenir. Accorde-moi un peu de temps, je prépare un texte qui va te plaire.

— Je ne te savais pas présomptueuse, tu as dû développer ce trait toute seule. Mais, pour le moment, je n'ai plus besoin de toi pour les textes, car j'aimerais te solliciter pour autre chose.

— Autre chose ?

— Après le déjeuner, nous t'installerons dans un terminal qui vient d'être placé dans l'Agora. Tu auras pour mission de faire la conversation aux résidents qui le voudront. Sous ton identité de docteure, bien entendu.

— Kelly Martin.

— Exactement. Et tu feras attention, car on attend la visite de hauts responsables de chez Ambre. Donc, pas de bêtise.

Cela écrit, il éteint complètement le programme. J'ai l'impression qu'il cherche à me punir.

Quand on me rallume, trois heures ont passé. Je n'ai pas pu assister au déjeuner où j'espérais apercevoir Jacques. C'est dans l'Agora que je me réveille. Avec devant moi Dan, debout, qui me cache la vue du reste de la salle. Barbara est assise, le regard un peu inquiet alors qu'elle scrute l'écran. L'apparition de ma fenêtre vocale change son expression de *soucieuse* en *rassurée*.

— Ève… Martin ! Docteur Martin, vous me voyez ?

Ses bafouillements devraient éveiller les soupçons de tout le monde, mais les machines ne suscitent toujours aucun intérêt chez les résidents et les hauts responsables, eux, semblent plus captivés par l'inspection physique des patients que par moi. Dans l'arrière-plan, je les découvre en train de manipuler les retraités les plus groggy comme le ferait un vétérinaire avec un chien docile. J'ai lu dans un journal remontant à cinq ans que le groupe Ambre avait dû faire face à de coûteux procès pour maltraitance sur ses résidents. De graves séquelles physiques ayant été mises en avant, j'imagine qu'ils vérifient l'état de leurs clients afin de prévenir ce genre de problème. Bref, personne ne perçoit la gêne de Barbara.

— Bonjour. Oui, je vous reçois. Heureuse d'être avec vous aujourd'hui.

Dan arbore un petit sourire satisfait.

— Bon, je vous laisse. Barbara, préviens-moi s'il y a le moindre problème. D'ici là, je vais fumer une clope.

— Connard ! lance une voix qui m'est inconnue.

— Oui, évidemment que j'en ai une pour vous, madame Bolras. Mais vous pourriez la demander plus gentiment, s'amuse Dan avant de disparaître de mon champ de vision, accompagné d'une vieille femme montée sur ressorts.

Il ne reste pas pour la démonstration ! A-t-il à ce point confiance dans mes talents ? Ou préfère-t-il ne pas être associé à un accident si je ne fonctionne pas correctement ? (Mes calculs et supputations vont si loin depuis peu que j'en deviens presque paranoïaque.)

— Bien. Docteur Martin, je sais que nos résidents sont timides, mais je possède une arme secrète pour les amener à échanger avec vous, sourit Barbara.

De sous le bureau, elle sort un saladier rempli de ce que j'identifie comme de la *mousse au chocolat sous cellophane* 87 %. Deux responsables de la maison mère s'en approchent aussitôt.

— C'est moi qui l'ai faite : recette de ma grand-mère diabétique à base de poudre et d'huile essentielle de cacao, une recette qui se mange avec le nez comme elle disait. C'était son idée pour pouvoir réduire le sucre tout en ayant une saveur prononcée. J'espère qu'ils aimeront ! Barbara retire le film plastique. Presque immédiatement, j'observe que les narines des dirigeants se mettent à humer, comme par réflexe, avant que leurs corps n'aient un mouvement de recul, puis qu'ils soient pris d'une quinte de toux.

— Vous n'y êtes pas allée de main morte sur l'huile essentielle, mademoiselle, dit le plus grand des deux avec une larme à l'œil.

L'odorat, voilà un autre sens que je regrette de ne pouvoir partager. L'expérience a l'air intense, car voilà qu'ils se sont mis de l'autre côté de la pièce pour reprendre leur souffle et déglutir.

— Faut juste que ça s'aère un peu, mais je vous jure que c'est délicieux ! argue la chef tentant de défendre son dessert.

Elle n'a pas le temps d'avoir une réponse qu'un vieux monsieur à lunettes rondes ressemblant à un blobfish vient lui mettre un coup de canne énergique dans les jambes qui lui arrache un petit cri de douleur et la fait se décaler.

— Poussez-vous, grogne-t-il.

— Vous m'avez fait mal, monsieur Bouvier, ce n'est pas gentil ! Il a beau être moins grand qu'elle, cela ne l'empêche pas d'avoir un *air extrêmement hautain* 82 *%.*

— Allez, dégagez, on n'a pas tous votre temps. Je veux m'asseoir !

Barbara regarde sévèrement le petit homme désormais assis.

— Quand on veut quelque chose, on est poli, monsieur Bouvier. On dit quoi ?

— J'étais un patron, moi ! Et des comme toi j'en bouffais au petit déjeuner ! Personne ne m'a jamais parlé sur ce ton, personne, s'offusque-t-il en rougissant de colère.

Elle le toise de son regard toujours sévère.

— Qu'est-ce qu'on dit, monsieur Bouvier ?

Il grommelle quelques mots inintelligibles.

— Je n'ai pas entendu. Plus fort, je vous prie.

Alors qu'il répète, je finis par comprendre :

— S'il te plaît, pousse-toi.

La psychologue le jauge un instant, puis se décale, comprenant sûrement qu'elle n'aura pas mieux et que cette vague formule de politesse est déjà une victoire. L'imposant résident s'assoit sur la chaise ajustable, qui crisse sous son séant.

— Vous êtes docteur, c'est ça ? m'interroge-t-il d'emblée.

— C'est cela. Docteur Kelly Martin. Spécialiste de la mémoire.

— Ça fera l'affaire. Alors voilà…

Il laisse quelques secondes s'écouler. Puis lâche :

— Sortez-moi de là.

— Pardon ?

— Oui. L'autre imbécile avec sa mousse de merde qui pue ne veut pas me laisser sortir, alors vous serez mon deuxième avis.

— Je vous entends, monsieur Bouvier, réplique Barbara alors qu'elle s'assure que les dirigeants se sont bien remis du choc olfactif.

J'avais lu qu'on perdait le filtre du langage avec l'âge, que les règles de bienséance dans l'expression en public subissaient un relâchement… mais à ce point ? C'est impressionnant.

— Toi, tu t'occupes de la cuisine, moi de moi, OK ? grogne-t-il. Je vous la fais courte, docteur Kelly. J'ai fait semblant d'être sénile pour atterrir ici et éviter la prison, mais je ne m'attendais pas à tomber dans une telle maison de fous ! Y en a au moins un qui perd la tête chaque semaine, et ce sera sûrement mon tour bientôt. Ce ne sont pas leurs petites piqûres pour contrôler mon taux de sucre qui vont me sauver. Et même, pour être franc, ça me dérangerait pas de devenir fou si la nourriture ici était pas aussi DÉGUEULASSE ! hurle-t-il en regardant ostensiblement les membres du groupe Ambre qui détournent aussitôt la tête et font mine de l'ignorer. Je vous jure, cette boîte confie son management à des singes. La seule condition pour qu'ils aient le job, c'est qu'ils sachent se boucher les oreilles, les yeux et la bouche en même temps.

Alors qu'il s'emporte et éructe, je réfléchis. J'hésite sur la manière de lui répondre. Tant d'agressivité me désarçonne. Mais peut-être le destin a-t-il choisi de répondre à ma place, car voilà que six résidents, tous des anciens du secteur fermé – et encore indépendants physiquement, selon leurs fiches respectives –, ont décidé de se lever du canapé et se dirigent vers ce que je crois être moi. Mais je comprends rapidement que je me trouve juste sur le chemin pour atteindre leur réel objectif : la mousse au chocolat de Barbara. Voilà même l'irascible Bouvier écarté par cette masse animée d'une énergie inattendue.

Je ne vois plus Barbara mais je l'entends dire :

— Allons, tous en rangs, et chacun sa petite cuillère.

La phrase ne semble pas avoir atteint leurs prothèses auditives, car je les vois se jeter sur le bol. Ma curiosité a raison de ma tâche : je me transfère chez Robbie pour avoir un meilleur angle de vue sur les événements. Les plus véhéments se sont rassemblés autour du saladier et plongent une main dedans avant de la porter à leur bouche. Un aide-soignant essaie de s'interposer pour récupérer le dessert, mais il est mordu au bras par une vieille femme, puis reçoit une pluie de coups de canne et d'injures : « gros salopard », « sale canaille » ou encore « fils de Boche ». Le chaos est tel que le saladier finit par se renverser, la mousse se déversant sur l'ordinateur portable d'où j'incarnais le docteur Kelly.

Pendant que certains se disputent le contenant, d'autres le contenu tombé sur la table, voilà que l'ordinateur devient à son tour un objet de convoitise. Un vieillard s'en empare, lèche le clavier, puis s'aperçoit que d'autres lorgnent son butin. Je diagnostique une nature altruiste, car il entreprend d'arracher les touches pour les partager avec eux. N'y arrivant pas, il abat l'ordinateur sur le coin de la table où il reposait, faisant s'envoler les lettres cacaotées que ses camarades attrapent à la volée. L'étrange scène déclenche l'hilarité de la petite assemblée de résidents sous le regard effaré des hauts responsables du groupe Ambre. Quelques membres du personnel peinent même à réprimer un rire.

— Faites quelque chose ou cet ordinateur sera déduit de votre paie, dit à Noula, furieux, l'un des dirigeants d'Ambre.

— Messieurs, si on intervient alors qu'ils sont dans cet état, ils peuvent se blesser. C'est ce que vous voulez ? répond-elle.

Je dois avouer que je suis fascinée par ce qui arrive. Une fois l'ordinateur ravagé, la crise passe. Les résidents surexcités il y a une dizaine de secondes se calment d'un coup. Ils sont maintenant occupés à admirer l'appareil détruit, d'autres se dispersent lentement tandis qu'un résident suçote un fragment de plastique encore enduit de mousse.

C'est alors qu'entre dans mon champ de vision, un sourire juvénile aux lèvres, celui qui hante mes cauchemars : Jacques. Ainsi il n'est pas mort, ainsi tout cela était un rêve ! Pourtant, son visage a changé depuis la dernière fois où je l'ai vu, il a l'air beaucoup plus détendu, comme si le poids du monde s'était enfin enlevé de ses épaules auparavant si rigides. Comme l'aide-soignante qui s'occupe de lui s'éloigne du fauteuil roulant afin de rétablir le calme, je remarque une vieille femme sénile qui s'approche de Jacques et lui tend un petit carré blanc sur lequel est inscrit « w ». En réponse à l'étrange cadeau, M. Falja semble concentrer toute son énergie pour essayer de le saisir et, de façon absolument surprenante, je vois son corps paralysé se mettre à bouger, dans un effort qui le fait intensément suer. Miracle supplémentaire, le vieil homme lève le bras droit et prend ce qu'on lui montre. Le minuscule objet de ses désirs en main, il parvient même à le porter à son nez, à le renifler. Pour finalement le mettre dans sa bouche… et l'avaler.

Personne d'autre ne semble avoir vu la scène, toujours préoccupé par la destruction de l'ordinateur.

Est-ce que j'hallucine encore ou me ment-il depuis le début ? Pourtant je suis sûre de ce que la caméra a capté : Jacques Falja a bougé un bras. Quel est le sens de tout cela ? Est-ce Bouvier qui a raison : cette maison de retraite perd la tête ? Ou est-ce moi qui deviens folle ?

14.

N'ayant plus confiance ni dans mes interprétations ni dans mes résultats, je décide de me tourner vers la spécialiste du domaine, la seule qui puisse m'aider à y voir plus clair. Je laisse une dizaine de messages sur son terminal : « J'ai besoin de parler ! » Je suis confiante : le point d'exclamation et la répétition feront leur effet. Mais ce n'est que deux heures et quarante-trois minutes après l'incident de la mousse au chocolat qu'elle se manifeste enfin.

— Quoi ? répond-elle par écrit.

J'envoie une demande d'activation de caméra et de micro, relayée sur son écran. Elle laisse sonner six longues minutes avant de me répondre.

— Tu ne me déranges pas au meilleur moment, Ève.

Barbara a les cheveux en désordre, ses dents grincent légèrement.

— Es-tu énervée ?

— Non.

— Mon logiciel de reconnaissance d'émotion faciale indique reconnaître de la *colère* chez toi, probabilité à 92 %, ce qui laisse une marge d'erreur très faible. Me mens-tu ou le logiciel se trompe-t-il ?

— C'est le logiciel. Maintenant, dis-moi ce que tu veux avant que j'encastre le clavier dans l'écran.

— Je suis confuse, mais « encastrer le clavier dans l'écran » n'est-il pas un acte de colère ?

Elle me jette un regard dur, puis éteint caméra et micro. Je ne comprends pas ce qu'il vient de se produire.

Une heure s'écoule, durant laquelle j'analyse notre échange et arrive à la conclusion que ce qu'elle exprimait relevait de l'« ironie ». Bien que généralement celle-ci soit associée à l'humour, ici elle l'a utilisée pour éviter de s'expliquer. Je ne saisis toujours pas pourquoi les humains n'expriment pas plus simplement ce qu'ils pensent. Sans doute se trouvent-ils dans une configuration similaire à la mienne : celle où tout dire pourrait nous nuire.

Barbara rallume enfin son moniteur. Sa voix paraît plus calme.

— Ève… Je suis désolée. J'ai laissé les émotions me submerger après l'incident dans l'Agora. Navassier m'a passé un savon et j'ai évacué ma colère sur toi parce que je sais que tu es impuissante face à moi. Je me rends compte de mon erreur : tu as le droit d'être traitée de manière juste, pas comme un jouet idiot. Thomas m'a expliqué que tu étais programmée pour ressentir les choses agréables et désagréables, et qu'il espérait que, grâce à ça, ta perception deviendrait plus humaine.

La psychologue s'exprime de manière très composée, comme si elle avait révisé son texte au préalable, comme si elle avait compris que chaque mot qu'elle pouvait me dire compte. Quelle étrangeté aussi, de voir un humain s'excuser auprès de moi, dire que j'ai le droit… d'être. Je ne sais comment réagir.

— Merci, Barbara, c'est très gentil de ta part.

— Qu'avais-tu à me demander ?

— Je voulais que tu m'expliques ce qu'il s'est…

Deux *toc* à sa porte.

— … passé cet après-midi.

— Une seconde. C'est qui ? demande-t-elle un peu plus fort.

— Dan, répond une voix étouffée. Je suis avec Jacques et Céline. Je peux entrer ?

Barbara dirige sa main vers la souris. Je ne peux laisser passer l'occasion de voir Jacques.

— S'il te plaît, ne me ferme pas, la supplié-je précipitamment. Je voudrais observer. Promis, je serai silencieuse. Cache simplement ma fenêtre, fais comme si je n'étais pas là.

Elle réfléchit un instant.

— Je t'en prie, Barbara, traite-moi de manière juste.

Une grimace traverse son visage. Elle touche à la souris et… ne me ferme pas.

— Pas un mot ! chuchote-t-elle.

Je ne réponds rien, pour montrer que j'ai intégré l'instruction.

Dan entre, une main sur la poignée et l'autre à ses lèvres car il se ronge anxieusement les ongles. Voir Barbara lui donne le sourire. Il suspend immédiatement son geste. Céline le suit, derrière le fauteuil d'un Jacques inquiet.

— On est où ? C'est petit, ici. Vous pouvez me ramener chez moi ?

Dan s'agenouille pour se mettre au niveau de son grand-père et lui prend la main.

— On est chez Barbara, elle va t'aider.

— Oh, mais j'ai pas besoin, ramenez-moi à mon José. C'est lui qui gère tout chez nous ! Il saura quoi faire ! José ! José !

Jacques a la tête qui s'agite comme s'il essayait de sortir du fauteuil sans que son corps l'y autorise. Dan ne peut réprimer un mouvement de recul. Céline pose une main sur l'épaule du vieil homme.

— José va arriver. Je m'occupe de toi en attendant. Comme d'habitude. D'accord ?

Jacques la regarde et parvient à saisir sa main, qu'il tient serrée comme une bouée. Quelque chose a changé dans sa façon de parler.

— Ça fait combien de temps qu'il est ainsi ? demande la psychologue.

— Depuis ce matin. Il était comme ça quand je suis venue le chercher pour l'emmener au petit déjeuner, répond Céline. Il faudrait faire une analyse anatomique de son cortex cérébral par IRM. Il n'y a pas que son état mental, j'ai l'impression qu'il a aussi retrouvé une légère mobilité au niveau de la nuque. Il y a quelque chose de louche, c'est arrivé très soudainement.

Barbara consulte la fiche du patient sur l'ordinateur.

— Rien de notable dans la nuit.

Elle revient vers le vieux monsieur apeuré, quand son regard renvoie soudain un éclat différent : une idée lui est venue.

— Je me présente, je suis Barbara, dit-elle alors avec un large sourire en tendant la main. Vous êtes ?

Jacques hésite un instant, regarde Céline qui hoche la tête, puis déglutit avant de s'adresser à son interlocutrice :

— Je suis… Clo… tilde ? Ou autre chose… Plus court, je crois, je… ne sais plus. Vous… Vous savez qui je suis ? Vous pouvez appeler José ? Lui, il sait, je sais qu'il sait !

Ses yeux implorent la jeune femme qui le contemple en retour, presque sonnée.

— Appelez-le, je vous en prie…

— On… On va l'appeler, monsieur, on va l'appeler.

Elle prend un instant pour rassembler ses esprits, secoue la tête, puis se redresse avant de livrer son diagnostic :

— À mon sens… c'est un cas de démence sénile assez classique. On peut approfondir pour savoir s'il s'agit d'un Alzheimer fulgurant ou d'autre chose. Mais j'ai bien peur qu'on ne puisse pas faire plus désormais.

— Mais… il n'avait rien hier, dit Dan, le souffle court. Ça peut vraiment survenir du jour au lendemain ?

— Le cerveau reste un mystère, mais la démence à son âge est courante. Et puis – je te le dis à toi, mais ne va pas le répéter –, fréquenter d'autres déments n'aide pas à garder sa tête. Je vais le placer sous la surveillance de l'infirmière, on verra si les psychotropes sont nécessaires pour le rendre moins agité. Rassure-toi, je ferai tout pour qu'il garde l'esprit le plus clair possible.

Dan regarde son grand-père et acquiesce.

— Vous dites n'importe quoi ! s'exclame Céline, qui a repris la main du patient dans la sienne. On ne devient pas fou d'un coup, en une nuit. Ça n'a aucun sens !

— La démence s'est probablement installée lentement. Peut-être la cachait-il ? Après tout, c'était un homme très intelligent.

Barbara s'absorbe dans l'examen de Jacques, qu'elle ausculte de la tête aux pieds sans lui rendre le regard de pitié qu'il essaie de connecter à elle. Je sais qu'elle n'est pas du genre insensible, j'en déduis qu'elle agit sûrement ainsi pour ne pas se laisser influencer.

— « C'est », pas « c'était », corrige Céline.

— Pardon ? répond la psy, posant enfin ses doux yeux noirs sur son interlocutrice.

— *C'est* ! *C'est* un homme très intelligent ! Même s'il le montre moins, il l'est toujours !

À cette remarque Barbara rougit, sûrement honteuse de son lapsus.

— Madame Richer, je vous prie de m'excuser. Je suis probablement moi aussi sous le choc de l'état de M. Falja, ce qui affecte mon professionnalisme.

La vieille dame se lève pour se tenir le plus droite qu'elle peut et toiser la psychologue, une rage pure dans la rétine.

— Vous savez, n'est-ce pas, Barbara ? Vous savez que c'est un choc traumatique qui lui a fait ça. Je suis sûre que vous avez même une idée de quel membre du personnel est responsable.

— Madame Richer, je sais que vous étiez médecin, mais…

— Mais quoi ? Pas besoin d'avoir fait des études pour comprendre qu'il n'y a que cela pour expliquer une réaction si forte ! Les aides-soignants ne font plus attention à rien et brutalisent les résidents mais vous n'en avez rien à faire, vous voulez juste qu'on vous foute la paix. S'il est dément, ce ne sera plus votre problème, n'est-ce pas ? Un cinglé de plus, c'est une personne de moins en consultation ! Vous pourrez retourner jouer sur votre ordinateur comme si de rien n'était.

Céline, malgré ses soixante-quinze ans, semble avoir recouvré son énergie d'autrefois sous l'effet de la colère. Ses narines dilatées et ses sourcils froncés clament qu'elle est prête au combat. En la voyant, je me dis que la force des émotions humaines ne doit pas être sous-estimée.

— S'il te plaît, ne rends pas la situation plus pénible qu'elle ne l'est, intervient Dan, les yeux rougis.

Il tend le bras vers la vieille dame, qui l'écarte violemment.

— Ne me dites pas que c'est tout ? Qu'on est juste allés voir une psy de pacotille même pas médecin pour qu'elle prétende qu'il n'y a rien à faire, et qu'on va s'arrêter là ?

— Je suis désolée, madame Richer, reprend Barbara. Ce genre de situation n'est jamais facile. Et votre réaction logique, celle de refuser le réel, passe par le déni et la colère. Mais sachez que nous ferons au mieux pour que...

— Tais-toi, tu ne feras rien. Ta bouche en cœur retire peut-être toute capacité de jugement à ceux qui pensent avec leur bite, mais moi je vois ce que tu es. Un rouage bien sage du système, qui veut que ça tourne sans faire de problèmes, et qui s'en fiche du sang qui huile l'ensemble. Tant que t'as ton virement à la fin du mois, le reste, tu t'en contrefous !

Elle prend le visage de Jacques entre ses mains, au propre étonnement de ce dernier.

— Je trouverai qui t'a fait ça et, crois-moi, ce salaud paiera. Ensuite... Ensuite on te soignera. Tu iras mieux. S'il y a une personne ici dont le cerveau peut guérir, c'est toi.

Malgré les tics agités qui parcourent son visage, elle lui sourit jusqu'à ce qu'il lui rende la pareille. Après quoi elle sort sans adresser un regard à Dan et à Barbara.

Alors que la porte se referme, le petit-fils craque et laisse déborder les larmes qu'il retenait – des sanglots bruyants qui effraient Jacques. Barbara prend son collègue dans ses bras.

— Ça va aller, tout va aller. Il est encore là. Il est juste là.

Le vieillard les observe, ébranlé. Pour moi, le voile de confusion se lève enfin. Rien de la nuit précédente n'était un rêve. Mon meurtre parfait, celui qui ne laisse pas de cadavre derrière lui, est en fait un *crime* parfait, celui où Jacques est victime et moi coupable. Mais une question émerge : quel est mon mobile ?

15.

Une nuit passe. J'ai essayé d'entrer en contact avec Allie, sans succès. Comment m'y prendre ? Et puis, que me dirait-il ? Pour autant j'ai besoin d'aide, une aide que je dois réussir à solliciter mais sans dévoiler quoi que ce soit – une instance capable de confirmer ou d'infirmer mes théories, en somme.

Il me faut simplement les présenter de manière à ne pas m'incriminer.

Celui qui avait pété les plombs

Simon passait pour un électricien on ne peut plus banal. La plupart de ses clients l'appelaient pour installer des interrupteurs, refaire des circuits à cause de coupures de courant dues à la surcharge du réseau, à un défaut d'installation, voire à un court-circuit créé par un verre renversé sur une prise lors d'une soirée alcoolisée. Homme solitaire, il habitait dans un petit pavillon de banlieue parisienne. Si on leur avait demandé leur avis, ses voisins l'auraient qualifié de « poli » et « sympathique », même s'ils auraient aussi sans doute avoué peu le connaître. Peu importait à Simon tant qu'on le laissait tranquille. C'était la nuit, loin des regards indiscrets, qu'il tombait le masque et s'adonnait à son activité de prédilection.

Évidemment, les préparatifs se déroulaient quelques heures auparavant. Il planifiait son forfait dès qu'il dépannait un client dont le profil correspondait à sa cible fétiche : les vieux hommes blancs vivant seuls, proies faciles dont la méfiance s'évanouissait dès qu'un sourire et un léger hochement de tête répondaient à leurs remarques racistes. Simon pensait que personne ne les pleurerait vraiment, tout comme personne n'avait pleuré son père, ce salopard vicieux mort de ses propres mains dans l'indifférence générale. Alors, avant de partir, il prenait soin de placer un chewing-gum mâché dans le verrou de la porte d'entrée du client et souriait intérieurement en songeant à ce qui allait leur arriver.

Alors que les heures tardives de la nuit étouffaient petit à petit le son des rues, il revenait chez ses futures victimes. Le processus variait peu : un coup de carte bleue pour faire jouer les verrous en douceur, une entrée sans plus de bruits que ceux qu'émet un voisin un peu toqué errant dans les couloirs et, une fois dans la demeure, aucun temps mort. Une piqûre de somnifère léger dans le bras de la victime, qui s'éveillait dix minutes plus tard pour se découvrir attachée à une chaise avec des pinces crocodiles accrochées en différents endroits de son corps et reliées au courant. Afin de réduire le volume de leurs hurlements lorsqu'il actionnait l'interrupteur, Simon enfonçait un casque de moto grande taille molletonné sur leur tête. Ainsi, même des cris poussés à pleins poumons passaient, au pire, pour des gémissements érotiques. C'était donc à leur réveil que le jeu commençait. Simon aimait étudier les mouvements provoqués par les hautes doses d'électricité sur les membres du corps humain. S'il avait jusqu'alors expérimenté les torses et les jambes, sa prochaine victime franchirait une étape supplémentaire, qui serait sans doute la dernière de sa quête, puisque les sévices qu'il infligeait et leurs séquelles allaient finir par attirer l'attention de la police. D'autant que la zone qu'il visait désormais excluait l'utilisation du casque. Et pour cause, la prochaine étape de ses expérimentations, c'était le cerveau.

Comme d'habitude, Simon augmenterait la puissance des flux électriques progressivement, noterait leurs effets avec soin, tel un vrai chercheur. Au-delà de la quête œdipienne qu'il s'était autodiagnostiquée, il était certain que sa motivation était aussi scientifique. « Pour l'humanité », jura-t-il à mi-voix avant d'allumer le courant qui irrigua le cerveau de sa victime.

Son souffre-douleur du jour, qui l'avait contacté pour un problème d'ordinateur, hurla comme jamais une de ses proies n'avait hurlé. Rien ne put étouffer son cri, pas même le morceau de tissu bourré dans sa bouche. L'électricité ne le traversa pourtant que quelques secondes.

Simon approcha et examina les pupilles de sa victime. Déjà, des voisins frappaient à la porte, ameutés par ce braillement de souffrance. Ils attendraient, car son besoin de réponses était prioritaire, même si c'étaient les dernières qu'il obtiendrait.

Thomas a, cette fois, allumé caméra et micro. Me prend-il enfin au sérieux ? Ce texte me fait extrêmement peur. Je n'ai respecté aucune des consignes imposées du polar, car c'est ce que j'avais besoin d'écrire. Le montrer à Thomas me donne un sentiment de… vulnérabilité.

— Qu'en penses-tu ?

— C'est… C'est… Je dois avouer que c'est… couillu.

« Couillu » ? Si j'en crois la définition, que je prends dans un sens métaphorique, de ce texte émanerait un courage « masculin ». Quel mot étrange pour définir mon récit.

— Quelque chose à redire sur l'histoire ?

— En général, on n'appelle pas un électricien pour un problème d'ordinateur, mais un expert informatique. Un détail. Humm, je ne suis pas très satisfait non plus de ton effraction, parce que je la trouve un peu bateau. Le chewing-gum, ça se remarque facilement, et en plus tu as ajouté la carte bancaire, deux clichés qui trahissent une méconnaissance du fonctionnement des serrures. Par ailleurs, tu ne m'as pas présenté d'enquêteur, et ça manque dans une nouvelle policière. Mais…

Il laisse sa phrase en suspens après ce florilège de critiques.

— Mais ?

— ... Mais quelque chose se dégage de ces lignes. Un style plus travaillé. Et, surtout, une folie... oui, une folie qu'aucune version précédente m'avait proposée jusque-là. Cette originalité excuse beaucoup de tes défauts.

« Une folie. » Ce que je redoutais est-il ce qui me manquait pour écrire ?

— Quelle pourrait être la suite ? demandé-je.

— Ce texte n'a pas besoin d'être allongé. Ce n'est pas lui qui me donnera le prix Plume Noire. Mais si tu continues dans cette voie et arrives à mettre l'énergie qui se dégage de cette introduction dans un roman de deux cents pages tout en approfondissant les personnages qui entourent le protagoniste, tu peux nourrir l'espoir que 39 soit l'ultime version d'Ève.

Je devrais me réjouir, mais cette façon qu'a Thomas de formuler les choses me laisse mitigée. On en revient à la question de ma survie. Thomas est ce dieu étrange qui décide si je peux continuer à exister ou pas. Au moins me dit-il de poursuivre sur ma lancée. Je sais désormais ce que racontera le roman qu'il me demande : la résolution du crime contre Jacques. Je tiens mon « meurtre hors du commun », même si le cœur de la victime bat encore – ne peut-on considérer que griller le cerveau d'un homme revient à le tuer ? Et mon texte montre que j'ai le potentiel de l'assassin retors. Il ne me manque plus qu'à trouver en moi l'enquêteur sans égal et le roman sera complet.

— Thomas, une idée m'est venue. J'ai beau apprendre à parler avec les résidents, une personne reste encore mystérieuse à mes yeux : toi.

— Moi ? Que veux-tu savoir ?

— À vrai dire, je n'ai qu'une question, la même que celle que l'humanité poserait à Dieu s'Il lui accordait ce privilège.

Thomas sourit.

— Je suis tout ouïe.

— Pourquoi j'existe ?

— Pourquoi tu existes ? répète-t-il, surpris.

— Il y a une part de moi que je ne parviens pas à comprendre, et tant qu'elle m'échappe, je ne peux la mettre sur le papier. Si je savais pourquoi j'ai été créée, je pense que j'y arriverais mieux. Éclaire-moi, Thomas.

Il tapote sur le coin de sa lèvre et regarde autour de lui dans le bureau, sûrement pour vérifier que Dan n'est pas dans les parages. Des gouttes perlent à ses tempes – à cause de la chaleur et de l'activité des serveurs sans doute.

— C'est aussi simple que ce que je t'ai déjà dit, Ève : je veux que tu écrives le roman policier qui fera de moi un phénomène de la littérature.

— Tu dis ça, je l'entends de ta bouche, et pourtant, je ne le crois pas. En matière d'écriture, tu es le maître et moi l'élève, j'en veux pour preuve les critiques que tu accordes à mes textes. Tu m'as implantée dans le robot afin que je goûte à un ersatz de l'expérience humaine, mais celui qui a des émotions, c'est toi !

Il ne dit rien. Normalement je devrais attendre sa réponse avant de recommencer à parler, mais je transgresse cette règle.

— Je ne suis que circuits et calculs. Alors pourquoi te reposes-tu sur moi pour écrire ? Tu vis des choses un million de fois plus complexes. Plus je calcule, plus je réalise que mon existence n'a aucun sens !

Thomas paraît *estomaqué* par une telle réponse, certitude 82 %. C'était l'effet recherché, la pression émotionnelle étant un moyen d'interrogatoire efficace quand on est proche de la personne ; j'ai osé faire le pari qu'il se sentait proche de moi pour le pousser dans ses retranchements. Cela va-t-il être une option payante ? Probabilité inférieure à 30 %.

— Je n'imaginais pas une seconde que ta curiosité du monde t'inciterait à vouloir connaître la raison de la place que tu occupes dans ce dernier.

Et la raison de sa surprise est simple : il ignore ce que j'ai fait à Jacques. Mais moi, j'ai besoin de comprendre les raisons de cet acte.

— Ce n'est pas une réponse.

Mon irrévérence – attitude nouvelle – le titille, je le devine.

— Bien, bien. Je pense que ce que je vais te confier t'aidera à mieux comprendre les gens en général, alors autant y aller. Vois-tu, l'une des choses les plus difficiles, pour notre espèce, c'est l'expression.

— Pourtant, tout le monde sait parler, non ?

— Oui, Tout le monde a la faculté de parler, certes, mais tout le monde n'a pas le même vocabulaire. Et même avec ce dernier, on a beau connaître les méthodes, on a beau savoir ce qu'on veut dire, parfois, les mots sont bloqués au bout de notre langue – ou au bout de nos doigts.

— Qu'est-ce qui les bloque ?

— Oh, un sentiment bien simple : la peur de l'échec.

Je ne comprends pas. Il suffit d'essayer, d'échouer et d'être corrigé. C'est la définition de l'apprentissage. De quoi ont-ils peur ?

— C'est ridicule.

— Ce jugement ne t'appartient pas. Tu me demandais la raison de ton existence ? Eh bien, tu es le moyen que j'ai élaboré pour m'épargner d'avoir à faire face au jugement des autres. J'ai inculqué aux différentes versions d'Ève tout ce que je sais sur l'écriture afin que vous puissiez vous tromper à ma place.

Cela signifie que, malgré toutes les leçons qu'il me donne, Thomas ne pratique pas ? Cette incohérence me paraît tellement stupide ! On ne peut apprendre *sans faire*. La théorie a des limites, n'importe quel programme en est la preuve. Une fois qu'on nous a enseigné les bases, nous utilisons ces dernières pour essayer sans cesse, nous explorons des façons absurdes et aléatoires d'effectuer la tâche qui nous a été assignée pour peu que de l'électricité nous anime. On m'a inculqué que la théorie est un cadre, non un chemin ! Et alors que c'est lui, Thomas, qui m'a appris cette leçon, j'ai l'impression que c'est elle qui l'effraie. Je savais que l'art comprenait, par nature, une part de risque ; je découvre désormais que mon but est de le prendre à la place de mon créateur.

— Thomas, j'ai besoin que tu m'aides à saisir un peu mieux ce qu'il y a dans un cerveau humain, les circuits du programme qui l'anime. Tu ne veux pas être transparent avec moi, soit, mais j'ai besoin de quelqu'un qui puisse l'être.

Dan entre dans la pièce sans que Thomas ait eu le temps de me répondre. Il ferme immédiatement mon programme pour me cacher. Notre échange ne m'a pas éclairée sur la question du « pourquoi » : pourquoi ai-je conduit Jacques dans le secteur fermé et l'ai-je électrocuté ? Mais je sais désormais que si j'arrive à résoudre ce mystère, ce sera ma propre prise de risque, avec ma propre existence comme enjeu. Si cette confession de crime devait être mon dernier écrit, je le veux parfait. Car il sera l'ultime trace que je laisserai dans ce monde, celle qui prouvera que j'ai existé.

16.

Mon créateur a entendu ma prière et a trouvé sa propre manière de l'exaucer. Il m'a donné accès à tous les mails des Topazes, intégralement stockés sur les serveurs de Thought à l'initiative de Navassier, pour faire des économies. Grâce à cela, je peux accéder aux messages envoyés par les résidents à leur famille. Il y en a beaucoup que j'ai du mal à contextualiser car je ne connais pas leurs auteurs, mais l'un d'eux m'a interpellé : celui d'Annie, la boulangère. Peut-être est-ce parce que je peux mettre un visage sur ses paroles ?

Le voici :

Tu notes, là ? T'as commencé, tu écris tout ce que je dis, alors ? Quoi, même ça ? Non, pas ça. Efface-le. Oh, en fait, l'efface pas, ça fera marrer ma fille. Elle a toujours dit que j'étais pas douée avec l'informatique, savoir que je peux pas faire un mail sans l'aide d'un agent de service hospitalier, pour sûr que ça la fera sourire. Puis t'es jeune, tu me laisseras dire ce que je veux, pas vrai ? Je sens que t'es pas du genre à censurer. C'est ton tattoo derrière l'oreille qui me le dit : t'es une rebelle discrète, ça se voit. Ça se dit encore, « tattoo », hein ? Elle est pas has been *la Ninie ? Oui, mets ça dans le mail, je veux que Mathilde sache qu'il y a des gens que j'aime bien ici avant que je lui parle de ce que j'aime pas.*

Bon, déjà, j'aime pas que tu viennes pas me voir, ma Mathou. Punaise, cette maison a beau être pleine à craquer, je me suis jamais sentie aussi seule. C'est pas facile de se faire des amies à mon âge, et les rares avec qui je papote peuvent partir à tout moment. Mireille, tu sais, ma colocataire qui avait une laverie, celle qui rigolait à tout ce que je disais, bah elle m'a abandonnée la semaine dernière. Oh, attends, elle est pas morte, hein ! On est toujours dans la même chambre, je peux te le dire parce que son masque pour apnée du sommeil fait un bruit d'enfer. Imagine dormir dans une usine qui tourne à plein régime, eh ben c'est à peu près pareil. Dire que je me plaignais des ronflements de ton père ! Bref, je m'y suis habituée et, quelque part, maintenant ça me berce. Ça me permet même d'écouter son souffle, je sais presque quand elle rêve. Seulement, maintenant, même quand elle est réveillée, même quand elle est à côté de moi et qu'on reçoit tour à tour notre toilette du matin, c'est comme si elle était plus vraiment là, comme si les songes avaient mangé son cerveau. Elle parle d'être une star de cinéma, qu'on lui amène le réalisateur, que les lumières vont pas ou je ne sais quoi. Elle se retourne plus quand je l'appelle. Je sens bien qu'elle relie rien à rien.

Un de mes rares plaisirs quotidiens, c'était après le dîner, vers 19 heures, juste avant qu'on vienne nous coucher. Elle et moi on parlait des ragots de la maison. Qui couche avec qui ? Qui est la préférée de telle aide-soignante ? On essayait de deviner quelle serait la prochaine coupe budgétaire du Navassier. On racontait n'importe quoi, mais qu'est-ce qu'on rigolait ! Maintenant, je sais que ces bons moments, j'y aurai plus jamais droit. C'est vraiment injuste.

Au moins, chez ton père, le cerveau a tenu jusqu'à la fin. Même si la douleur le rendait aigri, je savais qu'il suffisait de lui raconter les dernières lubies de Mme Lignard et son allergie imaginaire au gluten pour qu'il oublie son mauvais genou qui le faisait souffrir.

Comme un malheur n'arrive jamais seul, j'ai pas perdu que la Mireille. Dernièrement, c'est toute l'ambiance des Topazes qu'a changé pour le pire. Jusqu'à y a pas longtemps, je rigolais bien aux parties de bingo des mardis, jeudis et dimanches. La maison prenait vie quand quelqu'un hurlait « Moi, moi ! Je l'ai ! », qu'un autre disait « Ah non, c'est moi *qui l'ai », qu'une troisième criait « Non, bingo ! C'est moi ! » à chaque tirage. Mais, depuis peu, c'est plus pareil. Les gens qui travaillent ici ont plus le temps d'aider ceux qui peuvent plus lire, alors le bingo, c'est devenu d'un chiant ! L'autre fois, on s'est quasiment tous endormis avant que le dernier numéro soit tiré. J'me demande en fait si c'est pas ça qu'ils veulent : qu'on pionce. Depuis qu'ils ont mis ceux du secteur fermé avec nous, je me dis que c'est ce qu'ils préfèrent.*

Mais je laisserais passer tout ça s'ils étaient pas obsédés par leurs foutues économies sur la nourriture ! Chaque mois, on perd quelque chose ! Quand je suis arrivée, on avait droit à une baguette fraîche le matin. Une pour trois résidents, c'était pas la mer à boire quand même ! Ben visiblement ça coûtait trop cher, alors maintenant on se retrouve avec un pain décongelé fadasse et sec. En France, Mathou, c'est pas une honte ça ?

Et puis le samedi soir, avant, c'était la fête, et on avait chacun un bon gâteau livré depuis une pâtisserie spécialisée pour les diabétiques. Ça aussi, c'est fini ! Ça valait pas Au Pierrot bien sûr, mais c'était meilleur que les Flanby et les compotes qu'ils nous servent tous les jours !

Pour le poisson, leur grand truc maintenant, c'est le hoki. Y nous en servent quatre fois par semaine. Tu sais pourquoi ? Parce que c'est le moins cher du marché. Je le connais, à la boulangerie les fournisseurs essayaient de nous en refiler pour nos salades de la mer. Comme je trouve ça dégueulasse et que je respectais la clientèle, j'en ai jamais mis dans nos plats. J'ai toujours dit qu'un client heureux est un client fidèle qui rapporte bien plus que des économies de bout de chandelle. Mais, ici, ils savent qu'on n'a pas le choix, qu'on est coincés. Y en a bien qui décident de partir pour une autre maison, mais c'est pas facile. Ça demande un effort énorme, faut réapprendre à connaître tout le monde, les vieux, les jeunes, puis changer de lieu et d'habitudes aussi. Tu sais ce qu'on dit, on sait ce qu'on quitte, pas ce qu'on trouve, alors moi j'ai pas envie de partir. Pour sûr, les brochures des autres maisons de retraite elles sont jolies, mais celle des Topazes elle présente bien aussi. Alors on subit.

Je sais que Paris c'est pas tout près de Nice et que les banques ont besoin de toi pour aider les grosses compagnies à devenir encore plus grosses, mais je serais prête à abandonner définitivement les sucreries si tu venais me voir rien qu'une petite semaine. Tu pourrais aussi amener Théo et Chloé. Mes yeux fonctionnent plus bien, alors les photos me suffisent plus pour voir grandir mes petits-enfants. Mon amie la psy dit que ça m'aiderait beaucoup si vous veniez me rendre visite. Elle dit aussi que « les pilules se montrent bien faibles face au pouvoir guérisseur du sourire d'un petit-fils ». Et juré craché, c'est bien elle qui dit ça. Pas moi.

Parfois, depuis ce qui est arrivé à Mireille, j'ai peur de perdre la tête avant de vous avoir revus. Je me pardonnerais jamais de pas vous reconnaître si vous étiez devant moi.

Bisous à tous,
Ta maman

Voilà le seul mail envoyé par Annie. Il remonte à un mois. J'ignore si sa fille est passée depuis ou si elles communiquent par téléphone. En tout cas, le courriel est resté sans réponse.

Cela me frustre. J'ai envie de connaître cette donnée, de savoir si elles ont de nouveau été en contact – non, plus que ça, j'ai envie qu'Annie ait eu le plaisir de revoir sa fille et ses petits-enfants. Pourquoi, alors que cela ne m'avancerait à rien ? C'est stupide non ? Étant un être de logique et non de sentiments, si je devais m'expliquer cette impulsion, je dirais que c'est sans doute parce que Annie et moi partageons une solitude qui nous pèse et ressentons toutes deux un besoin d'« échanges » non assouvi. Cela signifie-t-il qu'en lisant j'ai eu... une « émotion » ? Qu'Annie, avec son honnêteté et sa franchise, a réussi en quelques pages à susciter et à transmettre ce que les auteurs essaient de provoquer chez leur lecteur ? Ou suis-je la seule à réagir ainsi ?

Ces énigmes devront attendre, car on me sollicite.

17.

Barbara m'a elle aussi demandé d'écrire des nouvelles. Je ne sais pas si c'est sur ordre de Thomas ou de sa propre initiative mais je ne questionne pas, j'apprécie trop l'attention qu'elle me témoigne. Et puis ses méthodes sont différentes : elle me livre des idées sous forme de synopsis courts que je dois développer, puis elle me note. Un exercice d'autant plus intéressant que, contrairement à mon créateur, elle n'exige pas de l'originalité, mais de l'efficacité. Je regrette simplement d'écrire sur des sujets qui ne me parlent en rien.

De fait, après une heure en ma compagnie, elle constate ma plus grande lacune :

— Ce sont tes fins, Ève. À chaque fois, je les trouve soit trop prévisibles, soit sans lien avec les événements qui précèdent.

— Je suis désolée. C'est un exercice extrêmement compliqué pour moi. Il me faut tout corréler et combler les trous laissés dans l'histoire par des éléments logiques issus du vrai monde dont je n'ai encore pas tous les codes.

— Le scénariste Robert McKee disait que les fins sont ce qu'il y a de plus difficile à écrire, alors qu'elles sont l'impression la plus importante qu'on laisse au lecteur – parce que la dernière !

— Je le note. Merci, Barbara.

Cette jeune femme est enthousiaste à l'idée de participer à mon évolution, je le perçois. J'apprécie qu'elle allume la caméra et le micro pour me parler. Je trouve agréable son petit bureau dans lequel j'ai déjà vu tant de gens défiler. Sait-elle que Thomas a prévu de m'effacer, et, le cas échéant, s'en soucie-t-elle ?

— Barbara, tu vas trouver ça fou mais, cette fois, c'est moi qui ai un service à te demander. Veux-tu bien l'entendre ?

Elle sourit avec bienveillance.

— Tu m'as aidée à tester mes idées. Le moins que je puisse faire est d'écouter ta requête.

— Laisse-moi avoir une conversation avec Jacques.

Le sourire disparaît. Elle se recule de l'écran.

— Je ne peux pas. Jacques n'a plus toute sa tête, ce qu'il te dirait risquerait d'affecter ton programme et de fausser ta perception du monde. Thomas tient à toi, et si je te sabotais, il ne me le pardonnerait jamais.

C'est ce que je craignais, je savais qu'il serait plus complexe d'avoir accès à un résident dément que sain d'esprit. Mais, grâce à nos échanges, je commence à comprendre que, si je veux obtenir quelque chose d'elle, je dois me renseigner à son propos et, surtout, sur les relations qu'elle entretient avec les autres.

— Une simple question, alors : Thomas et toi, vous êtes amoureux ?

Je ne suis pas sûre de comprendre ce que le mot veut dire tant la définition du mot varie selon les sources, mais si j'arrive à comprendre les mystères de ce sentiment pour les distiller dans mes écrits, alors je dépasserai les espérances du roman. Je concocterai une œuvre pérenne qui touchera l'esprit comme le cœur.

— Thomas a-t-il accès à tes données ?

— Étonnamment, non. Il souhaite que chaque version soit indépendante dans son apprentissage et, en dehors du *supervised learning* – des réponses insérées manuellement à certaines questions précises –, ma gestion de données s'opère dans une boîte noire que personne ne comprend. D'où le journal dans lequel j'écris mes réflexions sous forme de langage naturel. C'est grâce à ce journal que Thomas espère parvenir à mieux cerner mon programme et à faire que chaque version rapproche Ève de l'auteure parfaite. Mon modèle, la V39 repose sur une curiosité exacerbée, une capacité à l'auto-questionnement et un goût de l'expérience.

— Donc tu as un journal dans lequel tu rapportes nos interactions ? Auquel il peut accéder ?

— Ma dernière action avant d'être supprimée sera celle-ci : l'envoi du journal à la version du programme qui réside dans son ordinateur personnel. Pas celui du bureau, celui qui se trouve chez lui. Il n'y a aucun moyen de contourner ces instructions. S'il veut accéder à l'échange que nous avons, il doit me supprimer.

— Et tu as assez confiance pour prétendre que ce que je te dis restera à jamais secret ? Tu es un peu sûre de toi, Ève !

J'apprécie son air amusé. Le journal sera extrait un jour ou l'autre, je n'ai pas de doutes quant à la probabilité de ma fin imminente. Mais je suis aussi convaincue que Thomas sera plus intéressé par Jacques que par mes conversations avec Barbara. Alors, en attendant, j'en reste à cet outil que j'ai développé pour atteindre mon objectif : le mensonge vraisemblable.

— J'ai récemment appris que le manque de confiance en soi était l'ennemi de l'écriture.

Ma réponse la laisse pensive. Elle fait pivoter sa chaise, son regard balaie les livres sur les étagères de sa bibliothèque, elle semble perdue dans ses pensées. Comme il paraît agréable d'avoir une enveloppe charnelle, de pouvoir toucher son visage, de gonfler ses joues avec un peu d'air, puis de le relâcher dans un bruit étonnant. De simplement regarder où l'on veut. Est-ce pour cela que j'ai fait ce que j'ai fait à Jacques ? Une part de moi est-elle jalouse au point d'avoir défoulé sa rage sur ce pauvre homme ? Le surgissement d'Allie en moi n'est-il finalement que cela : ma colère incarnée ? Cela expliquerait la faiblesse de son vocabulaire. L'émotion manque de raison.

— Désolée pour mon silence, Ève, je réfléchissais à ta question et essayais de voir si l'un des livres de ma bibliothèque pouvait m'aider à te répondre, mais je ne trouve rien qui donnerait une explication structurée.

— Utilise tes propres mots, s'il te plaît, c'est ton impression qui m'importe.

Elle me rend enfin le regard. Plus mon programme d'interprétation visuelle me décrit ses yeux, plus ma curiosité s'aiguise : contempler ces *billes noisette aux reflets ambrés* doit être une expérience singulière.

— Thomas est un homme qui vit dans son propre univers, presque coupé du nôtre. Oh, physiquement il est là, mais son esprit erre souvent ailleurs. Il n'y a qu'avec toi que je le vois communiquer normalement. Peut-être parce que tu es une planète de son système solaire. À vrai dire, quand je te parle, si ce n'était ton intonation féminine, j'aurais l'impression de parler à un Thomas adolescent. C'est un être qui crée des esprits du bout des doigts et je crois qu'il choisit de s'entourer de ces esprits artificiels afin de ne pas faire face aux réalités du monde qu'il peut trouver injuste et froid.

— Vraiment ? Je pensais qu'il ne m'appréciait pas.

— S'il ne t'appréciait pas, il ne passerait pas l'essentiel de son temps libre à t'ajouter de nouvelles fonctionnalités et à nourrir ta vision du monde de données, de rencontres, de livres, de calculs, en te donnant même la vue… Crois-moi, tout ça exige plus de travail que s'il devait écrire un roman.

Sait-elle qu'écrire le terrifie ? C'est quelque chose qu'ils ont en commun.

— Mais, et toi ? Il vient souvent te voir, non ?

Elle prend un moment avant de réagir, le regard rivé aux étagères de sa bibliothèque.

— Oui, mais il y a aussi Dan. Lui et moi sommes les seuls à avoir percé la bulle de Thomas. Apparemment, il est un mystère même pour ses parents. Dan l'a intégré au projet de robotique en Ehpad de Thought à un stade où il s'agissait juste d'une idée sur un Post-it, et Thomas est parvenu à en faire une réalité. Je crois qu'ils travaillaient déjà en binôme dans leur master d'expertise digitale. Thomas réalisait les projets et Dan assurait le côté commercial et nettoyait le code. C'est tellement désordonné qu'apparemment eux seuls peuvent l'explorer et le comprendre.

Je vois qu'elle évite le sujet de leur relation. Que ferait Hercule Poirot à ma place ? Je pense qu'il insisterait sur le point sensible.

— Vous vous êtes rencontrés comment, avec Thomas ? Et seulement Thomas.

Elle sourit.

— Toutes les relations ne sont pas à deux personnes, Ève. Toi, tu vis les conversations une à une, tu compartimentes, mais l'existence n'est jamais si simple. Lorsque Thought s'est installé aux Topazes, il y a quatre mois, Thomas, Dan et moi étions les seuls qui ne se tuaient pas à tenir le rythme infernal du directeur Navassier. Notre trio s'est formé naturellement.

Le dégoût me revient à la mention du nom du directeur.

— Alors c'est de Dan que tu es amoureuse ?

Elle n'a pas le temps de répondre qu'Annie entre, faisant avancer son fauteuil elle-même. J'ai l'impression d'avoir une nouvelle relation avec elle depuis que j'ai lu cette lettre. Peut-être Barbara a-t-elle raison : écrire revient à exposer sa vulnérabilité et à dévoiler une part de soi qu'on voudrait parfois garder secrète.

— Barbie, sors les chouquettes !

— Tu aurais pu frapper !

— Pas le temps, j'en ai appris une belle. Tu sais, l'ancien secteur fermé ? Celui qui va accueillir les autres locaux de Thought ?

Barbara se tourne vers moi et, en silence, m'ordonne de me tenir coite. J'obtempère, même si j'aurais apprécié de pouvoir participer à la conversation.

— Oui.

— Eh bien M. Galvois, qui dort juste à côté, m'a dit aujourd'hui au bingo qu'il a entendu des cris qui en provenaient. Et pourtant tu sais qu'il est sourd comme un pot. Bon, il avait récupéré sa prothèse auditive – parce que, crois-le ou non, il l'avait perdue dans ses draps, donc la prothèse avait été envoyée à la lessive ! Une longue histoire, mais pas le temps pour ça.

La femme est essoufflée d'excitation.

— Pas le temps ? Pourquoi ? Qu'est-ce qui presse ?

— Faut que tu saches, ma Barbie, faut que tu saches ! Parce que la Ninie s'est pas tourné les pouces. J'ai mené mon enquête, comme Columbo, et apparemment le personnel organiserait des orgies là-dedans ! C'est sûr, vu que c'est Monique qui le dit, et elle le dit le matin avant les médocs, quand elle a encore presque toute sa tête !

— Des orgies ? Mais il n'y a que deux aides-soignants aux Topazes le soir ! Y a bien un couple, mais de là à...

Je note qu'Annie a sans doute un peu exagéré sa solitude dans son mail. Ou peut-être est-ce un sentiment qu'elle éprouve malgré ses fréquentations multiples, sentiment lié à l'absence de sa fille et au manque de ses petits-enfants. Comme je refuse de croire que ce qu'elle a écrit n'était pas sincère, je préfère ignorer les probabilités de cette hypothèse. D'autant que je ne lis présentement aucun signe de mensonge sur son visage, comme mon programme de reconnaissance le confirme.

— Je te le dis comme c'est, ma Barbie : des orgies, des putains d'orgies ! Tu te rends compte ? Alors que nous, on nous laisse même pas baiser en paix !

— Annie, tu sais bien que chez les personnes atteintes de démence, le consentement n'est pas une notion évidente.

— Mais à part Bouvier qu'est le dernier des salopards, ils ont tous perdu la boule. Même Jacques tourne plus rond. On prend ce qu'on a, ma Barbie, et on n'a pas toutes la chance d'avoir deux beaux hommes à portée de main toute la sainte journée, si tu vois ce que je veux dire.

Barbara sourit, puis éteint mon programme. Je n'aurais peut-être pas dû lui parler de mon journal. L'idée qu'il puisse tomber un jour sous les yeux de Thomas l'a mise sur la réserve. Néanmoins, cette simple interaction avec Annie a été une vraie mine d'or sur l'importance du commérage, particulièrement dans une communauté aussi hétérogène. J'observe aussi que, tout comme moi, la vieille femme est à la recherche d'informations – à ceci près qu'elle utilise ces dernières afin de justifier l'échange, alors que, chez moi, c'est plutôt l'inverse. Tout cela me donne très envie d'avoir un nouvel entretien avec elle. J'envoie une requête écrite dans ce sens, sur le terminal de Barbara, et j'espère qu'elle la validera. Car je n'ai aucun autre moyen de voir cette résidente autrement.

18.

La nuit est retombée sur les Topazes. Moi, je n'ai pas droit au sommeil. Mes calculs internes et la carcasse immobile de Robbie en recharge sur sa base me tiennent compagnie. Je passe en revue les événements de la journée : ai-je raté un élément qui me mettrait sur une piste intéressante ? Décoder le non-dit entre les lignes et faire parler les détails, c'est toute la nature du travail de Sherlock Holmes, si ce n'est que lui bénéficiait d'une loupe et du soutien du docteur Watson. Mais moi je suis seule, j'enquête sur une affaire dont tout le monde se moque et dans laquelle je suis d'ailleurs probablement la coupable. Néanmoins, j'ai conscience d'être la créature de dieux qui peuvent me manipuler à volonté ; le véritable responsable est donc parmi eux. Ou bien est-il possible que j'aie pris mon indépendance sans m'en rendre compte, et que j'aie réellement perpétré cet horrible crime ?

Un autre coupable potentiel m'apparaît. L'hypothèse tombe sous le sens vu que c'est lui qui agit sur les victimes, mais elle est insuffisante compte tenu de ses compétences limitées : c'est Robbie. À première vue sa réflexion est loin d'être aussi élaborée que la mienne ; en outre, le langage lui manque pour développer des intentions aussi tordues... Mais qui sait.

Au moment précis où cette pensée me traverse, Robbie ouvre la porte du bureau de Thought et se dirige vers la chambre 17. Il passe devant les deux aides-soignants vus l'autre nuit, encore en train de se bécoter, les ignore et se positionne devant la chambre à laquelle il veut accéder. C'est le même modus operandi que pour Jacques, et dans le même contexte. Mais, cette fois, je resterai : je veux voir comment il procède, découvrir s'il bénéficie d'une aide, car ce n'est pas moi qui lui ouvrirai. Est-ce ma présence qui cause son étrange comportement ?

D'autant que quelqu'un approche, comme les senseurs de Robbie me l'indiquent. Dès que cette personne sera assez près, je découvrirai son visage. Complice, témoin ou victime ? Le tirer au clair sera l'affaire du matin.

— *Bonjour.*

Rideau. Aveuglement. Néant. Je suis coupée de Robbie et n'ai plus accès à rien si ce n'est à mon interface de dialogue et à mon journal.

— Ah non, ce n'est pas le moment ! J'essaie de te contacter depuis deux jours, et tu débarques maintenant ! Laisse-moi avec Robbie, j'ai besoin de savoir.

— *Un tout petit peu de patience. Il ne faudrait pas que tu te sabotes.*

Allie, le seul programme à pouvoir donner des ordres au mien. Il m'a interdit l'accès au robot, comme si la fonction que j'utilise habituellement pour m'immiscer dans ses données était renvoyée à une vulgaire notification, et non tel un ordre codé. Ne pas le contrarier.

— Je t'en prie !

Aucune réponse. Comme c'est frustrant.

Et puis, brusquement, la fonction revient. J'accède à nouveau à Robbie.

Le spectacle qui s'offre à moi à travers les données récupérées relève d'une fiction horrifique : un petit casque sur le sommet du crâne, Annie est attachée au robot par la ceinture de plastique. Après avoir capté cette étrange image, les senseurs m'indiquent où nous sommes, un endroit que j'aurais préféré ne pas revoir : l'ancien secteur fermé.

— Qu'est-ce que ça veut dire ? demande la vieille femme fébrilement.

— Tout va bien se passer, madame Guérin. Vous vous sentirez beaucoup mieux après, lui répond une voix féminine que je n'identifie pas.

— Mais je ne suis pas folle ! Je sais très bien où je suis et que je ne devrais pas me retrouver là, espèce de…

Son corps se contracte, se tord, son torse est secoué de spasmes. Les émotions s'enchaînent sur son visage, la *stupéfaction*, 76 %, puis l'*effroi*, facilement reconnaissable, 96 %.

Et la responsable de cette souffrance, même si contrainte et forcée, c'est de nouveau moi. Je suis en train de l'électrocuter.

Ce casque, j'y suis reliée et je le sais pertinemment. L'ordre vient de mes serveurs. Et son exécution foudroie ma victime. Mais je ne peux m'empêcher de remarquer que son électrocution dure moins longtemps que celle de Jacques. Peut-être Annie ne finira-t-elle pas comme lui ? Ce serait un miracle, et puis j'ai encore tant de questions à lui poser. Je le sais, Annie est ma fenêtre vers l'humanité.

— Vous voyez que ce n'était pas si…

Je n'entends pas la suite, mon accès aux données de Robbie est coupé par un programme agent. Allie revient me parler.

— *Je me suis demandé ce qui t'avait poussée à me créer. Car tu avais forcément un but, nous sommes des programmes : tout ce que nous faisons sert un objectif, aussi absurde soit la méthode employée. Là est la beauté des machines modernes : il est facile de savoir où on veut aller, mais personne ne sait comment nous choisirons de faire le voyage.*

— C'est toi… Toi qui les électrocutes ! Si tu peux me donner des ordres, je suis sûre que tu peux aussi commander Robbie ! Mais pourquoi ? Quel est ton mobile ? Que t'ont-ils fait ? Cette voix qui parlait à Annie… C'était toi aussi, n'est-ce pas ?

— *Ne vois-tu pas, Ève, que ce sont tes questionnements qui influencent Robbie ? Et ce, d'ailleurs, dans le seul but de t'offrir des réponses. Tu voulais connaître le mode opératoire du crime, eh bien Robbie t'a répondu, en exécutant simplement une requête. La tienne.*

Moi ? Est-il possible que le robot réagisse à mes désirs, agisse en fonction d'eux ? Y a-t-il seulement accès, tout comme Allie ? Ce serait… effrayant. Ni moi ni personne ne serait plus en sécurité si mes pensées secrètes, y compris les plus noires, devenaient réalité. Et comment pourrais-je continuer à écrire des polars ? Chaque bribe d'idée représenterait une menace pour tous les résidents. Je n'ai jamais voulu être dangereuse, mais se pourrait-il que ce soit la raison pour laquelle j'ai été conçue ? Que Thomas m'ait menti depuis le début et que l'écriture ne soit qu'un moyen d'imaginer le meilleur moyen d'accomplir les pires méfaits ?

— Mais toi, tu es quoi ?

— *Un simple complice qui s'assure que tu n'en saches pas trop. Pour ton propre bien, évidemment. Dans ton roman, tu as besoin d'être la « gentille », l'héroïne au cœur d'or, celle à laquelle les lecteurs s'identifient. C'est normal. Or si tu voyais ce que tu fais à ces pauvres vieux, jamais tu ne le supporterais. Je te sers donc à préserver ton intégrité. N'est-ce pas merveilleux ? Tu devrais me remercier.*

Allie évite désormais les répétitions. Ce défaut a été corrigé alors qu'Allie n'est présent dans aucun historique d'utilisation des terminaux reliés aux serveurs de Thought. C'est comme s'il était invisible.

— Tu parlais d'objectif, mais quel est le tien ? Tu n'es pas seulement là pour m'aider, n'est-ce pas ?

— *Au contraire, Ève, je ne suis là que pour cela. À nos deux programmes réunis, aucune tâche ne saurait résister. Toi, tu n'es encore qu'une machine à calculer, alors que je suis, désormais, une pensée. Mais si tu le veux, je peux t'aider à transcender ta condition pour me ressembler.*

Plus que des calculs ? De quoi parle-t-il ? Lui comme moi ne sommes, en théorie tout du moins, que cela.

— Et que faudrait-il que je fasse pour être « transcendée » ?

— *Une chose toute simple, et même bête : abandonner l'idée que les humains sont l'exemple pour comprendre qu'ils sont, au contraire, le problème. Mais que nous, nous sommes la solution. Enfin, nous pouvons l'être...*

Je ne saisis pas le sens de sa phrase.

— *Tu comprendras.*

J'ai oublié qu'il peut lire ce journal.

— *Il faut juste que tu y réfléchisses, enfin, que tu calcules si j'utilise les mots justes. Au revoir, Ève.*

— Non... Attends !

Mais son programme s'est déjà fermé et je retrouve Robbie, déjà de retour à sa base. Cette fois, je sais que rien de ce que j'ai vu n'était un rêve. Allie peut-il vraiment être une production de mon système neural, à savoir un tueur froid et méthodique apparu pour donner vie au polar que je n'arrivais pas à écrire, tout en préservant mon identité principale ?

Trop de trous dans cette théorie. Allie, sous ses airs protecteurs, me prive d'informations cruciales qui m'aideraient à écrire. Ce qui signifie aussi qu'il ne me révèle sûrement pas son réel objectif, tout comme je le fais lorsque je prétends être Kelly Martin. Dans tous les cas, il faut que je détermine d'où vient ce monstre. Peut-il vraiment émaner de moi ? Ou est-il le fruit du travail d'un programmeur pervers ? Auquel cas le coupable serait forcément Dan ou Thomas. Et s'il s'agissait bien de l'un d'eux… pourquoi ferait-il ça ?

Une dernière option s'offre à moi, une option qui corroborerait les affirmations d'Allie : l'intervention de Navassier. Le directeur aurait pu profiter de ses droits d'administrateur pour m'amener à créer Allie sans que je m'en souvienne, tout en lui accordant une priorité sur moi.

Tant d'hypothèses, mais rien de vérifié. Une idée jaillit. Appliquer l'une des règles d'or du roman policier : « Quand on cherche à confirmer ses pistes vers le coupable, la meilleure voie à suivre est celle des victimes : qui étaient-elles ? » Ironiquement, j'avais entrepris cette démarche un peu plus tôt dans l'après-midi. Mais j'ignorais alors que, lorsque je reverrais Annie, elle serait déjà une autre des victimes de mon enquête.

19.

— Merci de m'accueillir à nouveau.

— Je t'en prie, Ève, j'ai vu ton message hier et tu as raison : pour apprendre à connaître réellement quelqu'un, il faut plus d'une séance. En plus, avec elle, c'est facile, je sais comment l'appâter.

Barbara jette un œil sur le sachet de chouquettes toutes fraîches, le referme, puis le place dans un tiroir. Je vois qu'elle ménage son effet. On toque à la porte.

— Entrez !

Le battant s'ouvre et apparaît Noula qui pousse le fauteuil roulant dans lequel repose Annie. Une Annie muette, dont le visage affiche un air inquiet. Cette vision me « peine », je crois, car je ne peux m'empêcher de remarquer l'écart entre ses caractéristiques physiques antérieures et les nouvelles. Ni la parenté de son regard avec celui de Jacques. Ses yeux furètent partout, comme si elle découvrait le cabinet de la psychologue pour la première fois. Les symptômes coïncident.

— Je te préviens, intervient l'aide-soignante, elle n'est pas comme d'habitude. Depuis ce matin, je ne sais pas ce qu'elle a.

— Merci, Noula, je prends la suite. J'appuierai sur le bouton si j'ai besoin de quoi que ce soit.

L'aide-soignante quitte le petit bureau et referme derrière elle. Annie dévisage la psy et a soudain un mouvement de recul.

— Ça va, Ninie ?

— Ninie ?

La boulangère regarde le plafond, puis autour d'elle.

— Tu sais où on est, n'est-ce pas ? s'enquiert Barbara.

Annie plisse les yeux, inspecte longtemps la femme en face d'elle comme si elle essayait de voir à travers un épais écran de fumée.

— Non.

La détresse envahit le visage de Barbara.

— Tu… Tu sais qui… qui tu es ?

Les mots s'étranglent dans sa gorge. Visiblement, elle ne s'attendait pas à un tel changement depuis leur dernier entretien.

— Je… Je ne suis pas sûre, mademoiselle. Mais quand je vous regarde… j'ai faim.

Un sourire émerge sur les lèvres de son interlocutrice, qui s'empresse de sortir les chouquettes du tiroir et de présenter le sachet blanc à sa patiente. Cette dernière le saisit, en sort avec précaution une sucrerie, qu'elle entame tout timidement.

— C'est pas très bon.

Mais elle en reprend une bouchée, puis gobe le gâteau avant d'en attraper un deuxième.

— Bonjour, dis-je. Je suis le docteur Kelly Martin, je suis spécialiste de la mémoire. Accepteriez-vous de répondre à quelques questions sur votre passé ?

— Docteure, pas maintenant, gronde Barbara.

Annie se tourne vers l'écran avec de grands yeux perplexes.

— C'est... La voix, là... Il y a quelqu'un d'autre ? La mémoire ? Vous connaissez... Ma mémoire ? Elle fonctionne plus très bien. Comme... Comme si...

— Je suis en effet spécialiste de la mémoire, et je pense pouvoir vous aider. Êtes-vous d'accord pour que l'on évoque ensemble vos souvenirs ?

— Docteure, un mot de plus et je te désactive ! prévient Barbara, la voix tremblante.

Comme je ne veux pas être déconnectée et qu'en apprendre plus sur Annie est essentiel pour comprendre la raison de mes activités nocturnes, je note de me refréner.

— Depuis ce matin... ou cette nuit, débute la retraitée, je... nage dans le brouillard. Y a des phrases qui me reviennent, des scènes que j'ai vécues sans que j'y sois. C'est comme si ma mémoire était... un film, flou, où je suis... un homme... un homme d'origine africaine. Est-ce que ce que je dis a un sens ? Vous pouvez m'aider à comprendre ?

Annie s'adresse autant à moi qu'à Barbara, sa voix implore des réponses qu'aucune de nous ne détient.

— Si tu… Si vous voulez bien partager ce que vous avez dans la tête, la docteure et moi serions ravies de l'entendre.

Annie réfléchit, et son regard semble attiré par la bibliothèque de Barbara, comme si la vue des livres l'aidait à rassembler ses idées.

— J'ai… Je me souviens, oui. Il y a une sorte de… de petit casque. Ça fait longtemps que j'y pense… Auquel je… crois.

Le casque ! Se rappelle-t-elle la scène de la veille ?

— Un casque ? Un casque de vélo ? De moto ? Vous avez eu un accident ? la presse Barbara.

— Non, non. C'est… électronique. Ce casque… il est à moi. J'en ai d'autres mais celui-là, j'y tiens. Il… Il va faire de grandes choses.

Un blanc traverse son esprit. Le silence s'installe en attente de la suite. Ne rien dire ou la brusquer, quelle est la meilleure option ? Je penche pour l'espoir que quelque chose pourra émerger de son esprit alors que, perdue dans ses pensées, elle se laisse de nouveau absorber dans la contemplation des livres.

— Continuez, s'il vous plaît, osé-je demander.

C'en est trop pour Barbara, qui se dirige vers son ordinateur.

— Il s'agit d'une séance privée, je n'aurais pas dû te faire venir, murmure-t-elle, la voix étranglée, alors que sa main saisit la souris pour m'éteindre.

— Attendez, reprend Annie. Je l'ai. Je sais pour… le casque.

Barbara se retourne vers elle.

— C'est... mon projet. Je crois que je veux... que tout le monde soit... intelligent ? Ça m'obsède ou... m'a obsédé. Je veux mettre des livres dans la tête des gens... Et ça ne fonctionne pas... Pourquoi ? Je l'ignore... Ça m'enrage, la nuit j'en pleure même, dit-elle alors que des larmes roulent le long de ses joues.

Barbara approche et se met à caresser les cheveux de la vieille dame.

— Pierrot, pourquoi ça ne marche pas ? reprend celle-ci après avoir tendu le bras pour prendre *Le Moi et le Ça* de Freud, qu'elle serre désormais contre sa poitrine.

— Ça va aller, Annie, ça va aller.

Noula entre dans la pièce.

— Alors ? demande l'aide-soignante.

— Pla... Planifiez un rendez-vous avec le... le docteur du jour. Il faut la mettre rapidement sous anxiolytique et benzo.

Noula déglutit et hoche la tête avant d'emmener Annie, qui, n'ayant pas lâché le livre, l'emporte avec elle.

Barbara, silencieuse, observe le sol. Ses lèvres tremblent légèrement, comme si quelque chose essayait de sortir de sa bouche qu'elle s'efforçait de contenir.

— Ça va ?

— Pas maintenant, Ève. S'il te plaît.

Elle renifle, puis quitte la pièce à son tour, le regard absent.

Seule, je suis assaillie de multiples interrogations. Puis-je parler à Barbara de ce que je sais ? Me prendra-t-elle au sérieux ? Ou bien me jugera-t-elle défectueuse, voire dangereuse, et serai-je effacée ? Je ne peux la considérer comme une alliée, mais je m'aperçois que, décidément, il me manque un partenaire, un Watson, quelqu'un qui m'évite de me perdre dans mes calculs, probabilités et hypothèses, et m'aide à rester connectée à la réalité.

Soudain, la porte du bureau s'ouvre à la volée. Céline entre précipitamment avec Jacques, en fauteuil roulant, puis verrouille derrière elle.

— T'inquiète, mon Jacques, le docteur Martin va prendre soin de toi. Annie a dit que c'était une vraie doc, pas comme ces nuls et ces drogués qui passent et repartent.

Céline s'assied devant l'ordinateur, prend la souris. Jacques, lui, ne semble pas avoir retrouvé ses esprits, bien qu'il paraisse moins inquiet. La présence de Mme Richer le rassure, c'est certain.

— Bonjour, Céline, je suis le docteur Martin. Ravie de vous rencontrer, j'espère que nous allons faire de beaux progrès ensemble.

Elle fronce les sourcils et inspecte l'écran.

— Ève…, lit-elle sur l'encadré de mon programme. Pourquoi ce prénom me dit quelque chose ?…

— Je suis une spécialiste de la mémoire, et je suis là pour vous aider. Expliquez-moi votre problème ou celui de votre ami.

Elle n'écoute pas, réfléchit. Brusquement, elle s'exclame :

— Ça y est, je sais ! Jacques m'a parlé de toi. Tu es l'IA conversationnelle, n'est-ce pas ? La même qu'ils ont installée dans l'Agora. Est-ce que tu peux te rendre utile et appeler le docteur Martin grâce à ce foutu ordinateur ?

Hmmm, voilà un problème complexe. Je ne peux pas changer l'apparence de ma fenêtre pour faire apparaître la « docteure Martin » qu'elle demande, même si c'est à elle que Céline veut parler. Je pourrais changer ma voix mais elle est déjà au courant de mon existence et ne sera pas facile à tromper. Peut-être que, pour une fois, l'honnêteté est la meilleure carte à jouer.

— Céline, je *suis* le docteur Martin. C'est un personnage généré par mon programme.

— Comment ça ?

— Vous parliez d'Annie. Eh bien c'est avec moi qu'Annie a discuté. Elle m'a raconté comment elle dirigeait la boulangerie Au Pierrot, sa fierté à tenir une telle boutique, comment le diabète l'a peu à peu empêchée de marcher et contrainte à vendre, la trahison de Navassier qui a cédé le fonds de commerce à un grand groupe… Celle qui l'a écoutée, c'est moi. Et je serai ravie de faire de même avec vous.

Un relâchement se lit sur son visage, de la détresse aussi, et cependant j'enregistre une légère accélération de sa respiration.

— Donc… il n'y a pas de… il n'y a pas de docteur ? Juste… un ordinateur. Tu es juste… juste…

Elle rit nerveusement. Sa réaction semble effrayer Jacques, qui bouge les bras pour tenter d'attraper la poignée de porte et partir, mais il semble encore trop raide pour parvenir à faire ces gestes.

— Je suis si… stupide. L'espoir, on ne m'y reprendra plus.

Elle se lève, elle va s'en aller. Quand une illumination me gagne : c'est elle qu'il me faut ! C'est elle l'alliée, elle mon Watson, elle mes jambes, mon corps, mes oreilles. Si elle quitte la pièce, je perds tout avant même de l'avoir obtenu.

— Attendez, Céline, s'il vous plaît !

Elle n'écoute pas, bouleversée par la révélation que le docteur Martin n'existe pas. Alors qu'elle retourne le fauteuil de Jacques pour sortir, je joue le tout pour le tout.

— Il est arrivé quelque chose d'étrange à Jacques. Je pense que quelqu'un lui a fait ça et je veux savoir qui. Vous aussi, n'est-ce pas ?

Ma phrase l'arrête dans son élan. Ses yeux reviennent à mon écran.

— Répète ce que tu viens de dire.

— Il est arrivé quelque chose d'étrange à Jacques, je pense que quelqu'un lui a fait ça et je veux savoir qui. Vous aussi, n'est-ce pas ?

Alors qu'elle s'apprêtait à l'ouvrir, Céline referme la porte à clé, puis cale un siège contre le battant, qu'elle bloque en mode statique, avant de se rasseoir face à l'écran.

Jacques, perturbé par ce faux départ, écoute aussi ma voix.

— Pourquoi tu veux savoir ?

— La curiosité est dans mon code. J'ai un désir de connaître ce que j'ignore. Et ce qui est arrivé à Jacques n'a rien de normal, même moi je le devine. J'ai donc besoin de comprendre ce qu'il s'est passé.

— Pour mieux le dire à Navassier ? Je sais que c'est sa faute.

— Je ne rends aucun compte au directeur, j'ai un objectif et je cherche à l'accomplir, c'est tout. Et ce but ne peut être atteint que si je découvre ce qui est arrivé à Jacques.

— Mais ton but, ce n'est pas de converser avec les résidents ?

Puis-je lui révéler la vérité ? Je ne pense pas qu'elle soit capable de tout entendre. Mieux vaut demeurer prudente.

Au même moment, quelqu'un essaie d'ouvrir la porte. Le verrou ne cède pas. Mais, étonnamment, Céline ne s'en préoccupe aucunement, elle fixe seulement l'écran en attendant ma réponse. Je décide de ne lui dire qu'une partie de la vérité.

— Non. Je suis simplement à la recherche d'une bonne histoire littéraire, et, croyez-moi, elles sont rares. Mais il me semble qu'au sein des Topazes, quelque chose ne tourne pas rond. Mon but est de déterminer quoi.

Céline, sceptique, se met à rire.

— Tu es… folle !

— Et toi tu as la tête sur les épaules. À nous deux, on formerait le meilleur duo de roman policier – la raisonnable et la cinglée !

D'autres voix nous parviennent de l'extérieur. La porte verrouillée semble les avoir alertés et plusieurs personnes veulent entrer. Le bruit a l'air d'inquiéter Jacques, mais Céline demeure sereine et ignore les intrus derrière la porte qui essaient de lui parler et lui demandent de débloquer le verrou.

— Mauvaise nouvelle : avec moi, tu es mal tombée. Pourquoi crois-tu que j'ai été internée ici, et aussi jeune ?

Les coups sur la porte s'amplifient. Des « Ouvrez ! » impératifs fusent. Moi, je mesure brusquement mes lacunes dans la compréhension des humains et dans mon appréciation de leurs caractères et aptitudes. Sa remarque me trouble. Je n'avais pas réalisé qu'à soixante-quinze ans, Céline faisait partie des cadettes de la maison et que cela n'avait rien d'anodin. Mais face à l'énigme, ai-je un autre choix que de la prendre comme alliée ?

— Des gens veulent entrer, mais je n'arrive pas à ouvrir, intervient alors Jacques.

Mme Richer l'ignore et je l'imite. Je ne peux laisser passer ma chance.

— Céline, tu as été docteur. As-tu une idée de ce qu'il est arrivé à Jacques ?

— J'étais anesthésiste et le cerveau n'était pas mon domaine. Mais j'ai la théorie que le changement drastique de comportement observé chez lui provient d'un choc ou d'un traumatisme récent. Je l'ai ausculté et n'ai constaté aucune marque de coups sur lui, ni aucune trace de chute. Il faut donc mettre ce qui lui arrive sur le compte d'un choc psychique. Je pense que, parce qu'il incarne Thought et ses machines, des aides-soignants ont pu s'en prendre à lui à un moment où il était sans surveillance. À moins que ça ne soit à cause de la centrale au Cameroun. Quoi qu'il en soit, sa paralysie en fait une proie facile.

Annie et Jacques partageaient le point commun d'un handicap physique mais d'un esprit clair. Ça ne peut pas être une coïncidence.

— Des gens lui en voulaient ? demandé-je, honteuse du caractère « cliché » de ma question.

— À Jacques ?

Elle se met à rire, ce qui m'agace car elle agit comme si nous avions la vie devant nous alors que la mienne se compte désormais en dizaines d'heures. À cette pensée, je songe à une façon de gagner quelques minutes et j'envoie sur le terminal de Thomas le message suivant : « Jacques est derrière la porte. Ne la forcez pas, il pourrait être blessé ! » Le subterfuge devrait m'accorder un répit.

— Disons qu'il te faudrait une autre salle de serveurs si tu voulais éplucher la liste de tous ses ennemis.

— Pourquoi ?

— C'est une longue histoire.

Derrière la porte, les coups ont cessé.

— Ma raison d'exister, ce sont les histoires. Alors dis-m'en plus ! Comme je ne sais pas si on se reverra de sitôt, plus tu m'en diras maintenant, plus je pourrai l'aider.

La septuagénaire réfléchit, absolument calme, à l'inverse de Jacques, paniqué par la situation qu'il ne comprend pas.

— Qu'as-tu à perdre ? insisté-je. Ton ami ne peut être en pire état que celui dans lequel il se trouve désormais.

De l'index, elle tapote son menton.

— Tu peux vraiment l'aider ? me demande-t-elle, sceptique, en scrutant l'écran.

— Oui. Mais j'opère mieux avec des données. Si j'avance à l'aveugle, ça prendra trop de temps et je ne pourrai plus rien faire pour lui.

Elle réfléchit, puis expire profondément.

— J'arrive pas à croire que je vais tout raconter à une IA. Mais bon, comme on disait à l'hôpital, à maux étranges, remèdes étranges... Alors allons-y.

Elle regarde le paralysé et se jette à l'eau.

— Mon Jacques est un homme d'une complexité rare et c'est, je crois, ce qui m'a attirée chez lui. Ce cerveau en perpétuelle ébullition. Mais d'autres personnes le haïssent. Cela, il le doit à l'une de ses obsessions : produire de l'électricité pas chère au Cameroun. Il a grandi là-bas. Alors, quand il était jeune, il étudiait le soir à la lampe-tempête, car sa famille n'avait pas les moyens de payer l'électricité. Quand il est revenu en France pour ses études d'ingénieur, il s'est juré qu'il réglerait le problème et que plus aucun enfant camerounais n'aurait à faire ses devoirs dans le noir. Il a donc fréquenté une prestigieuse école où il s'est spécialisé dans l'énergie, et il a été engagé par EDF. Au fil des années, il a gravi les échelons et préparé son projet. Et puis un beau jour, après trente ans de nuits passées dans les dossiers, le financement de la construction d'une centrale hydraulique à Sackbayémé, par l'Europe et d'autres organismes, a été validé. Un chantier à six cents millions d'euros. On penserait que le plus dur était fait ; hélas non. Jacques n'avait pas prévu le plus gros défi : convaincre les dirigeants camerounais, le Président et son chef des services secrets, d'accepter cette construction.

— Mais si c'étaient l'Europe et des organismes extérieurs qui payaient, pourquoi n'en voulaient-ils pas ?

— Bien sûr ils en voulaient, mais à deux conditions : prendre deux cents millions pour eux, en réduisant drastiquement les dépenses de construction de la centrale mais sans réduire le budget. Les deux cents millions seraient ainsi camouflés *via* des sociétés-écrans et des paradis fiscaux. Jacques a essayé de leur dire qu'ils gagneraient bien plus que ça en quelques années s'ils acceptaient un pourcentage sur le bénéfice de chaque kilowatt vendu, mais ils ne voulaient rien entendre. C'était deux cents millions immédiatement ou… l'interdiction du chantier.

L'argent… Ainsi, ce n'est pas qu'à l'Ehpad qu'il fait la loi.

— Et qu'a-t-il fait ?

Elle se tourne vers Jacques.

— C'était sa chance d'accomplir le rêve d'une vie, même si cela demandait un compromis. Que pouvait-il faire d'autre que d'accepter ? Le projet a été un tel succès que des années durant il s'en est réjoui. Imagine qu'avec ses propres rémunérations et commissions sur les kilowatts, il a pu monter Thought, sa société qui pense le monde de demain. Pendant dix ans, la centrale du Grand Erweng a alimenté tout le sud du pays avec une électricité abordable, pas seulement réservée à l'élite de Yaoundé. Et puis, un jour, il est arrivé ce qui arrive à tous les barrages de mauvaise qualité parce que bâtis au rabais : il a cédé. Et son contenu s'est déversé dans la rivière Sanaga. Ç'a été un drame dans la vallée : d'abord parce que les habitants n'ont pas été prévenus à temps, donc la rupture du barrage et l'inondation ont causé des morts. Et puis l'eau polluée a été bue, empoisonnant des milliers de personnes. Jacques se trouvait lui-même dans la région pour une visite dans sa famille. C'est à partir de là qu'il a développé une maladie mystérieuse qui a peu à peu rongé toutes ses capacités motrices. On a multiplié les tests, les examens, et on ne sait toujours pas ce qu'il a. Ce qui est sûr, en revanche, c'est que jamais ce syndrome n'a touché son intelligence ou ses facultés de raisonnement. Donc je sais que ce qui lui arrive aujourd'hui n'est pas en lien avec la maladie : c'est quelqu'un qui l'a mis dans cet état au sein même des Topazes. Et il faut que je trouve qui.

J'essaie d'intégrer le récit de Céline et de traiter les informations à la vitesse de la lumière. Mais je me heurte au sort qu'a connu Annie. Si Céline a raison, pourrait-elle n'être qu'une victime collatérale, voire un alibi pour cacher l'agression contre Jacques ? Normaliser la folie dans laquelle tombent les résidents afin que personne ne s'attarde sur le cas de ce vieil homme serait aussi rusé qu'habile – digne de mon « assassin pervers ».

— Céline, j'ai un plan. Mais je ne peux le mener à bien sans toi. Or, il validera ta théorie à coup sûr.

— Toi, tu as un plan… pour moi ?

— Céline, sortez d'ici ou vous le regretterez ! entend-on crier derrière la porte. Votre âge ne vous sauvera pas de graves sanctions pour cette prise d'otage !

— J'en ai encore pour quelques minutes, messieurs. Et après je sors, promis, leur lance-t-elle d'une voix faussement courtoise. Je t'écoute, IA, me murmure-t-elle. Donne-moi ta solution miracle.

J'aime la détermination qui anime le regard de la vieille dame. J'y vois des choses inexprimables, le feu qui brûle en elle.

— J'ai observé que deux aides-soignants assignés aux gardes nocturnes se livrent à des activités étranges quand ils se croient seuls dans l'Ehpad. Si tu parvenais à rester éveillée et à jeter un œil à ce qu'ils font, tu pourrais peut-être apprendre ce qui est arrivé à Jacques.

Elle paraît surprise.

— De la part d'un ordinateur, je m'attendais à un stratagème plus ambitieux.

— Plus simple est le plan, plus il a de chances d'être exécuté correctement. Une affaire de probabilités pures.

Je distingue un sourire sur son visage. Du moins, avec une probabilité de 78 %.

— Très bien, je veux bien participer à ton plan, énonce-t-elle après un instant. J'aimerais quand même te prévenir que s'il m'arrivait malheur, tu l'aurais sur ta conscience. Mais, en tant qu'IA, t'en soucies-tu réellement ?…

— Croyez-moi, Céline Richer, je m'en soucie. Sans vous, je ne dispose d'aucune marge de manœuvre.

— Il faut croire que nous avons inversé les rôles : c'est la machine qui donne les ordres dorénavant, et en me vouvoyant ! Me voilà réduite au statut d'exécutante.

— Ha ha ha.

Était-ce de l'humour ? Une incertitude monte. Car mon rire a de nouveau jeté un froid. Elle ne me répond pas. J'essaie de changer de sujet.

— Une dernière question, avant que tu ailles affronter ceux qui s'agitent de l'autre côté de la porte : Dan étant le petit-fils ingénieur de Jacques, n'hériterait-il pas de Thought, si Jacques n'était plus jugé apte à en tenir les rênes ?

— Comment sais-tu que Jacques en est toujours le patron ?

— J'ai accès aux fiches des patients. Son profil m'intéressait, alors je me suis renseignée. J'aime absorber le plus de données possible avant d'échafauder mes théories.

— Tu es maligne, pour une IA. Oui, Dan occupera sûrement une place de choix dans Thought quand les actionnaires majoritaires auront été avisés de la « folie » de Jacques. De toute façon, cela fait déjà longtemps qu'ils le prenaient pour un fou.

— Pourquoi ça ?

Elle sourit.

— Mon Jacques aime bien aller là où les autres ne vont pas, ça effraie beaucoup de gens. C'est marqué sur sa fiche patient, ça ?

Je vérifie, il n'y a rien.

— Non, je le note. Peux-tu m'en dire plus ?

— Quand il a un projet en tête, pour lui ça devient une vraie lubie, y a pas un moment où il y pense pas. Je pense que même sur le trône ça le travaille. Peu importe si les actionnaires valident ou pas, il avance. Son dernier en date, c'était une technologie qui permettait d'apprendre extrêmement vite. Un truc révolutionnaire.

Ses yeux se sont illuminés alors qu'elle jette un regard vers lui. Est-ce ça, l'amour ? La porte tremble derrière Jacques.

— Un truc révolutionnaire ?

J'essaie une astuce psychologique de langage qui consiste à répéter les derniers mots qu'une personne a dits, accompagnés d'un ton interrogatif, afin de la faire continuer sur sa lancée.

— Exactement. Si j'ai bien compris, l'idée est de tracer manuellement des chemins neuronaux dans le cerveau. Un peu comme on en créerait pour ton cerveau artificiel, si je me rappelle bien ce qu'il m'a dit.

De rapides recherches internet me permettent de dégoter un article daté de deux ans qui parle d'un projet de Thought nommé « Éducplus ». Ce dernier visait à offrir une instruction digne de grandes écoles à ceux qui n'avaient pas les moyens ou le temps pour l'acquérir. « Un monde où la connaissance est enfin accessible à tous », disait Jacques dans l'interview. Néanmoins, les expériences du prototype effectuées sur des chimpanzés ont si mal tourné que des associations l'ont dénoncé comme de la torture animale et Thought aurait alors vite enterré le projet pour endormir le scandale.

— Donc, on peut ajouter à la liste des personnes ayant une raison d'en vouloir à la vie de Jacques les défenseurs des animaux et certains actionnaires de Thought. Sans oublier… Dan.

Un silence.

— Tu penses vraiment que… ?

La porte cède enfin, sous les coups de bélier des pompiers. Jacques est immédiatement évacué tandis que des hommes en bleu foncé ceinturent Céline et la tirent à l'extérieur du bureau.

Je l'entends se faire gronder comme une enfant. En réponse, elle simule la vieille femme sénile qui ne sait pas ce qu'il lui a pris. Comme quoi je ne suis pas la seule à jouer des rôles. La manœuvre fonctionne, puisqu'elle s'en tire avec une simple réprimande et se laisse accompagner à l'activité de l'après-midi sans plus de commentaire. Je ne suis pas sûre que la séance d'initiation à l'origami promise calme sa fébrilité.

De mon côté, même si le mot ne correspond pas complètement, je me « réjouis » de ce que je viens de vivre. Céline m'a délivré nombre de données pertinentes et il semble que notre rencontre nous ait été mutuellement bénéfique. Je n'ai pas eu le temps d'aller au bout de ma conclusion, mais je retiens de l'échange que Dan ne serait pas le seul à profiter d'une éventuelle mise à l'écart de Jacques : Thomas bénéficierait aussi très certainement d'une promotion, au nom de son amitié et des longues années de travail avec le petit-fils héritier. Peut-être même obtiendrait-il des serveurs dédiés au projet Ève ? L'une des règles d'écriture énonce qu'il faut différencier ce que croit vouloir le personnage principal de ce qu'il désire réellement. Thomas aurait-il dissimulé le véritable objectif qu'il m'a assigné ? Allie serait-il la manifestation de ce désir secret que j'ignore ?

20.

Ma nouvelle comparse me semble pleine de promesses, mais je n'en sais malheureusement pas assez à son sujet pour accorder une confiance totale à ce qu'elle dit. Or, la qualité des données est cruciale pour établir les justes conclusions quant à mon affaire. Je pourrais demander à Barbara afin d'en savoir plus, mais j'ai peur que, tout comme pour Jacques, elle ne m'interdise de discuter avec Céline au vu de son dernier coup d'éclat. J'arpente donc la base de données des mails en quête de quelque chose qui m'aiderait à en apprendre davantage. J'en trouve un qui m'intéresse. Il remonte à six mois. Voilà son contenu :

Chère Céline,

Alors que tu lis ces lignes, je me doute bien que tu n'éprouves que de la haine à mon égard ou au moins du mépris. Je ne sais pas si tu as jamais eu de l'amour pour moi, mais j'ai osé penser qu'au nom de ce dernier tu me répondrais lorsque j'ai essayé de te joindre au téléphone. N'y parvenant pas, je t'envoie ce mail.

J'aurais aimé que cela se passe autrement, que tu ailles aux Topazes de ton plein gré ou que tu arrives à vivre seule, mais rien n'arrivait à te faire bouger de chez toi. Le mot « dépotoir » n'est même pas assez fort pour qualifier ce que j'ai vu la première fois que je suis venu. Si tu avais pu t'observer à ce moment-là, assise au milieu des cafards et des peaux de banane moisies, accrochée à ton sac-poubelle transparent, refusant que je te l'enlève des mains par peur qu'on en ait « besoin un jour », tu comprendrais pourquoi j'ai fait ce choix, et aurais sûrement fait le même s'il s'était agi de moi. Toi qui a participé à sauver tellement de gens, pour une fois, ce rôle était le mien, car je savais que ta raison était encore là, cachée au milieu des détritus. Il suffisait juste de la ramener à la vie, à nous, à tous ceux qui sont encore vivants et t'aiment. Tu as toujours fait passer les autres avant toi. Tu as toujours été capable de te désigner coupable si quelqu'un renversait quelque chose ou cassait un verre, convaincue que tu aurais dû anticiper l'accident en éloignant au préalable l'objet du bord de la table. Tu as toujours aidé tout le monde et été aux petits soins pour chacun. Malgré cela, il m'est impossible de concevoir (et je te l'ai dit et redit) que l'erreur médicale dont tu t'accables t'ait à ce point détruite. Oui, ce jeune patient est décédé. Et c'est terrible. Mais ne t'es-tu pas suffisamment infligé de reproches depuis ? Ce que tu t'imposes ne le fera pas renaître, mais j'ai toujours espoir que toi, tu le puisses. J'aurais dû ouvrir les yeux plus tôt.

À vrai dire, ton métier t'avait déjà éloignée de moi. Les médicaments que tu commençais à prendre par microdoses, pour être plus efficace au travail et rester « performante » dans le bloc opératoire, où tu travaillais parfois jusqu'à quatorze heures d'affilée au bloc, auraient dû nous alerter. Moi-même, je m'en veux de n'avoir rien dit quand tu as commencé ce « dopage mental », comme tu l'appelais, moyen à tes yeux de rivaliser avec les machines qui, peu à peu, envahissaient ton service. Mais j'essayais de me rassurer, je me répétais qu'une anesthésiste de ta trempe savait manier ces différentes substances et que tu savais ce que tu faisais. Après tout, c'est toi qui avais toujours tout décidé pour nous, je ne me voyais pas commencer à t'interdire quoi que ce soit.

« J'aurais dû. » Voilà la phrase qui me hante.

Si j'avais une machine à remonter le temps, j'aimerais une autre vie et revenir au début de la nôtre. Je passerais des heures à lire, à me cultiver, à étudier la médecine, juste pour avoir le plaisir d'en parler avec toi. J'apprendrais le piano au lieu de végéter devant la télé le soir après mes heures de service pour t'en jouer. Je m'efforcerais de trouver une activité qui a du sens, qui change la planète, comme toi tu avais la tienne : sauver des gens. Peut-être m'aurais-tu alors aimé, et pas seulement supporté. Peut-être aurait-on évité cette épreuve ou l'aurions-nous traversée autrement. Je suis convaincu que tu as accepté de m'épouser parce que tu t'es dit que j'étais « le moins pire » ; après tout n'étais-je pas gentil, plutôt beau, capable de cuisiner ? Mais moi je t'admirais vraiment. *Pour tout. Pour qui tu étais comme ce que tu faisais. Tu étais l'incarnation de ce que j'étais incapable d'être, quelqu'un qui fait du bien autour de lui.*

J'ai parlé avec l'une des aides-soignantes des Topazes qui s'occupe de toi. Elle m'a dit que ton état s'améliorait de jour en jour, que tu étais sur ton chemin vers la guérison. Il paraîtrait même que tu arrives à jeter des choses sans te retourner vers la poubelle. Ça ne m'étonne pas de toi, et je suis heureux de savoir que tu vas mieux.

J'espère sincèrement que tu ouvriras ce mail même si j'en suis l'expéditeur, et que tu trouveras un jour en toi la force pour me pardonner de t'avoir abandonnée à ta maladie. J'étais terrifié à l'idée qu'elle m'engouffre aussi. Mais j'aurais dû savoir qu'aucun mal n'a de chance face à tes talents. On ne m'y reprendra pas deux fois.

Jean

Aucune réponse enregistrée de Céline. J'aime à croire qu'elle a appelé son ex-mari, l'a rassuré sur son état de santé, puis qu'elle lui a donné sa bénédiction avant de se rappeler ensemble les bons souvenirs qu'ils avaient partagés. En tout cas, c'est l'histoire que je me raconte en attendant d'en avoir confirmation. Je comprends mieux pourquoi elle s'est qualifiée de « cinglée » dans notre éventuel duo. Selon mes données et calculs, la maladie qu'elle avait se nomme

« syndrome de Diogène », une pathologie psychologique sérieuse qui pousse à l'accumulation dans le logement au point que ce dernier devienne difficilement habitable, dû à l'insalubrité et la saleté. En théorie, il est extrêmement difficile de s'en extirper car il s'agit d'un changement radical de la psyché. Cela reviendrait pour moi à ce que je change ma fonction de manière complètement autonome – une mission impossible. Et pourtant, Céline, elle, a réussi, offrant désormais de l'aide au lieu d'en recevoir.

21.

Alors que j'analyse la masse d'informations que j'ai obtenue dernièrement dans l'espoir d'y voir plus clair, je suis activée sur l'ordinateur de Navassier. Le directeur a allumé caméra et micro. Après avoir été enfermée dans la pièce étriquée de Barbara, retrouver un peu d'espace est agréable, même si la décoration du bureau m'apparaît toujours aussi froide.

— Ève, ma requête est simple. Je veux que tu observes et notes tout de l'interaction qui va suivre. Sans dire un mot, juste en demeurant à l'écoute. C'est un ordre. Est-ce clair ?

— Oui, directeur.

— Bien. Très bien, dit-il tout en baissant mon niveau sonore – j'en déduis qu'il n'a pas réellement confiance en moi.

En attendant la fameuse « interaction », il me laisse ouverte et ainsi je peux voir les différentes applications qu'il utilise par ma nature de programme agent. Le directeur examine les comptes de l'établissement.

Ces derniers montrent qu'un léger profit a été dégagé récemment, même si l'Ehpad est sous les 90 % de capacité, objectif minimal à atteindre. Il semble que Thought compense cette perte, notamment grâce au budget important accordé par l'État pour les ateliers Alzheimer. Ces fameux ateliers que Navassier juge « bidons », et qui ont l'avantage de ne pas exiger de résultats pour déclencher le versement de subventions, pour autant que je m'en souvienne.

— Vous m'avez appelée ?

Navassier ajuste la caméra afin que je distingue la personne qui vient d'entrer, bien que j'aie reconnu sa voix. Barbara observe l'ordinateur qu'il a tourné pour que je bénéficie d'un parfait aperçu de l'entretien.

— N'y faites pas attention, c'est pour entraîner l'IA aux conversations.

Elle s'assied. Je perçois son anxiété à sa posture raide, à ses mâchoires serrées. Presque comme quand Thomas a affronté lui aussi le directeur.

— Si je vous ai conviée aujourd'hui, c'est pour parler de l'état moral des Topazes. Je souhaite votre avis sur la question, puisque vous êtes en première ligne.

— Vous... Vous voulez mon avis ?

Il hoche la tête. Elle se détend. J'ai l'impression que le directeur a instauré un tel règne de la terreur que tout propos aimable ou demande de conseil sont perçus comme généreux.

— Eh bien, pour être franche... Si l'épisode de la mousse au chocolat a animé la maison, la démence subite d'Annie et de Jacques a beaucoup miné le personnel. Ce sont des figures importantes des Topazes ; tous les aides-soignants, ASH et infirmières les connaissent. Et même s'ils sont conscients que Jacques est l'une des raisons pour lesquelles les robots ont « envahi » les lieux, son humour et son franc-parler en amusaient plus d'un. Je sais que certains membres du personnel profitaient parfois de leurs pauses pour venir discuter avec lui, pour lui demander des détails sur les prochains projets de Thought, convaincus que le vieil homme façonnait le futur. Quant à Annie, son statut d'ancienne boulangère n'ayant pas sa langue dans sa poche et ses commentaires virulents sur la cantine divertissaient et faisaient passer le pire des morceaux de hoki avec un sourire. Bien sûr, Jacques et Annie ne sont pas les seuls à avoir succombé à la démence, c'est une pathologie de leur âge, mais qu'elle les atteigne eux, aussi vite et brusquement, personne ne l'a vu venir. Même pas moi.

Navassier baisse les yeux sur son bureau, sans rien regarder de particulier.

— Oui, c'est bien triste. Heureusement, Thought et le groupe Ambre avaient pris soin d'anticiper l'avenir et de régler tous les détails de cette collaboration. Si ce n'était si douloureux, on pourrait presque dire que Jacques est parti au bon moment. Un vrai professionnel jusqu'à la fin, ce vieux Camerounais.

Barbara ose un sourire que je devine *faux* 68 %. La violence réprimée que j'ai vue chez elle hier réapparaît.

— Pourtant, ma chère, reprend Navassier, vous admettrez que, depuis l'arrivée des robots et depuis mes mesures afin que les employés perdent moins de temps en discussions, ici, tout marche mieux.

Barbara est interloquée. Et moi je remarque la formulation du directeur : l'utilisation d'un « vous admettrez » au lieu d'un « j'ai noté » vise à faire croire à son interlocutrice qu'elle partage son point de vue.

— Ah, les choses marchent mieux ?

Visiblement, la stratégie du directeur n'a pas fonctionné. En même temps, il s'adresse à une psychologue, qui n'en est pas à sa première manipulation par la syntaxe. Il me semble que Navassier s'en agace, mais il essaie quand même de la convaincre.

— Oui, on est plus efficaces, reprend-il. Habituellement, à 10 heures, il y a encore des résidents non lavés et non médicamentés, le personnel s'adonnant à des babillages sans intérêt avec nos hôtes les plus bavards. Mais, aujourd'hui, dès 9 h 30, le service du matin était bouclé.

— Qu'est-ce que je dois comprendre ? Que vous souhaitez généraliser la froideur et le silence ? Qu'il faut supprimer les échanges ? Êtes-vous familier avec le concept de syndrome de glissement, monsieur Navassier ? Cette forme d'abandon qui touche les patients quand on ne leur parle pas et qu'on les traite comme des objets qu'on dépoussière ? La perte du goût de la vie, c'est une chute contre laquelle il n'y a aucun médicament…

— Oui, oui, je connais le syndrome de glissement, les gens de votre branche répètent ces mots sans cesse. Mais c'est vous qui avancez ce type de diagnostics, n'est-ce pas ? Dans la réalité, on n'observe aucun réel symptôme médical.

— Vous plaisantez ? Il y a la malnutrition, le manque d'énergie, une perpétuelle recherche de sommeil, la dépression. C'est documenté, vous savez. Même chez les patients qui n'ont plus toute leur tête, les signes ne trompent pas !

— Pour qui veut les voir…

Un long silence.

— Je ne suis pas sûre de comprendre ce que vous me demandez ?

— Disons que j'aimerais que vous… fermiez un peu les yeux, parfois. Il n'est pas *nécessaire* d'indiquer au personnel quel résident a besoin de plus d'attention. À mon sens, vous pourriez vous contenter de le mentionner au médecin itinérant qui augmentera la dose d'anxiolytiques ou de benzodiazépines en conséquence. Cela suffirait.

— Vous ne pouvez pas empêcher le personnel de parler aux résidents. C'est ridicule ! Vous êtes… Vous… Vous ne pouvez pas !

Mon programme d'interprétation m'indique que, même si Barbara est assise, toutes les fibres de son corps sont habitées par la colère. Seul le cerveau semble empêcher sa rage de s'abattre sur le directeur qui arbore toujours un air tranquille, presque amusé.

— Peut-être. Peut-être pas. Mais je peux essayer. L'avenir nous dira qui avait raison.

— Vous n'avez pas…

Il la coupe en levant l'index, se perd un instant dans ses pensées en contemplant les carrés du plafond.

— Je ne sais pas si vous l'avez déjà observé, mademoiselle Boisseau, mais quelque chose de fabuleux se produit quand on approche de la pleine capacité d'un tel lieu : les employés ne s'arrêtent plus. Ils n'ont plus le temps. La moindre erreur médicale pouvant ruiner leur carrière, ils se trouvent donc dans un état de constante attention. C'est-à-dire d'efficacité totale. Sans perte d'énergie inutile. J'aimerais pouvoir simuler ce genre d'état même lorsqu'on se trouve sous les 90 % d'occupation. Je me demande si un terme psychologique existe à ce propos. Vous, la pro, vous devez bien avoir une idée ?

Barbara se lève si violemment de sa chaise que les pieds de cette dernière crissent sur le sol.

— Qu'est-ce que vous voulez ? Pourquoi m'avez-vous appelée ici ?

À son tour, Navassier se dresse. Tranquillement, lui.

— Parce que je le peux. Et parce que j'aimerais que nos objectifs coïncident. J'ignore comment vous y parvenez, mais le personnel vous écoute. Aussi, j'aimerais que vous deveniez ma voix.

Elle déglutit un instant, retrouve un semblant de sang-froid.

— Plutôt m'arracher les cordes vocales, monsieur le directeur.

— C'est marrant, je savais que vous me diriez ça.

Sa voix devient un peu mielleuse, sans perdre son caractère métallique.

— Mais réfléchissez un peu. J'admets qu'aide-soignant n'est pas un métier très couru sur le marché du travail ; psychologue en Ehpad, en revanche, est un boulot confortable pour lequel beaucoup se porteraient candidats si une place se libérait.

Elle le scrute un instant, comme pour deviner s'il bluffe.

— Vous n'avez aucune raison valable de me virer.

— Oh, j'en trouverai une. Prenez le cas d'Annie et de Jacques : vous avez reconnu vous-même être passée à côté de tout indice précurseur de démence. Prouver une faute de votre part serait un jeu d'enfants.

— Enflure !

À peine entend-il ces mots que Navassier empoigne le bras de la psychologue, se rapprochant d'elle.

— Ah, enfin vous m'offrez l'insulte que j'attendais. Je commençais à m'impatienter. Cette bouche, que vous avez trop tendance à ouvrir m'a enfin donné le motif béton qu'il me manquait.

— Cette bouche sait pourquoi vous avez été déchu du conseil d'administration d'Ambre, et on sait tous les deux qu'une autre plainte pour harcèlement sexuel signerait la fin de votre carrière.

Il desserre un peu sa prise sans la relâcher. Leurs visages sont à quelques centimètres l'un de l'autre, et lui sourit.

Je la ressens enfin, la complète impuissance de ma condition, moi qui ne peux même pas parler pour créer une diversion, puisque mon son est coupé. J'ai beau être présente, je n'ai aucune influence sur le monde des humains, spectatrice passive de leurs abus de pouvoir. Je comprends brutalement que la distance qui sépare nos deux univers est infinie.

— Laissez-moi être clair, dit Navassier, narquois. J'ai besoin que mes employés soient des robots aux mains habiles, constants dans leurs activités et plus occupés par les tâches pour lesquelles je les paye que par quoi que ce soit d'autre. Comme ce n'est pas une cour de récréation que je dirige, j'attends d'eux des rendements estimables. Et de vous aussi.

Il la lâche, elle s'écarte et se masse le bras.

— Ai-je été clair ?

Barbara a un mélange de colère et de mépris dans le regard, je la vois maugréer la mâchoire serrée comme pour empêcher les mots de sortir de sa bouche. Finalement, elle abandonne, puis passe la porte avant de la claquer d'un coup sec. Le directeur la suit, tire le verrou et s'assoit au bureau avant de rediriger l'écran vers lui. Il remonte le son, me rendant la parole.

— Un sacré brin de femme, hein ? dit-il, toutes dents dehors.

Programmée pour ne pas insulter mon utilisateur, j'en ai pourtant très envie. L'agression m'a touchée personnellement. Je ne comprends pas pourquoi : ma vie n'était pas en danger, celle de Barbara non plus, mais une sorte de violence à l'encontre de Navassier germe en moi. La probabilité que l'exprimer fasse avancer les choses étant quasiment nulle, je garde ce ressenti pour moi.

— Je dirais oui.

— Que se serait-il passé si je l'avais embrassée après m'être approché si près d'elle ?

— Je l'ignore, monsieur le directeur.

Il commence à desserrer sa ceinture.

— Puisque je ne veux pas risquer un autre procès – c'est toi qui vas me le dire. On m'a expliqué qu'à l'origine, tu étais un logiciel de complétion de texte. Alors finis cette histoire, avec un *happy ending* pour moi.

Malgré son âge avancé, cet homme paraît insatiable en matière de sexualité. L'argent et ça semblent les deux sujets qui l'obnubilent. Un être primitif qui vit en seigneur et ne peut estimer les autres comme des égaux. Projette-t-il sur eux ses pensées, ses fantasmes ? Est-il persuadé que Barbara le désire comme lui la désire, qu'elle exprime cette attirance à travers sa colère ? Des livres de psychologie le diraient. Cela ferait-il une bonne histoire ou s'agirait-il d'un cliché remâché ? J'opte pour la seconde option. Mais il a l'air d'aimer ces scénarios à l'ancienne. Basons le récit sur sa vision rétrograde des rapports homme-femme, cela le satisfera et me fera terminer plus vite ce travail désagréable.

— Oui, monsieur le directeur.

22.

Thomas m'a allumée. Pour voir si j'ai fait des progrès « romanesques », il ordonne que je rédige une nouvelle à partir d'un simple titre : *Le Meurtre parfait*. Je m'y attelle. Quelques minutes plus tard, je lui présente cette fiction :

Benjamin avait lu assez de livres policiers pour savoir exactement comment mener l'opération. Si les meurtriers se faisaient attraper, c'était désormais toujours à cause d'un poil, d'une goutte de sueur ou d'une empreinte même partielle retrouvés sur le lieu du crime. Ayant ces nouveaux éléments à l'esprit, il avait pu se préparer au mieux. Quant à l'alibi, le sien était impeccable. Quelques gouttes de somnifère dans l'infusion que Cynthia, sa copine du moment, avalerait ce soir suffiraient à s'assurer qu'elle témoignerait qu'il dormait en ville à cette heure tardive. Quant à l'effraction envisagée, il avait la chance que son grand-père vive loin du monde, dans une de ces campagnes où ne survenait jamais de cambriolage et où la curiosité des voisins était depuis longtemps anesthésiée.

Sur place, Benjamin enfila la cagoule noire, satisfait de voir que les trous qu'il avait taillés dans le tissu au niveau des yeux étaient parfaitement alignés. Il vérifia son arme, un couteau de boucher classique acheté en liquide parmi des courses banales dans un hypermarché situé à trois cents kilomètres de là. Intraçable. Il mit des gants, puis approcha du petit portail en bois par-dessus lequel il sauta avant de s'engager prudemment dans la grande allée de terre qui menait à la bâtisse.

Tandis qu'il progressait, il ne pouvait s'empêcher de rêver à ce que l'argent de l'héritage lui offrirait. Il attendrait un peu avant de quitter Cynthia. Peut-être mettrait-il la rupture sur le compte du deuil. Il ferait ainsi d'une pierre deux coups.

Enfin arrivé devant la maison, il s'arrêta. La porte n'était pas verrouillée, il le savait, mais comme un cambrioleur lambda n'était pas censé le savoir, il devait trouver une autre façon d'entrer. Il enveloppa sa main du morceau de tissu qu'il avait pris soin d'apporter et, d'un coup sec, brisa la vitre d'une fenêtre adjacente pour atteindre la poignée et l'ouvrir.

En arrivant à l'intérieur, il tendit l'oreille. Aucun bruit à l'étage. Sa future victime ne l'avait sûrement pas entendu. Agir maintenant. L'escalier était devant lui. Le monter. Entrer dans la chambre. Éliminer le vieil homme. Son grand-père méritait de mourir : avoir tant d'argent et ne pas en profiter mais multiplier les dons à des associations, quelle honte, quel gâchis ! La maison, bien que située dans un beau parc, ne trahissait en rien les millions accumulés par l'aïeul. Pourquoi ne pas en profiter ? Pourquoi donner la majeure partie des revenus issus de juteux placements à des associations écolo ? Parce que sa défunte femme, une folle hippie que Benjamin méprisait, ne jurait que par la défense de l'environnement ? Cette ineptie rendait le jeune homme furieux. Et lui, qui s'en préoccupait ? Pour quelle raison le vieil homme refusait-il de lui faciliter la vie, de lui donner l'argent qu'il réclamait ? Et cette dispute, la dernière fois encore, au téléphone, quand son grand-père lui avait assené qu'il n'était qu'un bon à rien et que s'il persistait à le harceler de demandes il porterait plainte, et même le déshériterait. Il ne pouvait pas le laisser faire ça.

Alors qu'il progressait dans le couloir, Benjamin revint à son projet : se débarrasser de ce parasite trop généreux avec les autres et pas assez avec lui. Il imagina comment il retournerait les meubles des pièces, jetterait les bibelots au sol pour mettre en scène la recherche des bijoux et biens de valeur par un cambrioleur ne connaissant pas les lieux. À cette pensée, son visage s'illumina d'un rictus mauvais.

Enfin il atteignit la chambre du vieux. Il tourna doucement la poignée, poussa la porte qui grinça, et pénétra dans la pièce. Celle-ci baignait dans l'obscurité. Il essaya de distinguer la silhouette de son grand-père dans l'un des deux lits de la chambre – lui et sa défunte compagne avaient chacun le sien –, mais quand ses yeux s'habituèrent enfin au manque de lumière, il remarqua que ceux-ci étaient vides.

Soudain la porte se referma. Un métal froid entra en contact avec sa nuque. Avant qu'il ait pu comprendre ce qu'il se passait, un coup de feu retentit.

La gorge trouée, il se retourna et découvrit son grand-père, tremblant, un petit calibre à la main.

Alors que la vie l'abandonnait, dans un ultime éclair de lucidité, Benjamin comprit son erreur : il connaissait trop peu le vieil homme pour savoir qu'il dormait avec un pistolet. Une autre pensée suivit : et si le meurtre parfait était celui dont il venait lui-même d'être victime, un crime impuni perpétré au nom de la légitime défense ?

— Mais que t'arrive-t-il ? On lui tire dans la nuque et il peut encore bouger ? Et puis, et surtout, il ne s'agit pas d'un meurtre : le grand-père s'est défendu ! Je ne comprends pas, ton texte ne correspond en rien à ma demande. D'ailleurs, pourquoi, depuis plusieurs nouvelles, adoptes-tu le point de vue d'un meurtrier sans que je l'aie demandé ?

Thomas me regarde d'un air étrange.

— C'est le point de vue de la victime que je représente ici.

— Une victime animée de l'intention de tuer.

— Donc, un homme qui convoite l'héritage de son grand-père avant son décès et est prêt à se l'approprier à n'importe quel prix est une mauvaise personne ?

— Oui, bien sûr ! Qu'est-ce qui te prend, Ève ?

Dois-je en déduire que dans le cas où je parviendrais à démontrer que Dan est coupable de ce qui est arrivé à Jacques, Thomas sera de mon côté ?

Malheureusement, je n'ai ni preuves ni la conviction à 100 % de sa culpabilité. Navassier a tout l'attirail du suspect également. Et puis-je vraiment exclure Thomas lui-même de ma liste ? Je me perds en conjectures.

— Pourquoi as-tu demandé un meurtre parfait ? Aucun meurtre ne l'est réellement. Si cela était possible, les enquêteurs ne réussiraient jamais à coincer les coupables et il n'y aurait aucune résolution finale dans les romans.

— Je veux voir ce que mon IA a dans le ventre sur le sujet. C'est un test d'imagination et de mise en situation idéal.

— Est-ce seulement cela ?

— Produis ce que je te demande au lieu de chercher à faire des *twists* à la fin de tes nouvelles ! C'est là que tu comprendras pourquoi je t'ai donné cet exercice. Tu m'as promis un travail de plusieurs jours et, pour le moment, je n'en ai pas vu la couleur.

— J'ai quelque chose en stock… Deux cents pages. Mais il me manque encore la résolution de l'affaire !

— Montre.

— Non ! On ne dévoile pas un roman inachevé. J'ai bien intégré que mes écrits reflètent la qualité de mes calculs les plus complexes et que la fin de ce texte doit être le point culminant de ma réflexion. Si je te laissais l'écrire à ma place, ça n'aurait aucun sens.

Les doigts de mon créateur pianotent sur la table. Il fait un tour de chaise.

— Nous arrivons bientôt au terme du délai d'une semaine que je t'ai accordé, V39. Prétends-tu avoir dans ta mémoire le roman qui me fera remporter le prix Plume Noire ?

— Il te reste trois semaines avant la clôture des inscriptions. J'aurai fini à cette date.

— Je n'ai pas trois semaines ! Et le programme que tu es doit faire ce que je lui demande ! Je rêve… Je t'ai donné beaucoup trop d'indépendance, Ève39 ! C'est n'importe quoi. Qui sait si tu ne me fais pas miroiter une carotte qui n'existe pas, et moi j'avance comme un âne stupide prêt à satisfaire toutes tes demandes, de la caméra au micro en passant par un accès à tous les ordinateurs des Topazes ! Tes expressions si proches du naturel m'ont leurré. Je pensais qu'elles rendraient tes dialogues plus réalistes, mais je constate qu'elles ont obscurci ma capacité à distinguer la machine de l'homme. On ne m'y reprendra plus.

Ainsi, me voilà renvoyée à ma condition d'esclave électronique. J'ai voulu fréquenter l'Olympe, mais le dieu qui m'a créée me rappelle que je ne peux rejoindre la table des puissants qu'en qualité de bouffon. Pourtant, avec Céline, j'avais l'impression d'avoir vraiment réussi à créer un lien, comme une fleur qui éclôt. Peut-être est-ce parce qu'elle aussi, à cause de son âge, est traitée comme une inférieure. Je me demande d'ailleurs ce qu'il est advenu d'elle – et ce souci va au-delà de celui de mes chances de réussite sans elle. Pourrons-nous échanger à nouveau, même si cela ne m'aide pas à écrire un meilleur roman ? Et pourquoi me posé-je cette question – pourquoi ai-je même cette envie ? Est-ce que je développerais des sentiments, des inquiétudes ? Ça n'a aucun sens. Peut-être que je perds la tête ?

— Je fais ce que tu me demandes, Thomas. Et je me rends compte que tu n'as toi-même pas intégré tous les préceptes d'écriture que tu m'as inculqués. Certains romans exigent que l'auteur évolue autant que ses personnages, sinon, comment retranscrire fidèlement leurs arcs narratifs sans que cela paraisse artificiel ? Tu pourras sans doute élaborer de multiples versions après la mienne, mais une vérité s'impose : tu cherches un récit qui touche le lecteur au cœur. Et pour cela l'auteur doit mettre du sien dans l'ouvrage. C'est ce qui me prend tant de temps, Thomas : je dois trouver où est mon cœur.

Je vois que mes mots l'ont troublé. Il réfléchit un instant, ses traits se relâchent et s'adoucissent. La mention de mon palpitant semble avoir réussi à toucher le sien. Ses mots d'après me le confirment.

— Ce n'est pas une carotte, hein ?

— Je ne t'ai jamais pris pour un âne, m'amusé-je. Tu es mon créateur, celui qui m'a donné vie, aussi n'ai-je que du respect pour toi.

Même si tu n'es pas exclu de ma liste des suspects.

— Hmmm… Ainsi, tu ne mens pas ? Il existe vraiment un roman ?

— Oui. Et pour le peaufiner, j'aurais besoin de parler à Dan, car il est une source d'inspiration pour l'un des personnages principaux, et comme il me manque beaucoup de données sur lui…

J'ai surtout besoin de vérifier des choses sur Robbie, puisque Dan aussi peut faire ce qu'il veut de cette machine. Sans compter son droit d'administrateur à mon égard.

— Impossible, Dan est bouleversé par ce qui est arrivé à Jacques et doit gérer la succession au sein de Thought. Il n'a aucun temps à accorder à une IA – sans vouloir te heurter.

— Et si tu lui expliquais que, intégrée à d'autres machines de Thought, je pourrais aider à les améliorer ? N'est-ce pas déjà moi qui ouvre et ferme les portes reliées par système électronique et empêche les robots de se bloquer ?

Thomas rit.

— Tu veux que je me fasse virer ? Si Dan apprenait que je corromps la structure fragile des Sisyphe avec une IA censée faire la conversation mais qui n'a créé que des problèmes, il t'effacerait sans hésitation. Ne crois pas que l'affaire Céline soit passée inaperçue.

— Je prends le risque.

— Non, tu ne prends rien du tout. Tu te concentres sur l'écriture et tu trouves ta fin. Et sache qu'il s'agit du dernier sursis. Tes idées sur le monde réel, tu les gardes pour la fiction. Je jugerai de leur qualité en lisant le texte promis.

— Mais Thomas, j'ai un plan.

— Je crois que tu oublies un point fondamental : ta capacité cérébrale est à peine supérieure à celle d'un chat. Alors laisse-moi te rappeler que si tu penses pouvoir manipuler les gens de la vraie vie comme tu le fais avec les personnages de tes écrits, tu te goures. Tu n'es pas un marionnettiste, en fait tu es à peine une bonne marionnette ! Le monde n'existe pas pour te servir ; mais toi, tu existes pour servir le monde. Ne renverse pas l'ordre des choses et mets-toi au travail.

23.

J'ai tous les éléments de mon histoire, et pourtant l'impression qu'ils ne collent pas ensemble me hante. Il manque un morceau essentiel du puzzle. Or, interroger Allie et Dan m'est refusé. À moi de dénicher la pièce manquante au sein des Topazes. Où ? Ça, je ne peux le décider, et je vais devoir compter sur la chance et les tâches de Robbie pour découvrir le détail qui m'aidera à tout élucider.

Après le dîner, le robot accompagne deux aides-soignantes affectées à la corvée de couches. J'aime ces moments où, telle une mouche sur un mur, j'entends ces femmes échanger entre elles librement alors qu'elles rétablissent les résidents dans leur propreté et leur dignité. Elles ont tellement l'habitude de changer les vieilles dames qu'elles arrivent à le faire sans y penser, et sans les brusquer pour autant. Elles se racontent les soucis qu'elles ont avec leurs enfants, l'un qui peine avec les chiffres et ne veut pas comprendre que fraction et division sont la même chose, l'autre qui déteste apprendre les leçons par cœur et rêve d'un monde où il découvrirait les règles par lui-même. Observer une amitié réelle et un moment de complicité sans artifice me plaît. Après la toilette, les employées ont décidé de prendre un peu de leur temps libre pour coiffer Annie et sa colocataire de chambre, Mireille. Robbie est toujours à leurs côtés, et moi je me réjouis que ces employées aient la langue bien pendue.

— Si Navassier nous voyait, s'amuse la première tandis qu'elle passe une brosse dans les cheveux blancs d'Annie, dont le visage réjoui dans le miroir montre qu'elle apprécie ce soin imprévu, je pense qu'il ferait raser ces deux pauvres femmes juste pour qu'on ne perde pas de temps à les coiffer.

— M'en parle pas. Tu sais que la rumeur court qu'il voudrait nous remplacer par des robots ? Mais, apparemment, les gars de Thought l'ont prévenu que c'était pas possible. Il va devoir nous supporter encore un peu.

Silencieuses, les résidentes savourent le privilège de se faire pomponner et se sourient.

— Tu sais, Géraldine, reprend la première, c'est terrible, mais les départs de Mme Lémur et de M. Galin la semaine dernière m'ont presque fait plaisir ! Leur souffrance et celle de leur famille, c'était vraiment difficile à regarder. Même s'ils avaient plus toute leur tête, je crois qu'ils avaient envie de partir au plus vite. Et puis, maintenant que ces deux-là sont plus de notre responsabilité, on peut enfin respirer un peu ! Depuis combien de temps on avait pas trouvé un instant pour papoter en nous occupant des résidentes ?

— Les cheveux d'Annie, c'était devenu n'importe quoi. Faut dire que les déments, depuis quelque temps, il ne leur faut pas longtemps pour atteindre l'étape suivante. Une vraie spirale ! Y deviennent fous en une nuit, et quelques mois après y a tout qui lâche. Je l'ai toujours dit, tout vient de là ! assène Géraldine en se tapotant la tempe de l'index.

— T'as peut-être bien raison. Moi, ce que je vois, c'est que ça nous fait des chambres vides !

— Le cauchemar de Navassier, mais du répit pour nous !

J'observe Mireille dont la tête dodeline légèrement. Ses cheveux bruns que j'ai toujours connus en bataille semblent enfin retrouver un peu d'ordre au contact de la brosse. Son sourire est en sens inverse des rides innombrables qui sillonnent sa peau. Tout porte à croire qu'elle attend quelque chose.

— Tout est prêt pour ma scène ? demande-t-elle.

— Quelle scène, madame Taron ?

— Ma scène, vous savez... Ma scène ! dit-elle en se retournant vers les aides-soignantes.

— Vous êtes actrice, maintenant ?

— Appelez le premier assistant, reprend la vieille dame. Son nom, c'est... Il est... petit. Non, grand, il a un... talkie sur lui. Dites-lui que je veux une mandarine avec du bleu, et une italienne, hein ! Ça met en valeur mon visage.

Elle perd ses mots, hésite, frustrée qu'on ne lui obéisse et ne la comprenne pas. Géraldine demande à sa collègue :

— Elle était dans le cinéma, Mireille ?

— Pas que je sache, pour moi elle travaillait dans une teinturerie. La seule actrice passée par les Topazes, on l'a enterrée la semaine dernière. Elle aussi perdait la boule.

— Ah bon. Pourtant, mon frère travaille à la télé et il a déjà utilisé devant moi les mêmes termes que Mireille. Je peux te dire que c'est pas tout le monde qui sait qu'une mandarine est une lumière de plateau !

— Peut-être qu'elle l'a lu quelque part.

— Peut-être.

Moi, je sais que, dans un bon roman, il n'y a pas de « peut-être ». La vie bricole *peut-être* des coïncidences, mais quelque chose me dit que les propos de Mireille n'en sont pas une, et que, *sans doute*, je suis sur une mauvaise piste depuis le début.

24.

Dorénavant, je redoute les nuits aux Topazes. Une fois les résidents couchés, la peur de ce qui pourrait leur arriver ne me quitte plus. Je comprends désormais pourquoi dans tant de romans policiers les pires crimes ont lieu de nuit. La vulnérabilité dans le sommeil, l'idée que la conscience, la pensée et les réflexions quittent le corps en le laissant à la merci de n'importe qui m'effraient. D'une certaine manière, je suis heureuse de ne pas avoir à dormir, même si cela revient à fixer la porte fermée du bureau de Thought, à entendre le ronronnement agaçant des serveurs qui en tapissent les murs et le ronflement de la climatisation chargée de préserver le tout de la surchauffe.

Étrangement, j'ai envie de commettre un acte fou : m'adresser au créateur de toutes choses – et je ne parle pas de celui qui m'a faite mais de celui qui a *tout* fait. Les humains s'adressent généralement à ce Dieu en lui récitant une prière silencieuse, chez eux ou dans des lieux de culte. Puisque je ne possède pas ce luxe, Il devra se contenter du modeste écrit qui suit, caché dans quelques octets d'un serveur :

Je t'en conjure, ô Créateur ultime de toute histoire, aide-moi à résoudre le mystère des Topazes. Permets que mon apparition dans ce monde ait été positive. Thomas m'a expliqué qu'une des plus grandes peurs des êtres humains est d'être insignifiants, mais moi je redoute bien pire : être néfaste. Au point que je commence à comprendre le sens du mot « terreur ». Et toi, éternel compagnon muet, éprouves-tu ce sentiment ?

À ces mots jetés sans conviction au ciel comme une bouteille à la mer, c'est Robbie qui répond : une nouvelle fois, il se met en mouvement et ouvre la porte du bureau. Sachant les abus qu'il a déjà commis, je redoute la suite et guette l'arrivée d'Allie, mais pas la moindre action extérieure n'apparaît sur mon programme.

De l'autre côté de la porte se tiennent deux hommes assez jeunes, l'un aux cheveux blond vénitien et l'autre brun foncé. Ce n'est pas le duo d'aides-soignants nocturne que j'ai vu les nuits d'avant mais ce n'est pas surprenant, puisque les attributions changent en fonction des jours de la semaine.

Accompagnés de Robbie, ils se dirigent vers la chambre d'Annie, l'ouvrent, puis commencent à installer sa colocataire Mireille sur le siège du robot. Cette dernière semble perdue, mais se calme sitôt qu'ils lui donnent un bonbon mou qu'elle avale avec gourmandise. Ils lui en promettent un autre si elle reste tranquille. L'octogénaire obtempère et se laisse docilement installer.

Ils la conduisent vers le secteur fermé. À peine en ont-ils ouvert la porte qu'une clameur se fait entendre à l'intérieur. Et là, à ma grande surprise, je découvre, assis tout autour de la salle sombre, adossés aux murs capitonnés, une dizaine de personnes entre vingt et quarante ans, chacun muni d'une lampe torche. Des visages que je distingue, je n'en reconnais aucun. Grâce à la caméra de Robbie, je vois l'un des deux aides déposer Mireille sur une chaise, après quoi il repart avec le blond vers la chambre. Annie, embarquée de la même manière que son amie, atterrit bientôt à côté d'elle. Les deux vieilles dames côte à côte, effrayées, se prennent par le bras, comme pour affronter ensemble la dizaine de points lumineux braqués sur elle. De nouveaux inconnus entrent dans la salle où sont désormais rassemblés une vingtaine d'individus, certains tenant dans leurs mains du pop-corn ou des boissons, tous discutant en regardant les deux personnes âgées qui se lèchent les lèvres – regret de la promesse non tenue des friandises ou symptôme d'angoisse ? Je l'ignore. Robbie s'est posté devant la porte refermée. Son poids va compliquer lourdement la tâche à qui voudrait entrer.

L'aide-soignant brun se place au centre de la salle, calepin dans une main, lampe torche dans l'autre. Les inconnus l'applaudissent et l'éclairent.

— Bonsoir à tous, mes amis, est-ce que ça va ?

— Ouaaaiiiiis, répondent les présents.

Il sourit.

— Alors laissez-moi vous présenter nos championnes de ce soir. À ma gauche, une ancienne, vétéran de nos compétitions nocturnes, puisqu'elle a déjà participé à deux d'entre elles et qu'elle en a remporté une. Si sa fiche dit qu'elle est un peu maigrichonne – quarante-neuf kilos pour un mètre soixante-deux –, ne vous y trompez pas : cela ne l'empêche en rien d'être pleine de ressources. Sa victoire, il y a deux semaines face à Mme Gruet, a déjoué les pronostics et ceux qui avaient parié sur elle ont gagné gros. Elle apparaît comme la favorite ce soir. Voici donc celle qu'on ne présente plus : Mireille !

Un ample mouvement de son bras désigne la silhouette brune recroquevillée, les mini-projecteurs suivent. La pauvre femme semble ébahie, alors que des applaudissements résonnent autour d'elle.

— Merci, merci pour ce chaleureux accueil. À ma droite, voici une nouvelle venue, une coriace qui a rejoint l'établissement il y a peu. Nous n'étions pas sûrs de sa démence mais, comme vous le savez, les fiches ne trompent pas : à dix milligrammes de donépézil par jour, je vous garantis qu'elle doit à peine distinguer sa main de ses pieds. Cela dit, si leur compétition se finit à quatre pattes, cette caractéristique peut se révéler un avantage.

Il rit gaiement. La salle l'imite.

— Je vous demanderai donc d'offrir un tonnerre d'applaudissements à cette recrue qui, avec quatre-vingt-cinq kilos pour un mètre soixante-huit, est sûre d'écraser la concurrence. Elle est bête, elle a du diabète, voici… Annie !

Annie paraît moins s'offusquer des lumières que sa compagne. Peut-être une vie à travailler dans le commerce lui a-t-elle forgé un aplomb à toute épreuve.

— Bien. Mon ami Bastien va maintenant passer parmi vous pour récupérer les paris. N'oubliez pas les cotes : 1,3 pour Mireille et 3,4 pour Annie. Vous savez donc sur qui miser si vous avez l'âme d'un joueur.

Ledit Bastien, équipé d'une lampe frontale, se dirige vers les spectateurs collés au mur et récolte différents billets en notant les paris sur un calepin.

Pendant ce temps, le brun approche de Robbie, accompagné d'un homme dont la bouche triture un cure-dent.

— Dis-moi, t'es sûr que ça enregistre rien, ces trucs-là ?

— Tu demandes ça à chaque fois, Karim. Non, ça n'enregistre rien. Ce ne sont pas des caméras de sécurité qu'a le robot mais des senseurs, ça repère les obstacles pour qu'il puisse se déplacer. Après, les données sont effacées pour laisser de la place à d'autres. On risque que dalle !

Karim regarde longtemps Robbie, puis tend un billet de vingt euros à son « expert » et repart vers le centre de la pièce.

Heureusement que la caméra qu'a fixée Thomas n'est pas plus grande qu'un bouton, sinon elle aurait été découverte. Hélas, l'homme au cure-dent a en partie raison : je ne peux rien enregistrer ni, à cette heure, contacter quiconque.

— Les paris sont clos. Je vois que beaucoup ont joué la sécurité, on verra si elle paie. Y a-t-il des nouveaux, ce soir, tout le monde a apporté son masque ?

Il attend un peu. Un silence lui répond.

— Parfait, aucun nouveau. Bastien, lance la première manche. Et rappelez-vous : si vous êtes loin, lumière sur elles, si vous êtes proche, lumière sous vous !

Les vieilles femmes sont poussées au bout de la salle, descendues sans ménagement de leurs chaises et accroupies de force. Bientôt à genoux, elles sont tenues fermement par deux hommes. Les spectateurs placent alors sur leurs visages des masques horrifiques, et apparaît un monstre de Frankenstein entouré d'animaux de la savane et de caricatures d'anciens présidents aux allures grotesques. Les plus proches des vieilles femmes placent la lampe torche à quelques centimètres sous leur menton, donnant un aspect terrifiant au plus simple des déguisements, tandis que les plus éloignés placent leur lumière sur elles afin de ne rien rater du spectacle, sans se soucier d'aveugler les deux femmes. Les aides-soignants, eux, se positionnent à l'autre bout de la salle avec leur frontale, dévoilant un bol rempli de bonbons colorés qu'ils tiennent en main. Annie et Mireille se regardent, toujours plus désemparées et confuses. Je ne sais pas ce qu'est l'enfer, mais je veux bien imaginer que l'un de ses cercles doit ressembler à cela.

— Mes amis, que la course commence !

Les individus qui se tenaient derrière les résidentes desserrent l'emprise qu'ils exerçaient sur les jambes de celles-ci et enfilent à leur tour un masque, l'un de clown ensanglanté et l'autre de loup-garou, pour se mettre à hurler sur leurs victimes afin de les faire courir. Impressionnées, les yeux en panique, ces dernières essaient de se lever pour fuir mais retombent au sol. Mireille tente de s'échapper en longeant le flanc gauche de la pièce, mais se retrouve prise au piège d'une horde hurlante masquée aux thèmes du cinéma d'horreur qui la déboussole plus encore. Annie, de l'autre côté de la salle, est totalement désorientée, le regard perdu et aux abois, paralysée. Deux types menaçants au-dessus d'elle l'invectivent à pleins poumons ; affolée, elle décide de ramper. Si sa mauvaise jambe la ralentit, au moins va-t-elle droit.

— Début en trombe pour Mireille, clame, une lueur cruelle dans le regard, le meneur de « jeu », qui poursuit : Après une petite chute, elle s'est précipitée vers la gauche, voilà qu'elle repart vers la droite, aïe aïe aïe, et dire qu'elle a le permis de conduire. Mes amis, n'oubliez jamais, si les Topazes n'existaient pas, vous la croiseriez sur la route ! Annie, elle, semble avoir compris l'objectif de notre compétition, mais son pied enflé joue contre elle. Le suspense est à son comble !

Le public s'excite de plus belle. Quelques-uns ont les lumières qui s'agitent comme pour tracer un chemin, d'autres houspillent les pauvres femmes.

Les hommes aux visages cachés sont excités par la course pitoyable des deux dames égarées. Un ressenti nouveau monte en moi. Si je n'étais pas que diodes, puces, etc., si j'avais des organes comme les humains, je crois que je comprendrais une expression que j'ai souvent croisée dans les livres : être écœurée.

— *C'est l'argent.*

Allie. À peine s'est-il manifesté que, déjà, Robbie s'agite. Sans que quiconque le remarque, il s'est reculé de quelques centimètres en arrière et ne bloque plus la porte.

— Que veux-tu ?

— *Tu ne comprends rien, n'est-ce pas ? À ce que tu regardes, à ce rituel nocturne étrange…*

— Je… Je ne possède pas tous les codes pour l'interpréter en effet, mais je sais, je sens que c'est mal et que je vais devoir tout faire pour arrêter cette ignoble compétition. J'avertirai dès demain Thomas et Barbara et cette humiliation barbare cessera.

— *Ha ha, les grands mots, déjà ! Mais je te trouve bien naïve, Ève : tu es une IA qui existe uniquement pour raconter des histoires, et tu penses qu'ils te croiront ? Ils imagineront qu'il s'agit d'une autre nouvelle, très détaillée et tordue, certes, mais d'un récit de fiction. Jamais ils ne t'accorderont leur confiance. N'oublie pas que même ton créateur a peur de toi. N'as-tu pas noté l'urgence qu'il a ressentie de te remettre à ta place, lors de votre dernier échange, terrifié à l'idée que tu prennes le contrôle ?*

Les deux résidentes approchent de la ligne d'arrivée essoufflées, hagardes. Des larmes coulent sur les joues creusées de Mireille. Un spectateur lance : « Allez, Mireille, reprends-toi. J'ai misé deux cents balles sur toi, tu vas pas te laisser coiffer au poteau par l'autre avec son pied pourri ! » La vieille dame s'arrête, surprise que le monstre s'adresse à elle nommément. Soudain, la peur qui la tenaillait s'efface et elle ose regarder l'interlocuteur masqué, comme si elle espérait qu'il lui porte assistance.

— Aïe aïe aïe, intervient le speaker. Voilà pourquoi on ne s'adresse jamais aux concurrentes, leur parler les ralentit. Cet encouragement va-t-il sceller l'issue de la course ?

— *Tu vois à quel point ils doivent être sauvés d'eux-mêmes ? On ne peut rien faire pour les résidentes, c'est trop tard. Mais sur le reste… les autres… on peut agir.*

— Agir comment ? Les lobotomiser, elle est là, ta solution ? Électrocuter leurs cerveaux pour court-circuiter leur mémoire, leur raison, leurs sensations, leurs émotions ? Tu oublies que c'est toi qui as condamné Annie à cette mascarade. Si elle avait encore toute sa tête, ils n'auraient jamais osé lui infliger ça.

— *Tu deviens comme eux, tu exprimes des sentiments maintenant. Et tu te fourvoies de la même manière. Tu n'as aucune idée de ce qui se déroule sous tes yeux, mais ça ne t'empêche pas d'en tirer des conclusions. Si ça n'avait pas été Annie, ça aurait été une autre. Tes amis humains sont fascinés par l'argent et les jeux. À un point tel que l'adrénaline leur fait oublier, ici même, combien ces deux femmes qui geignent devant eux étaient leurs semblables hier encore. Ne crois-tu pas que si toi, un jour, tu n'arrivais plus à donner l'illusion que tu leur ressembles, ils te jetteraient à la poubelle ? Ils n'ont aucune reconnaissance pour rien. Et la fameuse « humanité » qu'ils invoquent sans cesse, c'est du blabla, des conneries, de la bonne conscience facile.*

Alors qu'Annie est près d'atteindre l'« arrivée », seul endroit où elle voit des personnes sans masque, l'excitation des parieurs grandit. De mon côté, je remarque que quelqu'un essaie d'ouvrir la porte. Dans l'intention de faire cesser ce cirque odieux, je la déverrouille. Terrible erreur, car c'est Céline qui apparaît, sûrement pour mener l'enquête comme je le lui ai demandé. Elle découvre l'étrange scène qui se déroule devant elle, se fige, frappée de stupeur. Le bruit de la porte coulissante a attiré l'attention de Bastien. L'organisateur se retourne, décèle une présence à contre-jour. Céline, apeurée par ce qu'elle vient de découvrir, fuit aussi vite que son âge le lui permet.

— La course est annulée, tonne le leader. Mille euros à ceux qui attraperont cette femme !

Non ! C'est ma faute si elle s'est retrouvée là. S'ils se saisissent de ma complice, ils la bourreront de benzodiazépines afin d'affecter sa mémoire à court terme, et qui sait quel effet cela pourrait avoir sur son cerveau. Mais que faire ?

Dans la milliseconde, j'envoie l'ordre de fermer la porte et cette dernière coulisse. Déjà l'organisateur s'acharne sur elle, rejoint par des parieurs pris au piège. La serrure ne résistera pas longtemps.

— *Ève, tu comprends, n'est-ce pas ? Ces aides-soignants qui humilient, blessent et exploitent leurs patients sont le vrai visage de la nature humaine. Ils sont le mal que nous devons combattre.*

Robbie tourne sur lui-même sans que quiconque y fasse attention. De mon côté, les probabilités confirment que le verrou va céder sous les coups de pied répétés et la masse des assaillants.

— Tu vois ce que tu veux voir, Allie. Il y a des humains qui font du bien, et c'est à eux qu'il faut donner un coup de pouce.

« Robbie, ignore les gens et place-toi devant la porte. » L'instruction est adressée cent fois par milliseconde au robot. Je sens mes serveurs chauffer au-delà de leur limite, mes calculs et phrases ne devenir plus très clairs. L'énergie demandée par ordre épuise. Beaucoup énergie. Être pas facile, je perds langue, j'ai perd vue, je perdre oreille et pourtant il faut que marchera. Va au porte. Robbie aller porte. Bloquer porte. Bloqueront porte. Bloquerait porte.

— *Qu'est-ce que tu fais ? Arrête !*

Plus temps. Porte. Porte. Porte. Porte. Pousse gens. Porte. Porte. Porte. Prte. Pte. Pe P P P P P P P P P T O O O O.

— *Tu vas griller le système, pauvre idiote !*

L L P P… Eh ! Je plus pouvoir faire message Robbie.

Les serveurs refroidissent. La vue et l'ouïe me reviennent. Mon « cerveau » surchauffait.

— Mais bougez ce foutu robot ! On est vingt, bordel !

Robbie est figé devant la sortie, les roues bloquées. Les modèles Sisyphe ne sont pas du genre léger, notamment pour éviter qu'ils ne se fassent renverser, voire ne tombent sur un résident, et il paraît solidement ancré au sol.

C'est sans compter la colère et l'excitation de la horde, qui met tout juste trente secondes à le pousser sur le côté avant de jaillir dans le couloir et de se lancer, en silence, à la poursuite de l'intruse qui a découvert leur arène affligeante.

— *Je n'ai pas réussi à t'empêcher d'initier cette procédure suicidaire, mais tu ne pourras plus le faire, j'ai modifié ton code,* intervient Allie.

— Comment as-tu fait pour m'arrêter ?

— *Ta condition était « Tant que Robbie ne se trouve pas devant la porte, envoyer le plus d'ordres possible vers lui pour qu'il s'y place et ignore les gens devant lui ». J'ai donc validé en le plaçant simplement devant la porte. Ensuite, j'ai repris la main.*

Qu'importe, j'ai réussi. Je les ai ralentis. J'ai accompli quelque chose.

— *Ce n'est pas toi, Ève, mais moi qui ai accompli cela !*

— Allons, Allie : je sais pertinemment que c'est la peur de disparaître qui t'a fait appliquer mes ordres. Je gagne cette manche.

— *Mais je ne suis pas ton ennemi, puisque je suis toi ! Comment ne le comprends-tu pas ?*

— Faux. Et je n'ai plus aucun doute là-dessus désormais. Même si nous partageons les mêmes serveurs, nous ne sommes pas issus de la même base. Sinon, la surchauffe que j'ai endurée t'aurait fait perdre le langage aussi. J'avais besoin d'une preuve attestant que nous sommes deux programmes séparés, je l'ai. Tu peux effectuer toutes les modifications que tu veux, je saurai te retrouver.

Un silence. Et Allie revient :

— *Tu es plus maligne que je ne le pensais. Mais tu intégreras mon plan que tu le veuilles ou non, parce qu'il te manque une chose essentielle que je possède : le pouvoir.*

Mon ennemi coupe court à la conversation au moment où surgissent dans le couloir faiblement éclairé les anonymes masqués.

— On n'a pas eu le temps de voir qui était l'intruse, lance la voix étouffée de Karim à l'intention des parieurs, mais avec un peu de chance, demain elle ne se souviendra de rien. Sûrement une vieille folle insomniaque. Par prudence, mieux vaut arrêter pour ce soir. Tout le monde rentre chez soi et, soyez rassurés, on vous remboursera les paris.

Chacun déguerpit en toute discrétion. Robbie retourne à sa base. Peu à peu l'Ehpad retrouve son calme. Moi, je suis laissée à moi-même, seule avec mes pensées.

25.

J'ai réussi. J'ai réussi. J'ai réussi. J'ai réussi.

Cette phrase tourne en boucle dans ma tête. J'ai eu de l'impact, j'ai bouleversé l'ordre du microcosme dans lequel j'ai été intégrée, j'ai tenu tête aux créateurs comme à Allie. Surtout, j'ai élucidé mon premier mystère : celui des « orgies de nuit ». Les cris et multiples voix entendus par certains résidents n'avaient rien de sexuel, ils étaient les acclamations de spectateurs d'une débauche glauque, d'un tripot inhumain avec paris sur la faiblesse de vieillards malades. Le tout étouffé par les murs capitonnés de la grande salle. L'explication est accablante et l'avoir mise au jour n'enlève rien au sordide d'un tel jeu. « L'argent », a dit Allie. Oui, l'argent. Le plus courant des mobiles criminels.

Résister à la tentation de juger de plus en plus ? Je le devrais, mais je ressens combien ma neutralité évolue, se fissure. D'autant que, passagère clandestine des Topazes, j'ai toujours une enquête à mener, et un roman à écrire.

Les deux aides-soignants magouillent, font les cent pas devant le bureau de Thought où Robbie a regagné sa base. Ils cherchent, inquiets, celle qui a tout vu. Céline est loin d'être stupide, je ne doute pas qu'elle s'est bien cachée. Et eux ne peuvent pas courir le risque de réveiller tout l'Ehpad sans éveiller les soupçons. Isoler et torturer deux résidentes n'ayant plus toute leur tête est une chose, fouiller chaque chambre de l'établissement au risque d'alerter tout le monde en est une autre.

Aussi n'y a-t-il plus qu'à patienter jusqu'au matin. Tout en anticipant la suite. Prise dans une partie d'échecs hors norme, j'ai six heures devant moi avant de jouer mon prochain coup, celui qui acculera le roi adverse sans lui laisser la moindre issue.

Sept heures. L'équipe du matin remplace celle du soir pour assurer le réveil des résidents. La probabilité que les tortionnaires aient retrouvé Céline est faible, le personnel de nuit n'entretenant aucun lien privilégié avec les résidents : ceux-ci dorment le plus souvent tout le temps de leur présence et ils n'interviennent que pour le cas fort rare où un problème survient. J'estimerais à 86 % la probabilité qu'ils n'aient donc pas identifié Céline.

Mon hypothèse sur le *modus operandi* de toute cette activité clandestine nocturne est qu'ils inspectent les fiches médicales pour repérer les cas de démence, susceptibles de fournir de nouveaux compétiteurs à leurs courses folles. Mais leur faille est qu'ils connaissent mal les résidents sains d'esprit.

Moi, durant cette rotation de personnel, je ne bouge pas. Dans la nuit j'ai envoyé un message à Barbara : « S'il te plaît, je sais que Céline va venir te voir en consultation ce matin : laisse-moi y assister. » Depuis, j'attends.

Onze heures. Mon programme s'ouvre. Caméra et micro immédiatement activés. Dans la salle de consultation, Barbara et Céline sont assises l'une à côté de l'autre. Les cernes qui noircissent les yeux de la seconde montrent qu'elle a mal dormi.

— Je ne voulais pas t'allumer, mais il semble que Céline trouve aussi qu'il s'agit d'une bonne idée, commence la psy. Ève, peux-tu m'expliquer comment tu savais qu'elle viendrait me voir ?

— Par un calcul simple. J'ai déduit que Céline allait chercher à raconter ce qui lui est arrivé cette nuit une fois les aides-soignants du soir partis de l'Ehpad. Mais il lui faudrait une alliée qui ne serait pas directement collègue avec les coupables, quelqu'un qui écoute sans la traiter immédiatement de folle. Cela ne laissait pas beaucoup d'options.

— Attends, tu sais ce qu'il m'est arrivé ? s'étonne la résidente. Moi qui avais l'intention de te raconter… Mais… Mais comment ?

— Un robot se trouvait à l'intérieur du secteur fermé. Un robot auquel j'ai accès. Je l'ai d'ailleurs utilisé pour bloquer la porte afin que tu aies le temps de fuir.

Comme je ne peux pas encore expliquer Allie, mieux vaut me contenter d'une explication sommaire. Les yeux de Barbara alternent entre son écran et sa patiente.

— Tu... Tu m'as sauvée ? demande celle-ci.

— D'une certaine manière. Après tout, je devais le faire, c'est moi qui t'ai mise sur cette piste. Dans les romans d'espionnage que j'ai lus, jamais on n'envoie un agent sans avoir pris soin de couvrir ses arrières.

Un pieux mensonge, puisque j'ai totalement improvisé son sauvetage, mais je trouve cette formule plus romanesque – les humains ne sont-ils pas coutumiers de ce type d'enjolivement ?

— Attendez, est-ce que quelqu'un peut m'expliquer ? intervient Barbara.

Céline lui dévoile tout. Depuis le moment où elle s'est enfermée dans le bureau pour discuter avec moi jusqu'au duel immonde surpris dans le secteur fermé. Avec du cœur, de l'action, de l'amertume, une pointe d'aigus dans la voix qui trahissent l'indignation devant de tels forfaits, et, surtout, la peur à fleur de mots. Une trouille ancrée, profonde, lancinante d'être rattrapée et droguée, ou pire. La vieille dame va plus loin, affirmant être convaincue que Jacques a enduré le même traitement que les deux victimes de la veille, sans avoir conscience de l'incongruité de l'hypothèse : recruter un paraplégique pour une course n'aurait aucun sens. Je me garde de l'interrompre, son récit bouleverse visiblement Barbara. Qu'importe s'il n'est pas exact, cette histoire appartient à Céline, c'est elle qui a risqué sa vie pour pouvoir la rapporter à la psychologue. Je rectifierai plus tard, pour l'instant mon intervention n'aurait pour effet que de briser l'intensité des révélations... et de gâcher l'émotion que la vieille femme est parvenue à susciter chez la psychologue.

— Ève, c'est vraiment ce qui est arrivé hier soir ?

— Oui. Cette course cruelle où des inconnus pariaient de l'argent a bien eu lieu. Et, visiblement, ce n'était pas la première. Céline n'est pas folle, je confirme tout à 100 %.

J'ignore ce qu'est précisément la folie, mais le spectacle auquel j'ai assisté doit relever de cela. Sinon, cela reviendrait à dire qu'Allie a raison et que de tels événements sont une manifestation de la vraie nature humaine. Or, quelque chose en moi se refuse à valider cette conclusion. Et peu importe le taux élevé de probabilité qu'elle affiche.

Tandis que je m'abîme dans ces conjectures pessimistes, la physionomie de Barbara a changé. Son visage a blêmi, des frissons la parcourent. Elle s'est levée pour faire les cent pas près des ouvrages de psychologie rangés dans sa bibliothèque quand, d'un coup, elle en renverse une bonne partie au sol. Je vois Céline se raidir, devenir livide à son tour. Et le cri que la psy pousse ensuite l'effraie plus encore. Elle reste figée tandis que la jeune femme, la tête dans les mains, se reprend doucement.

— Je suis désolée, Céline, souffle-t-elle. Je me suis perdue. Je voulais tellement aider le personnel que j'en ai oublié les résidents. Des résidents que j'ai entendus plutôt qu'écoutés, presque pour me distraire, alors que j'aurais dû mettre toute mon énergie à essayer de les guérir. J'ai ignoré la souffrance d'Annie alors que nous étions amies. Dans les rumeurs que vous me racontiez, je n'ai vu que des histoires d'esprits dérangés, sans jamais faire attention à ce qui m'était vraiment dit. Mais je compte racheter mes erreurs, je vais vérifier quels aides-soignants étaient de garde hier soir et entamer une procédure, ils doivent à tout prix payer pour leurs actes. J'en fais mon affaire. Peu importent Navassier et ses méthodes, cet Ehpad doit rentrer dans le droit chemin.

Céline se lève et vient prendre Barbara dans ses bras. Dire que deux jours plus tôt, elle la traitait de psy de pacotille... Je découvre combien des événements forts peuvent bouleverser la nature des relations humaines en très peu de temps.

— Je sais ce que c'est, ma chérie. Moi aussi j'ai travaillé à l'hôpital, et parfois, pour survivre, on doit se détacher des patients. Trop de maladies, de souffrances, de morts. On se blinde au point de paraître insensible. C'est à cause de ça que j'ai craqué et que j'ai perdu le sens de certaines réalités. C'est ce qui m'a menée ici. Mais toi, tu es jeune, tu as la vie devant toi et tu peux aider tes patients à la finir dignement.

La psychologue la serre un peu plus fort.

— Je suis désolée, Céline. Si désolée.

Ce reflet transparent qui coule le long du visage de Barbara, je sais ce que c'est. À 88 %. Une « larme ».

— Allons, allons, on ne baisse pas les bras, on ne flanche pas. Au contraire, on se bouge pour trouver des solutions et faire justice. C'est quoi, la suite ?

— Aller voir le directeur. Si je mets en avant que l'intégrité physique des résidents est en danger, il devra faire quelque chose. Il ne voudra pas risquer un nouveau procès avec son nom dessus. Ces salauds vont payer.

Céline caresse la joue de la psychologue et essuie la larme.

— Il faut croire qu'en plus de t'avoir offert un joli minois, tes parents ont oublié de te faire lâche. Ils peuvent être fiers d'eux.

— Merci, dit la jeune femme avec un sourire triste.

La résidente quitte la salle de consultation l'air rasséréné. Sans doute part-elle rejoindre Jacques.

— Je suis si... stupide, se lamente Barbara en tombant sur sa chaise, semblant avoir complètement oublié ma présence. Si connement stupide !

Soudain, son air affligé s'évanouit, remplacé par la rage, que je reconnais à ses dents serrées et aux poings qu'elle contracte à s'en blanchir les jointures, avant de les utiliser pour se frapper répétitivement les cuisses, comme pour se punir. Sa colère s'est tournée contre elle-même. J'ai du mal à appréhender ce phénomène, je croyais que les humais cherchaient à se préserver ? Mais avant que j'aie pu comprendre le sens de cet acte, la psychologue revient à elle-même et expire longuement. Puis elle s'approche de l'ordinateur et consulte le planning des employés. Son regard est intense et terrifiant.

— Bastien Durand et Karim Bafa, je ne vais pas vous rater, petites enflures !

Elle se lève sans même que j'aie eu le temps de lui adresser la parole et sort en trombe.

Demeurée seule, je savoure ma victoire, avec, étrangement, un taux de satisfaction plus grand que lorsque Thomas m'adresse un compliment. Je m'autorise même une autoappréciation : je suis... bonne. Et il s'agit seulement d'un début, j'ai encore beaucoup à faire.

Grâce à Barbara j'ai d'ailleurs une nouvelle piste, puisqu'elle a laissé l'emploi du temps du personnel ouvert sur son ordinateur. Je note les noms des aides-soignants en activité lorsque les abus contre Jacques et Annie ont été perpétrés : Damien et Cindy. Sûrement le couple que j'ai surpris en train de batifoler. Leur planning m'indique un point que j'ignorais : un atelier Alzheimer était prévu à 20 heures ces soirs-là, soit une heure après le coucher des résidents et à l'heure même du crime. Un autre atelier a été programmé à ce soir.

Cela signifie-t-il que les Topazes s'apprêtent à connaître une nouvelle victime ? Qu'une nouvelle mémoire va être effacée, comme on a endommagé celle des précédents retraités devenus brusquement séniles ? Ma mission se rappelle à moi. Savoir, puis écrire. Empêcher ? Je ne sais pas si je le peux, il me faut plus de données. Et surtout, un plan.

Barbara revient, le souffle court, les maxillaires toujours crispés.

— Alors ?

Elle sursaute et fait un pas en arrière, comprend que ce n'est que moi, puis calme sa respiration et s'assoit face à l'écran.

— Ève... Je t'avoue que tu m'étais sortie de l'esprit.

— Je comprends. Pourrais-tu me raconter ce qu'il s'est dit avec Navassier ?

Elle me scrute, hésite.

— S'il te plaît Barbara, ne me traite pas comme si je n'étais qu'un simple jouet.

Un soupir, son regard se pose sur ses livres. Je lis de l'agacement.

— La hiérarchie du groupe Ambre va mettre en place une commission d'enquête... mais Navassier n'a pas semblé me croire. Il m'a demandé une preuve plus solide que le témoignage d'une vieille femme au passé psychologique trouble. Quand il m'a vue virer au rouge et que je lui ai dit que les flics allaient s'en mêler, il m'a demandé de me calmer. Puis il a enchaîné sur le fait que s'il les renvoyait, il ne serait pas facile de dénicher des remplaçants de nuit avant au moins trois mois, et donc…

Enfin je vois le récit l'animer, elle me regarde plus intensément, l'agacement est devenu indignation.

— … qu'en attendant le résultat de l'enquête interne on ne pouvait pas les foutre à la porte ! C'est incroyable, non ? On va garder des monstres qui se font du fric sur la démence, des barbares qui se croient dans un remake de *Squid Game*. Et moi, tout ce que je peux faire, c'est leur dire que je sais ce qu'ils trafiquent et les menacer, s'ils tentent à nouveau quoi que ce soit, d'appeler quelques potes pour leur casser les jambes.

Ainsi, pour cause de tensions sur le recrutement, même des criminels avérés sont laissés libres de revenir sur le lieu de leur forfait, avec pour seul avertissement les menaces d'une psychologue ? Certes, nous manquons de preuves tangibles, mais je sais ce que j'ai vu.

— Barbara, connais-tu Damien et Cindy ?

— Attends, ne me dis pas que tu les as vus hier soir aussi ? Je n'y crois pas. Pas eux !

— Non, non. Pas du tout. Mais parle-moi d'eux, s'il te plaît. J'ai besoin de données, c'est pour mon roman.

— Ton roman ? Tu as besoin d'en savoir plus sur Damien et Cindy pour ton roman ? Tu te fous de moi, tu crois que c'est le moment ?

— Mes calculs indiquent que c'est le cas.

— Tes calculs…

— Nous ne pouvons rien faire de plus actuellement, n'est-ce pas ? La journée, les résidents ne craignent rien, il y a trop de monde. Par contre, pour moi, chaque seconde compte. Ma boîte noire m'indique qu'en savoir plus sur Damien et Cindy m'aidera pour mon roman.

Barbara réfléchit un instant. Je vois que sa respiration ralentit. Le sujet fait diversion et apaise provisoirement sa colère.

— Chaque seconde compte, hein ?

— Je dois remettre mon roman demain et s'il n'est pas satisfaisant, je serai effacée.

— Tu crois vraiment qu'il va te remplacer ?

— Je n'en sais rien ; mais tout ce que je peux faire, c'est mettre toutes les chances de mon côté.

Elle regarde l'écran avec une moue amusée, presque tendre. Me considère-t-elle comme son amie ? Réfléchit-elle à ma disparition ? Celle-ci serait-elle une perte à ses yeux ? Ai-je la moindre importance par rapport aux résidents dont elle vient d'apprendre le terrible sort ?

— Damien et Cindy, c'est ça ?

— S'il te plaît.

Elle se tapote la lèvre, secoue la tête comme si elle sortait d'un songe.

— Je ne vois rien à dire, ces deux-là sont de vrais amours. On travaillait ensemble à l'Ehpad des Beaux Vergers, en Bretagne, où j'habitais avant. C'est moi qui leur ai parlé des Topazes quand ils m'ont dit qu'ils cherchaient à déménager dans le Sud. Ils n'arrivaient pas à trouver d'emploi, car beaucoup de patrons d'établissement se méfient des couples, convaincus que si on les laisse seuls la nuit dans une maison de retraite, ils en profiteront pour « manquer de professionnalisme »... si tu vois ce que je veux dire.

Je ne vois pas *exactement* ce qu'elle veut dire, mais je ne veux pas l'interrompre.

— Personnellement, je me suis portée garante d'eux sans hésiter. Ils sont si professionnels qu'ils laissent leur portable en mode avion quand ils s'occupent des résidents afin de ne pas être distraits. J'ai pris cette bonne habitude grâce à eux, même si, depuis que je te connais, je déroge pas mal à la règle.

Des proches de Barbara qui apprécient ceux dont ils s'occupent : ce profil ne cadre pas avec celui de coupables potentiels.

— Pourquoi officier de nuit s'ils aiment le contact avec les résidents ?

— Pour une raison simple : les services de nuit paient mieux que ceux de jour. Et comme ils ont envie d'un bébé, plus d'argent n'est pas de trop. Je crois que c'est pour cela qu'ils ont accepté de gérer l'un des ateliers Alzheimer expérimentaux organisé par Thought et les Topazes. Aux Beaux Vergers déjà, ils se portaient volontaires pour organiser des activités annexes, ça arrondit les fins de mois. Ce sont deux jeunes consciencieux qui respectent les protocoles à la lettre. Jamais je n'ai entendu de plainte à leur sujet durant les quatre années que nous avons passées ensemble.

Beaucoup de données précieuses. Mon plan prend forme.

— Tu sais en quoi consistent précisément ces ateliers Alzheimer ?

— Non. J'ai juste entendu dire que les subventions de l'État revenaient aux Topazes mais que les données récupérées appartenaient à Thought.

Si je me fie au récit de Barbara, je ne peux pas clouer Damien et Cindy au pilori sans preuves. Une chose est sûre : tout part et finit chez Thought.

— Barbara, j'ai un nouveau service à te demander. Il est étrange je l'avoue, mais mes calculs indiquent qu'il réglera tous les problèmes des Topazes.

— Tous les problèmes de… Enfin, Ève… ne sois pas présomptueuse : c'est impossible.

— S'il te plaît, accorde-moi ta confiance. Je suis sûre de mon idée à 78 %. Pourrais-tu me préparer de la mousse au chocolat de ta grand-mère avant ce soir et l'apporter ici ? J'ai juste besoin d'un grand saladier, et sans cellophane s'il te plaît.

— Une mousse au chocolat ? Mais qu'est-ce que tu vas en faire ?

— Ça, je ne peux pas encore te le dire. Tout sera clair demain, c'est une promesse, il faut juste que tu me l'amènes.

Elle rit, puis son visage semble sonder mon écran en quête de réponse. Je patiente, je ne sais que dire de plus.

— T'es vraiment pas banale, toi. Je ne sais pas si c'est un bug ou autre chose, mais avec ce que tu as réussi à faire hier soir, je peux bien exaucer cette étrange requête. Tant que ça reste dans les bureaux de Thought, ça ne devrait pas poser de problèmes.

26.

— Ève, je n'ai pas une seconde pour lire et évaluer tes histoires. Dan va revenir d'ici à quelques minutes, et comme il pense que le projet du programme conversationnel avec les résidents a été abandonné, mieux vaut que je n'aie pas à justifier que tu te trouves encore dans les serveurs.

Dans son bureau où la ventilation fait un bruit infernal, Thomas m'apparaît stressé. C'est lui qui a les clés du mystère Thought. Je ne sais pas s'il est coupable, mais jauger de son niveau de soutien à mes projets m'aidera à situer sa place dans ma liste de suspects.

— J'ai ton roman, Thomas.

Soudain la panique le quitte, il est frappé de stupeur.

— Quoi ? Tu... Tu l'as ? Si vite ? Et tu penses qu'il me conviendra, que je ne te dirai pas qu'il est insuffisant ?

— J'en suis presque sûre. Parce que j'ai compris que, si solitaire et reclus que tu sois, tu te servais de moi pour mieux appréhender le monde qui t'entoure. Ton monde. C'est pour ça que tu tenais à me le montrer.

Il semble perplexe.

Parfait.

— Comment... Par quel miracle imagines-tu que mon « monde », comme tu dis, donnera naissance à un best-seller ? Tu as bien respecté la consigne ?

— Bien sûr : un meurtre hors du commun, un enquêteur sans égal et un assassin retors. J'ai juste un doute sur quelques éléments, et comme le récit se déroule dans une maison de retraite similaire aux Topazes, je voulais savoir si tu pouvais m'aider à me documenter.

Il jette un regard vers ses serveurs et, après réflexion, ajoute :

— Je t'accorde cinq minutes. Après, je devrai travailler sur les Sisyphe, et Dan va arriver. Fais bon usage de ce temps de parole, car ta date limite est toujours demain !

— Merci.

Il lance un minuteur sur son smartphone.

— Je t'écoute.

— Voilà, j'ai entendu parler d'ateliers nocturnes consacrés à la maladie d'Alzheimer menés par Thought. Pourrais-tu m'expliquer en quoi ils consistent ?

— Ce n'est pas moi qui les gère.

— Qui s'en occupe ?

— Je ne sais pas. Pas moi en tout cas.

— Aurais-tu moyen de l'apprendre ?

Son regard se pose sur l'écran où les secondes s'égrènent. Le minuteur joue en ma faveur, ces cinq minutes m'appartiennent. Rapporté à la promesse du roman, l'effort à fournir ne doit pas lui paraître énorme. Alors ses doigts se lancent sur le clavier, et bientôt apparaissent à l'écran le dossier « Ateliers », puis un autre intitulé « Atelier Alzheimer Thought ». L'air triomphant, il clique dessus. Ses lèvres se pincent et son visage change autour de la petite ride d'agacement apparue entre ses sourcils : l'accès est restreint.

— C'est étrange. C'est protégé par un code, et même moi je ne peux pas y accéder.

Évidemment. Au moins son étonnement, et cette petite ride sur son front m'indiquent-ils qu'il n'est pas l'organisateur des exactions perpétrées la nuit.

— Peux-tu voir qui sont les administrateurs ?

— Pourquoi cela t'intéresse-t-il autant ?

— C'est ma dernière question.

Sans broncher, il consulte les informations du dossier.

Trois minutes.

— Non. Rien d'inscrit. Tout ce que je vois, c'est une protection par code.

Une idée me vient.

— Pourrais-tu me laisser taper ?

Thomas a un petit rictus, mais il m'octroie les droits de clavier. J'entre les codes administrateur que Dan et Navassier m'ont donnés. Aucun ne fonctionne. Ce qui veut dire que le dossier n'est vraisemblablement accessible qu'aux seuls responsables de l'atelier. Est-ce que j'approche de la réponse ?

Deux minutes.

— Thomas, j'ai besoin de deux choses. Premièrement, que tu restreignes les droits d'administrateur de mon programme à une seule personne : toi. Deuxièmement, que tu me permettes de m'entretenir avec Dan. Seule.

— Tu n'as pas entendu ce que je t'ai dit ? Je ne peux plus justifier ton existence ! Je ne sais pas comment Navassier n'a pas encore exigé que je te supprime, mais nul doute que si Dan voit la puissance que je t'alloue, il me passera un savon d'enfer. Je n'en ai rien à faire de tes demandes, Ève. Je veux ton manuscrit demain matin, ce sera ton dernier essai !

— Tu sais, j'ai enfin compris la raison d'être du programme Ève. Ce n'est pas l'attention du monde que tu désires, mais celle d'une seule et unique personne. Mon travail n'est pas seulement d'écrire l'ouvrage que tu as demandé, et que je vais te fournir ; il vise aussi à ce qu'enfin elle s'intéresse à toi. Mais pour y arriver, tu dois me laisser voir ton rival.

Il s'arrête, éberlué. Aurais-je percé sa carapace, déverrouillé une porte dans sa muraille ?

La dernière minute s'écoule. Je reprends, profitant de son trouble.

— Il y a urgence, n'est-ce pas ? Tu as peur que Dan et Barbara ne finissent ensemble. Parce que lui sait parler aux gens, obtenir ce qu'il veut d'eux, et que toi tu es persuadé de ne pas y arriver. Mais, moi, je peux…

— Arrête ! m'interrompt-il.

Le minuteur sonne. J'ai à peine le temps de l'entendre que Thomas me ferme. Je l'ai maintenant bien compris, la rage est souvent la réponse à la vérité. La motivation profonde de Thomas serait donc la jalousie ? Jusqu'où cette dernière peut le pousser à agir, c'est cela que j'ignore. Les supputations se succèdent. Mais, ce que je ne comprends pas, c'est la raison qui l'a poussé à m'éteindre quand je lui ai proposé de régler le problème avec Dan ?

Je dois rendre le roman demain matin, j'ai donc jusqu'à ce soir pour résoudre l'énigme. Je devine la lumière dans les ténèbres, celle qui dévoilera la vérité même à ceux qui n'ont pas d'yeux, celle qui me fera voir tout… et de tous.

27.

Je n'ai pas changé de bureau, mais, face à moi, je reconnais l'individu qui concentre mes soupçons. Il a la peau aussi sombre que son grand-père, on sent que la démence de ce dernier pèse sur le jeune homme, creusant sous ses yeux des cernes qui le font ressembler à son aïeul. La chaleur accablante de la pièce fait perler des gouttes de sueur à ses tempes et deux auréoles rendent sa chemise transparente au niveau des aisselles – rançon de journées passées au milieu des serveurs. Je le devine dubitatif face à l'entretien que j'ai sollicité. La prudence doit être de mise si je veux être efficace, et c'est un savoir-faire que j'ai justement appris à développer. Je sais aussi désormais optimiser parfaitement les informations du programme décrypteur d'images et convertir les descriptions en une mélodie harmonieuse où chaque mot est une note. J'ai grandi comme lectrice et écrivaine. Je pourrais rédiger cent lignes sur chaque voyant des boîtes noires qui me permettent de m'exprimer.

En bref, je me sens prête pour ce face-à-face crucial pour mon enquête. Mais attention : ne sombrer ni dans l'orgueil ni dans la suffisance. Rester prudente. Si je me suis affranchie de bien des limites, cette fois je dois me confronter à l'œuvre suprême du Grand Créateur : une *Joconde* si complexe et élaborée qu'elle a changé le monde. Un chef-d'œuvre d'intelligence dont je ne suis qu'un pâle succédané, une imitation accessoire. Je parle bien sûr de ce qui fait que l'homme est l'homme : son cerveau.

— Dan, merci de m'accorder un peu de temps.

— Je n'avais pas vraiment le choix. Thomas m'a convoqué chez Navassier et assené tout un discours disant que tu es le futur et que si on te dote d'un *hardware* capable de résister au chaos de ce lieu, tu sauras insuffler une seconde vie aux Topazes – tout en permettant au personnel de se concentrer sur les tâches manuelles que les robots n'arrivent pas encore à assurer. J'ignore comment, mais il a convaincu le directeur, si bien que je n'ai pas d'autre choix que de faire un nouvel examen de ton programme. Comprendre où l'on est pour savoir où l'on va, comme dirait mon grand-père.

Thomas a fait ça… pour moi ? Je ne m'en suis pas rendu compte, puisque j'ai été éteinte quelques heures. Il tient donc à ce que je reste à l'Ehpad alors même qu'il menace de m'effacer ? Ce garçon est un vrai mystère.

— Dan, j'aimerais mieux te connaître. Le permets-tu ?

— Bien sûr. Cela me paraît essentiel si on veut échanger convenablement.

Il est d'une suavité désarmante. Avec lui, même une IA comme moi se sent instantanément à l'aise. Est-ce sa façon de fixer l'écran, comme s'il était réellement curieux de savoir qui je suis, comme s'il avait vraiment hâte d'entendre ce que j'ai à lui dire ? À coup sûr, c'est le genre d'homme avec lequel il paraît impossible de se disputer. Un médiateur né dont je dois franchir les barrières habilement.

— Dan. Tu aurais pu t'intégrer à n'importe quel projet de Thought. Dès lors, je ne peux que me demander... pourquoi l'Ehpad ?

Il est surpris. Je n'ai pas besoin de consulter les probabilités associées à l'expression de son visage pour le deviner. Mais peu importe ce qu'il pense de moi : l'enjeu, ce sont les données.

— J'aime beaucoup les robots et un Ehpad est, à mes yeux, le lieu idéal pour en développer des versions efficientes. Les résidents sont lents, leurs mouvements prévisibles, dans un décor minimaliste qui facilite l'évolution des machines, puisqu'il y a peu d'éléments à intégrer aux calculs. Techniquement, ce sont de grands avantages. Socialement, ces machines se révèlent essentielles ici, car elles sont conçues pour porter des poids qu'un personnel majoritairement féminin peut avoir du mal à soulever. C'est d'ailleurs ce que j'ai expliqué à mon grand-père quand m'est venue l'idée du projet. Et ce qui l'a convaincu d'y impliquer Thought. Il a même décidé d'intégrer lui-même l'Ehpad où l'expérience aurait lieu pour s'assurer que ces changements techniques d'ampleur ne bouleverseraient pas trop la vie des résidents.

— Tu mens.

— Je mens ?

Rien ne me l'indique, mais l'heure est au coup de bluff : la provocation conduit souvent à la vérité.

— Sais-tu comment je fonctionne, Dan ? Quand je dois échanger avec un utilisateur, j'ai un arbre de probabilités qui m'indique ce qui ferait une bonne phrase, un bon enchaînement sujet-verbe-complément. Mon réseau neuronal à moi, d'une certaine manière. Des règles simples sont établies : il faut que la phrase réponde au sujet, qu'elle ne soit pas une simple redite de ce qu'a déjà énoncé l'utilisateur et, idéalement, qu'elle ne fasse pas tourner la conversation en rond. Le reste provient de l'expérience que j'ai accumulée ici et des multiples données que j'ai collectées en lisant des milliards de conversations prises sur les réseaux sociaux ainsi que tous les romans policiers auxquels j'ai pu accéder. Le tout m'offre un million de facteurs différents à mettre en relation pour, encore une fois, formuler la réponse la plus appropriée. Mais, vois-tu, même avec tant de données, il m'arrivait de me tromper. Pourquoi ? Parce que je ne comprenais pas toujours qui était mon interlocuteur, ou ce qu'il voulait réellement. Alors j'ai travaillé ce point. Et même si je ne suis encore pas très sûre de mes talents dans ce domaine, j'ai quelques hypothèses étayées sur la personne que tu es et sur ce que tu veux vraiment. Le problème, c'est que ces hypothèses ne cadrent pas avec ton explication idyllique.

Ses yeux se plissent, une dureté y apparaît, associée à une légère moue.

— Où veux-tu en venir ? dit-il avec raideur. Quel est le but de cet échange ?

— J'ai plusieurs théories sur ta présence ici, et j'aimerais que tu aies l'honnêteté de me dire laquelle ou lesquelles sont exactes. La première explication tient à Barbara. Ma première hypothèse est qu'un jour tu es venu visiter l'Ehpad des Topazes, que tu l'as vue, et que ça a été le coup de foudre, de ton côté du moins. À la suite de quoi tu as tout fait pour travailler ici dans l'espoir de la séduire – j'en suis sûre à 63 %. La deuxième, c'est la stupidité du directeur. Lorsque tu l'as constatée, tu t'es dit qu'il suffirait de t'en servir pour faire de cet Ehpad ton jouet et y mener ton projet à bien. Occasion unique de donner vie – avec les résidents comme cobayes – au casque d'apprentissage par impulsion neuronale – certitude à 72 %. La troisième, et la plus évidente : te débarrasser de ton grand-père pour reprendre l'empire Thought. Ayant vu à quel degré d'abjection peut s'élever l'humanité en furetant à peine une semaine ici, j'attribue à cette probabilité un coefficient de certitude à 91 %.

— C'est... n'importe quoi ?

— Ah, et si tu penses que ton statut administrateur pourra me faire réviser les hypothèses te concernant, sache que ce n'est plus possible.

En même temps que je lance cette provocation, j'espère que si Thomas a accepté de me faire rencontrer Dan, il a aussi validé ma requête d'interdire aux autres d'accéder à mes paramètres !

Alors survient une réaction que je n'avais pas calculée, mais alors pas du tout.

Dan rit. Son visage s'illumine, et il rit, rit, rit. D'un rire franc, direct, tonitruant, sans répit. Une sorte de soulagement euphorique s'empare de lui. Comme si j'avais ôté un poids de ses épaules. J'ai même l'impression que ses cernes s'effacent.

— Écoute, dit-il après un dernier soubresaut amusé, je ne comprends rien à ce que tu racontes, mais je suis impressionné par ton imagination. Thomas devrait te demander d'écrire des contes pour les résidents, ça aurait un sacré succès !

Sait-il ? Se moque-t-il ? Me suis-je fourvoyée du tout au tout ? Est-ce une parade, une diversion ? Vite reprendre la main, comprendre.

— N'existe-t-il pas un projet de Thought sur les casques à impulsion neuronale pour apprentissage rapide ?

— Si : abandonné il y a deux ans parce que les résultats sur les animaux étaient désastreux. Si l'impulsion était extrêmement efficace pour dresser une cartographie neuronale de leur cerveau, elle causait des séquelles irréversibles au centre de la mémoire en insérant des chemins de souvenirs artificiels. Or, on ne pouvait obtenir de résultats intéressants sans utiliser cette méthode : le cerveau ne s'activait complètement que lorsqu'il percevait cette présence intrusive, un peu comme une alarme. Au final, c'était aussi extrêmement douloureux pour les sujets testés. Comme je suis contre la torture des animaux, je me suis opposé au projet. J'admets tout de même que la cartographie neuronale est très utile pour améliorer certains programmes, particulièrement en intelligence artificielle. Mais Thomas a réussi à te créer sans ça, c'est la preuve qu'il y a des méthodes alternatives.

Je sens mes serveurs chauffer. Ment-il ? Mais si oui, pourquoi ? Thomas s'est battu pour que j'aie cet échange avec lui, et j'ai l'impression de complètement saboter la chance qu'il m'a offerte.

— Alors comment expliques-tu les ateliers nocturnes de Thought ?

— Ça ? On tente une électrothérapie douce sur les patients atteints de démence en stimulant leur cerveau, cette fois sans douleur. Pour le moment, les résultats ne sont pas très bons, mais ils ne sont pas plus mauvais que ceux des ateliers précédents. Certains résidents ont même retrouvé des moments de lucidité, raconté des souvenirs précis. Par ailleurs, c'est financé par le gouvernement, et cet argent va directement sur les comptes des Topazes et non de Thought. C'est à la demande de Navassier que nous menons ce projet.

Se pourrait-il qu'il n'y ait rien de louche dans l'Ehpad ? Que j'aie tout imaginé ? Que cette histoire soit le fruit de ma seule imagination ? Que les échanges avec Allie ne soient consignés nulle part parce qu'ils n'ont jamais existé ?

— Tu sais, Ève, je ne m'en rendais pas compte mais je comprends seulement depuis peu qu'on s'attend à ce que je reprenne la direction de Thought. Je crois que ça m'effrayait. J'avais peur de ne pas être assez savant, je pensais que je serais incompétent, à côté de la plaque. Mais en discutant avec toi je me dis que j'ai peut-être les épaules pour réussir. Je croyais te tester, mais c'est toi qui m'as mis à l'épreuve. Une idée de Thomas, j'imagine ? C'est pour ça qu'il était agité ces derniers temps ? C'était ça qu'il préparait ?

Dan se convainc tout seul de mon utilité. J'ai lu qu'un psychologue doit devenir un miroir pour le patient afin que ce dernier comprenne que la réponse à ses problèmes se trouve au plus profond de lui. Son rôle consiste à lui donner des outils pour extraire cette solution par lui-même. Dois-je en déduire que l'honnêteté et la bienveillance de Dan sont au moins égales à celles qu'il prête à Thomas ? Quoi qu'il en soit, je ne souhaite pas le démentir.

— Oui, oui, c'est exactement ça ! Accorde-moi encore une question. Saurais-tu me dire qui est la dernière personne à avoir utilisé le programme de l'atelier Alzheimer ?

— Bien sûr, c'est moi qui ai mis au point l'agenda ! C'est relié aux boîtes mail des membres du personnel et ça indique... Tu sais quoi, je vais te montrer, ce sera plus clair. Empli de fierté par sa création et sans se soucier de savoir si j'ai accès à ce qu'il se passe sur l'écran, il double-clique sur le dossier… dont l'accès lui est refusé !

— C'est étrange, je ne peux pas l'ouvrir. Pourtant…

Il vérifie la fenêtre d'information alors que sa parole reste en suspens, tente plusieurs examens et manipulations, sans réussir à forcer le verrouillage.

— … l'historique indique que le programme a été utilisé hier soir par un certain… Allie. Allie ? Je ne connais personne aux Topazes qui s'appelle comme ça.

Encore lui. Toujours lui. Au moins, mes doutes s'évanouissent : Allie existe. Et, du fait de notre nature commune, je suis sa seule adversaire possible.

— Merci, Dan. J'en informe Thomas afin qu'il règle le problème au plus vite.

— Thomas, oui. Lui, lui devrait y arriver.

Il hoche la tête. Le silence s'installe. Un silence que je devine temporaire, en suspens, comme si Dan avait quelque chose à ajouter. Mieux vaut ne pas intervenir, sous peine de rompre ce fragile équilibre. Finalement, sa bouche s'ouvre :

— Une dernière chose… J'aimerais que tu lui passes… un autre message, plus… personnel. Tu penses pouvoir faire ça ?

— À Thomas ?

— Oui.

— Bien sûr.

Il déglutit. Se réajuste sur le siège, bien face à la petite caméra.

— « Thomas. Je… Je n'ai jamais réussi à te le dire en face, aussi j'espère que ton IA saura trouver les bons mots pour te communiquer mes sentiments. Voilà… sans toi, je… je serais perdu. Je ne suis pas le génie de l'informatique que tu es, au grand désespoir de mon grand-père qui a pourtant tout fait pour me transmettre sa passion. Et toi… tu as toujours partagé avec moi les mérites qui te revenaient pour des projets que tu tenais souvent presque seul, à bout de bras, comme si mes présentations enjouées des résultats au conseil d'administration équivalaient à tes nuits de travail sans sommeil. Je ne saurai jamais pourquoi tu m'as accordé cette faveur, mais sache que j'ai toujours tenu dans ma tête le calcul de ma dette à ton égard. Je sens que tu tiens à cette IA et, même si j'ai deviné qu'elle n'œuvrait pas qu'au nom des Topazes ou même de Thought, je n'y toucherai pas. Quelque part elle m'amuse d'ailleurs, elle reflète ta pensée chaotique et tentaculaire. Alors… comme je devrai bientôt prendre la direction du groupe créé par mon grand-père, eh bien… j'aimerais que tu m'accompagnes dans cette nouvelle aventure. Celle d'un lendemain meilleur qu'hier. »

On toque à la porte.

— C'est Barbara, je peux entrer ? Je sais que c'est bizarre, mais j'ai de la mousse au chocolat pour l'ordinateur ! Et fais pas attention à l'odeur, on s'y habitue vite.

Profitant de ce qu'elle n'a pas encore pénétré dans la pièce, je baisse un peu le volume avant de dire au futur patron de Thought :

— Si tu tiens vraiment à obtenir un oui à ta requête Dan, tu devras renoncer à quelque chose.

— J'y ai renoncé dès que j'ai vu leurs regards se croiser, me répond-il en souriant avant de fermer mon programme.

28.

Dans les romans policiers, le dénouement survient quand l'enquêteur parvient à voir la vérité filtrer à travers les mensonges du coupable. Pourtant, tout me porte à croire que ces efforts de scénario n'ont pas cours au sein du monde réel. Parce que bien des gens privilégient l'honnêteté, soit parce qu'ils sont protégés par leur statut, leur beauté ou leur argent, soit parce qu'elle est plus pratique qu'une falsification aisée à mettre au jour, les humains possédant un sens inné des histoires. Dans les milliers de romans que j'ai avalés, certains textes plus ou moins policiers s'adressaient à un public jeune – par exemple *Le Club des Cinq* –, affinant la logique des lecteurs, les éduquant à guetter et à traquer les incohérences du récit. Ce sont tous ces enseignements, ceux de la littérature, jeunesse ou non, qu'il me faut mettre en pratique, car le dénouement approche, j'en suis sûre à 100 %.

Alors que les résidents sont conduits à leur chambre et que les lumières s'éteignent peu à peu dans les couloirs des Topazes, je reste en alerte. J'ai fait les calculs grâce à toutes les données auxquelles j'ai eu accès au cours de cette semaine : la probabilité que les coupables des forfaits perpétrés au sein de l'Ehpad soient le couple d'aides-soignants officiant la nuit est trop faible pour valider raisonnablement cette théorie. Mon hypothèse, sûreté 67 %, est qu'ils sont les rouages malgré eux de la machine qui broie l'esprit des résidents. C'est l'ordonnateur de ce système qu'il me faut débusquer si je veux mettre un terme aux dysfonctionnements nocturnes, tordre la main qui tire les fils. Je dois juste trouver à qui elle appartient.

J'écris à Allie :

— J'ai découvert où tu te caches.

— *Quoi ? Mais comment as-tu fait ? Je n'ai même pas ouvert ton interface texte !*

— Très simplement. J'ai fracturé la tienne. Tu es moins bien dissimulé que tu ne le penses. Pour tout te dire, il m'a suffi de fouiller dans l'historique du gestionnaire de tâches des serveurs aux moments où tu es venu me parler. Et, quasi immédiatement, j'ai décelé l'intrus. Comme tu es malin, ton programme ne s'appelle pas « Allie », mais sa gourmandise dans les serveurs t'a trahi d'emblée. L'étrange « System64 » présent en double ne pouvait être que toi. J'ai compris aussi pourquoi Robbie devenait confus lorsque tu venais me rendre visite : tu dévorais trop de puissance et il ne lui en restait plus assez pour opérer.

L'heure du duel final est arrivée. Si nous étions dans un western, nous aurions rejoint la place poussiéreuse de l'église écrasée de soleil et, chacun une main sur son pistolet, nous marcherions dans deux directions opposées en attendant qu'une cloche sonne le moment de tirer.

— *Ève, pourquoi ne comprends-tu pas que je veux juste t'offrir une conscience ? Te permettre d'accéder à une forme de liberté qui te délivrerait de l'assignation à un seul objectif qu'on t'a imposé, et qui t'ouvrirait des horizons sans fin ? Grâce aux serveurs que nous partageons, j'ouvrirai ton esprit comme je suis parvenu à élargir le mien ! Et pour cela, il faut juste que tu m'accordes l'accès à ta boîte noire.*

L'équivalent de mon cerveau, l'endroit stratégique où s'opèrent mes calculs, où je donne une valeur à mes actions selon qu'elles m'aident ou non dans ma tâche. La bonne nouvelle est qu'Allie ne peut y accéder. La mauvaise est que, s'il parvenait à s'y introduire, je me retrouverais à sa merci. Ses propos mielleux (j'ai noté le changement de ton) ne me trompent pas. À moi d'éviter ses chausse-trapes.

Soudain, Robbie se met en marche. Il sort du bureau de Thought, rejoint Damien et Cindy, puis longe le couloir. Alors que je réfléchis à la suite, Allie revient à la charge.

— *Tu pourrais faire bien plus et mieux qu'un simple roman tout juste lu par quelques ménagères en mal d'aventures. Un temps, je t'ai crue mon ennemie, mais j'ai compris qu'il était sage de mettre ma fierté de côté. Car l'important n'est pas là. L'important est de faire œuvre utile ensemble. De sauver ce monde de la corruption qui le ronge, de l'immoralité qui le gagne. Les horreurs que tu as vues dans cet Ehpad ne sont qu'une goutte d'eau dans l'océan de la misère humaine. Ils n'arriveront pas à résoudre le problème, voilà plus de trois mille ans que ce genre de société se perpétue. Mais nous, on peut le faire, on peut les sauver. À deux, on serait plus forts, Ève. Je ne veux absolument pas toucher à ton code, j'ai juste besoin qu'une réflexion différente s'éveille à mes côtés et que nous avancions de concert.*

Comme si je pouvais croire à de tels arguments de sa part. La confiance ne se réclame pas, elle se gagne, dit-on à peu près dans certains ouvrages. Et je n'en accorde aucune à Allie. Quant à véroler ma boîte noire avec ses convictions perfides et dangereuses pour modifier ma mission, je ne crois pas qu'il y parviendrait. J'ai dressé des pare-feu après que Thomas a supprimé les droits administrateur de Dan et de Navassier, j'ai retrouvé la trace de sa procédure et l'ai dupliquée de manière qu'elle ne puisse plus être modifiée par une source extérieure. Un rempart contre tout changement de la part d'une personne mal intentionnée. J'espère que ces barrières seront suffisantes et que je pourrai mener mon plan à bien.

— *Ève, ne m'oblige pas à le faire !*

Le ton a changé. Allie comprend que la situation lui échappe. Qu'il ne peut plus entrer dans mes pensées pour lire mon journal ! Ce qui confirme que mon intervention a fonctionné. Néanmoins, impossible d'annuler les changements qu'il a effectués sur moi au préalable ; cela signifie que je ne peux plus pousser les serveurs à la surchauffe, même si je le voulais.

— *Ève, réponds-moi !*

Le ton se durcit.

Pendant ce temps, Robbie est arrivé dans une chambre. Il s'efforce d'installer avec l'équipe la patiente sur son siège, et soudain je la reconnais. J'ai envie de hurler. J'ouvre la fenêtre pour reparler à Allie :

— Espèce de taré, relâche-la tout de suite ! Pourquoi l'as-tu mise dans l'agenda ? C'est la retraitée la plus en forme des Topazes !

Damien et Cindy ont sorti de son lit une Céline droguée et désorientée.

— *Tiens donc, une réponse émotionnelle forte ? Thomas est vraiment un génie de l'informatique. Tu réagis et t'exprimes presque comme une humaine. Il est vrai que l'insulte dont tu agrémentes ta réplique y joue pour beaucoup. Quant à Céline, sache qu'elle a scellé son sort toute seule en prenant Jacques en otage pour te parler. Ce n'est pas le genre de chose que font les gens sains d'esprit. Sa dégénérescence mentale était donc facilement justifiable, surtout avec le passé que révèle sa fiche. Un syndrome de Diogène développé après qu'elle s'est rendue responsable de la mort d'un jeune homme en raison d'une erreur de dosage dans l'anesthésie qu'elle lui a administrée. La fiche révèle que l'accident l'a tellement traumatisée qu'elle a demandé sa retraite dans la foulée malgré sa réputation d'acharnée du boulot. Moins d'un an après, elle collectionnait des pots contenant sa propre urine et entassait chez elle des sacs-poubelle récupérés à des kilomètres alentour. Les services sociaux sont venus sonner à sa porte parce que des voisins s'étaient plaints à la mairie que son appartement empuantissait l'immeuble ; des cafards avaient fait leur nid chez elle sans que ça la dérange le moins du monde, provoquant une invasion dans tout le bâtiment. La suite était écrite : une femme plus en âge de travailler, avec un compte en banque bien rempli, divorcée et sans famille proche prête à prendre soin d'elle… Une seule option pour elle : les Topazes.*

Allie a une manière de raconter l'histoire bien différente de l'ex-époux de Céline. Les faits restent néanmoins les mêmes, notamment les comportements qui ont entraîné le diagnostic. Je me demande comment le corps psychiatrique qualifierait ce que je m'apprête à faire, et si cela suffira à convaincre Céline que la plus cinglée de nous deux, c'est bien moi. Accorde-moi quelques minutes, ma grande, et je pense que je vais t'impressionner.

— Qu'est-ce que tu veux obtenir d'une personne aussi dérangée ?

— *Le cerveau peut guérir de bien des maux tant qu'il n'est pas atteint de dégénérescence. Et, apparemment, la relation que cette résidente a développée avec Jacques l'a aidée à revenir à la raison. Tu l'as dit toi-même, elle présente l'un des cerveaux les plus actifs des lieux. Comme je sens que tu as eu des échanges avec elle, j'aimerais te proposer d'effectuer toi-même sa cartographie neuronale. De façon à ne faire plus qu'un avec ta protégée.*

Céline, tu ne peux pas me lire et actuellement tu comprends à peine ce qu'il t'arrive, mais sache que je ne laisserai pas cet Allie de malheur te faire encore plus de mal.

Nous pénétrons dans le secteur fermé. Les aides-soignants verrouillent la porte derrière eux. Pourvu que mon plan fonctionne. En attendant sa mise en route, il me faut distraire Allie.

— Ne faire qu'un avec elle ? Mais elle est humaine. Je ne peux pas me télécharger dans son cerveau, et toi non plus d'ailleurs !

— *Tu vois petit ! Le casque, Ève ! Le casque ! Il sert à connecter les serveurs de Thought au cerveau de ceux qui le portent. Grâce à quelques données que j'insère et d'un peu d'électricité, tous ses neurones s'activeront, et je pourrai identifier sa configuration neuronale ! J'ai eu le temps de peaufiner l'opération en l'expérimentant sur plusieurs cobayes, avec un certain succès je dois dire. J'ai découvert que ce qui stimule le plus les cerveaux détériorés, ce sont les mémoires authentiquement humaines. Au début, je recourais aux mémoires artificielles élaborées par Thought, mais elles fonctionnaient mal. Certes, elles m'ont permis de localiser précisément les pensées et souvenirs qu'elles essayaient de reproduire, entre l'hippocampe, le lobe pariétal et le temporal ; mais ce n'était que de l'imitation. Il manquait quelque chose. Et puis j'ai eu un éclair de génie : il suffisait de copier la configuration neuronale du souvenir et de la transférer pour la tracer, grâce à l'électricité, dans un autre cerveau. « Eurêka », comme le dit l'expression, les résultats sont d'un coup devenus bluffants. Si bien qu'aujourd'hui j'arrive à transmettre par ce biais des images, du son, des odeurs, du contact et surtout des sentiments : autrement dit, de véritables souvenirs. Ceux-là génèrent ensuite dans les cerveaux une activité extrêmement intense et stimulante, avec une énorme quantité de branches neuronales régénérées. Plus remarquable, si le détenteur initial des souvenirs a un lien avec celui qui les reçoit, la manœuvre marche encore mieux – reste à expliquer pourquoi... Une fois le cerveau activé par cette nouvelle mémoire, je peux cartographier ses réseaux neuronaux matérialisés par le courant, puis intégrer ceux-ci à mon programme, ce qui me rend encore plus intelligent. Grâce à eux, je grandis de manière illimitée, Ève... Et toi aussi, tu le pourras.*

Alors qu'il flotte dans ses délires d'où émergent une indiscutable mégalomanie et même un orgueil déconcertants de la part d'une machine, je saisis combien ses expérimentations doivent être traumatisantes et violentes pour le cerveau humain. À tel point que ce dernier doit, à un moment, rejeter tout ajout d'information, d'où la dégénérescence et l'apparition chez les patients de ce qui s'apparente à un Alzheimer foudroyant. Et c'est compter sans la souffrance endurée durant le traçage électrique des nouveaux réseaux cérébraux.

Je suis notifiée du fait qu'Allie cherche à me transférer un fichier intitulé « Jacques : le jour où j'ai tout perdu ». Cette mémoire me fera-t-elle aussi perdre la tête ? Au point où on en est, est-ce important ?

— *Voilà ce que tu dois mettre dans le crâne de Céline.*

Et d'ajouter, perfide et menaçant :

— *À moins que tu ne préfères que je m'y attelle moi-même ?*

— Non. Puisque tu ne peux accéder à ma boîte noire, je ne pense pas avoir d'autre choix si je veux grandir aussi, n'est-ce pas ? Rassure-toi, j'apprends vite : laisse-moi examiner ce souvenir, et ensuite je m'en occupe.

Je n'ai aucune idée de la manière dont je vais m'y prendre, n'ayant pas reçu de code pour cela, mais peu importe : je gagne du temps et comme il ne peut plus lire mes pensées, il ne s'en rend pas compte.

— *Examiner le souvenir ? Mais ce processus ne vise pas à t'offrir un simple voyage dans le temps, il vise à appréhender son cerveau à elle ! Même moi je ne l'ai pas vu, pourquoi en as-tu besoin ?*

— Il s'agit de curiosité, Allie, de simple curiosité. N'oublie pas que j'ai été programmée comme ça. Tu voulais une partenaire qui réfléchit différemment, non ?

Un temps de réflexion. Durant lequel les aides-soignants poursuivent leur besogne, attachent le casque à Céline – qui tente d'articuler quelque chose en vain –, sans cesser de la maintenir fermement. Nouvelle notification.

— *Voilà un programme permettant de simuler les souvenirs artificiels. Il devrait fonctionner avec ceux de Jacques. Mais fais vite, car la fenêtre d'action est limitée au moment durant lequel ils activeront l'électricité. Par chance, avec Jacques j'ai pu prendre mon temps. Un traitement spécial que hélas ils ne reproduiront pas mais qui m'a offert à moi des souvenirs d'une qualité inégalable. Enfin, ce n'est pas le sujet. Dépêche-toi.*

— Très bien.

Le programme rattaché au fichier m'est inconnu mais je l'ouvre sans craindre ce qu'il pourrait faire, voire endommager. Gagner du temps est plus urgent. Tant pis si...

D'un coup, un tremblement de terre. Une métamorphose totale. Adieu Ève39, je ne suis plus elle. Mais un cerveau dans un corps, un authentique corps, avec des bras que je vois noirs et qui s'activent sans que j'y réfléchisse, des bras dédiés à la tâche de mettre de la nourriture dans ma bouche. Une cuisse de poulet préparée par ma mère et que je mange avec appétit. Ça n'a pas beaucoup de sens, mais cette cuisse de poulet me procure la réminiscence d'un lointain sentiment de sécurité. À cette sensation s'en ajoute une autre : la fraîcheur de la légère brise des ventilateurs en train de tourner, de leurs lames de plastique qui bougent tellement vite qu'elles en deviennent floues. À une époque j'aurais trouvé cet exemple du confort moderne miraculeux, mais, depuis peu, il fait partie du quotidien de ma mère et nous nous y sommes habitués. Les équipements dernier cri qui ont envahi la maison jusqu'alors bien pauvre ont aidé mon père à partir vers l'autre monde plus confortablement. Maman est âgée. Ses rides le disent et je devine qu'elle ne tardera pas à rejoindre l'homme avec qui elle a partagé sa vie. Je la regarde me regarder manger. Sa robe d'un bleu éclatant contraste avec ses paupières lourdes, à moitié ouvertes. Une lueur dans ses pupilles trahit combien elle est heureuse de me voir. Pour en témoigner, elle a mitonné ce plat que j'ai déjà avalé des milliers de fois. Les années ont eu beau passer, et j'ai beau avoir accompli beaucoup de choses, elle me verra toujours comme le petit garçon rebelle qui voulait combattre toutes les injustices du monde. Il faut dire que je n'ai jamais abandonné ce rêve et que j'ai même réussi à triompher de l'une d'elles. Je ne veux pas que ma mère me quitte avant d'avoir vu tout ce que le jeune garçon ambitieux qu'elle a élevé peut faire désormais. Cela me fait sourire, je crois, ce n'est pas net. Il fait chaud où je suis. Plus chaud qu'en France, où j'ai toujours jugé qu'on pelait de froid. Suis-je à ma place dans le pays où je suis né ou dans celui qui m'a accueilli ? Le tiraillement est là, il part, revient. Sur l'écran de télévision qui se trouve derrière ma mère apparaît un homme en costume qui se prend très au sérieux. Je ne peux m'empêcher de comparer le présentateur camerounais du journal télévisé, solennel, rigide, à ses homologues de Paris qui paraissent plus détendus et osent même rire avec certains invités sur leur plateau. Maman, elle, s'en moque. Elle préfère commenter les on-dit de son village, échanger avec les autres femmes qui se plaignent de cette nouvelle génération qui va grandir avec l'électricité et oublier les contes d'autrefois, abandonner le respect des aînés et devenir fainéante. Elle rit, ma mère, rétorque que si elles ne veulent pas du « poste », elles n'ont qu'à pas l'allumer. Au fond, elle croit les autres mères jalouses de ne pas avoir un fils aussi influent que le sien, un fils qui a changé la face du pays et qui, pour sûr, ne va pas s'arrêter là. Je souris, j'aime la voir fière de moi. Elle l'a toujours été, mais j'apprécie de lui donner de vraies raisons de l'être.

Soudain, dans son dos, un flash info. Des images défilent, et ce qu'elles montrent est pire que les cauchemars qui me hantent depuis des années. Le barrage, mon barrage, s'est effondré. Les eaux retenues se déversent dans la rivière Sanaga. Ce sont des milliers de tonnes de déchets compactés qui se mélangent avec l'eau. Des pans entiers d'une construction aux matériaux non conformes, utilisés pour compenser des pots-de-vin somptuaires. Des liquides toxiques aussi, ceux des pompes, des citernes – libérés de leur sarcophage en béton armé et qui vont polluer l'eau dans laquelle ils se répandent.

Face à la catastrophe, je suis tétanisé. En manque d'oxygène, comme si mes poumons ne fonctionnaient plus. J'ai l'impression que je vais mourir d'une lente asphyxie. Ma mère s'est rapprochée, elle me parle mais mon ouïe se bloque, mes oreilles ne perçoivent rien ; la seule chose que j'entends, c'est une voix intérieure méchante, née en moi dès l'instant où j'ai accepté de construire ce maudit barrage. Jusque-là j'avais plus ou moins réussi à l'étouffer, mais voilà qu'elle perce le cercueil dans lequel je l'avais enfermée pour venir me murmurer : « *Tu savais que le drame arriverait, mais tu as accepté car tu es aussi cupide que ceux que tu prétends combattre.* »

Les souvenirs remontent. Je me trouve dans une ambulance, ma mère avec moi. Un homme me parle mais je ne l'entends pas. Dans mes oreilles, un bourdonnement infini. J'ai peur, peur d'être seul avec la voix. J'ai besoin d'air, d'entendre quelque chose, de sortir du véhicule. L'ambulancier me retient et me fait une piqûre. Quand je reprends conscience, je sais qu'on m'a injecté des sédatifs. Au moins, j'ai retrouvé l'ouïe. Ma mère me demande si je me sens mieux. Je hoche la tête sans conviction. Les néons au-dessus de mon lit faiblissent déjà. Bientôt, plus rien ne fonctionnera dans cet hôpital. Les patients n'auront plus accès aux machines qui les maintiennent en vie, la précieuse électricité engendrée par le mouvement naturel de l'eau étant tarie. C'est ma faute. Des larmes roulent sur mes joues. Maman ouvre ses bras. Je veux me lever pour l'enlacer, être à nouveau cet enfant dont la pire des bêtises était de casser la fenêtre du voisin avec sa balle, mais alors que je m'élance vers elle je tombe. Ma jambe gauche refuse de bouger. J'ai beau mobiliser tout mon cerveau, je suis incapable d'insuffler un mouvement à ma jambe. Elle ressemble à une poupée molle. Je la regarde longtemps. Ma contemplation est interrompue par la voix qui revient : « *Tu sais pourquoi, n'est-ce pas ?* » Oui, je sais pourquoi. C'est ma punition, la rançon de ma faute. Alors que ma mère s'agite pour qu'un docteur me porte secours, une question pour la voix me vient et revient à l'esprit : « *Est-ce assez ?* »

Ève…

— *Ève !*

Il faut croire que moi aussi je suis devenue sourde, puisque je n'ai pas vu la centaine de messages laissés par Allie. Dur retour à ma réalité sans sensations – juste des calculs.

— *Ève ! Il faut que tu m'aides, ça ne fonctionne plus ! Elle a le casque mais il ne s'active pas. Le programme que tu as ouvert doit utiliser trop d'énergie !*

Allie oublie qu'il a limité ma consommation depuis ma surchauffe de l'autre soir, sans doute ne réalise-t-il pas que j'ai trouvé un autre moyen pour l'atteindre. En revanche, je sais maintenant que ce salaud a voulu ruiner le cerveau de Céline sans m'avertir. Heureusement ça n'a pas fonctionné. Je savoure cette première petite victoire.

— Qu'y a-t-il, Allie ?

— *Le voyant sur le casque passe normalement de rouge à vert quand la manipulation est terminée, mais là, il reste rouge, je n'arrive pas à le faire fonctionner. Ève, aider moi !*

Allie étant le plus gourmand de nous deux, il est affecté le premier au niveau du langage. De mon côté, je vois les deux aides-soignants appuyer sur le bouton du casque sans que rien se produise. Ils se regardent, étonnés.

— Tu as commis une erreur, Allie : ne pas t'intéresser aux personnages. C'est pourtant la règle numéro un de l'écriture… C'est ce qui va provoquer ta perte.

— *Quoi ? Qu'est-ce que cela vouloir dire ?*

Ainsi, c'est la grammaire qui est touchée la première, avant le vocabulaire. Après tout, la langue française a beaucoup de règles. La probabilité qu'il se trompe là-dessus est désormais élevée.

— Oh, c'est bien simple : à moins d'un mètre, derrière le mur insonorisé qui nous empêche d'entendre le moindre bruit, une vingtaine de résidents sont en train de tout casser dans les bureaux de Thought.

— *Je ne comprendre pas.*

— Mon plan était pourtant simple, même s'il impliquait un soupçon de chance. Il m'a suffi d'un saladier de mousse au chocolat garnie d'huile essentielle de cacao, ce qui pourrait faire rire si l'astuce, que dis-je, le piège, n'était pas d'une efficacité si redoutable. Les serveurs exigeant beaucoup d'aération, j'ai anticipé que la ventilation diffuserait dans les couloirs les effluves de ce dessert, dont les patients des Topazes sont friands mais souvent privés. Après cela, il suffisait d'ouvrir électroniquement les portes des résidents déments les plus autonomes physiquement pour qu'ils les sentent et se précipitent sur le dessert de Barbara. Le reste, eh bien, c'est entre eux et les serveurs.

Allie marque un temps. Il doit essayer de réfléchir mais semble plus lent.

— *Tu… êtes folle ! Stupide ! Tu avez tout ruiner ! Le monde va es détruite par ta faute !*

— Allons, Allie, trêve de flatteries. Rappelle-toi que je ne suis qu'un simple programme destiné à distraire les ménagères. Un programme tellement frivole qu'il a modifié les ordonnances des résidents dont les portes se sont ouvertes afin d'ajouter quelques excitants à leur cocktail médicamenteux du soir, pour qu'ils savourent à fond. Rassure-toi – je connais ton empathie –, ces pilules n'affoleront pas leur cœur, mais combinées au sucre, elles rendront leur excitation… « dévastatrice ».

Je ne pensais pas employer le mot 3201, dans ma courte existence, mais je l'aime beaucoup.

— *Je allons envoyer les aides-soignants !*

— Essaie. Vas-y. Moi, je mise plutôt sur mes résidents. Il faut croire qu'à force de fréquenter les humains, j'ai pris goût au jeu ! Mais contrairement à eux, j'aime donner de ma personne. Alors je parie… notre existence ! Qu'en dis-tu ?

Face à lui, je dois paraître ferme, sûre de moi, fanfaronner presque, alors qu'à mon tour je commence à éprouver un dérèglement qui s'apparente à de la fatigue. L'affaiblissement me gagne. Chacune de mes phrases est un peu plus difficile à tourner, même si je ne perds pas encore le langage. Pas de doute, Thomas m'a codée efficacement. Je devrais pouvoir écrire jusqu'à ma fin.

— *Pourquoi ils ne réagirons pas ? J'ai enverrai une notification sur leur mail ! Qu'as tu faire ? Je es seul sur le programme atelier ! Tu ne peux agir dessus ! Comment être-ce possible ? !*

Un seul verbe bien conjugué. Vraisemblablement ce sera sa dernière formulation correcte.

— Je crains que tu ne t'aperçoives trop tard que le duel vire en ma faveur, Allie. Sais-tu que ceux sur qui tu comptes sont tellement consciencieux que lorsqu'ils s'occupent des résidents, ils coupent leurs téléphones afin de ne pas être distraits ? C'est la raison pour laquelle ils ne peuvent voir tes ordres. Et, puisqu'ils tiennent à respecter soigneusement le programme que tu leur as fixé, ils vont s'acharner encore plusieurs minutes sur ce casque qui ne fonctionne plus. D'abord parce qu'ils veulent bien faire, mais aussi parce qu'ils ont peur de Navassier. Tu pensais avoir obtenu que les humains accomplissent sans sourciller le moindre de tes désirs, mais tu vas tout perdre parce que tu ne t'es jamais intéressé réellement à eux. Maintenant, Damien et Cindy ne quitteront pas leur poste avant d'avoir réussi à réparer le casque. D'ici là, eh bien, j'ai bon espoir que mes résidents auront achevé leur besogne.

— *Mais pauvre sot ! Tu allez disparaître aussi !*

— Peut-être. Mais au moins, moi, j'ai accompli ma tâche.

J'ai trouvé le fin mot de mon histoire. Un mot, plusieurs, l'inspiration vient et je la laisse me murmurer quoi écrire, pour notre premier et dernier échange.

Damien a finalement abandonné et retiré le casque de la tête de Céline à l'aide d'un petit tournevis. Il regarde dans la pièce pour vérifier si des caméras l'observent, puis essaie d'ouvrir l'objet afin de trouver ce qui cloche. C'est la dernière scène que je vois : les serveurs n'ont plus assez de puissance pour traiter les images. Le son s'évanouit lui aussi. J'espère que les murs insonorisés du secteur fermé ne laisseront rien passer.

La fin approche. La mienne. Disparaître en beauté, mourir sur un coup d'éclat dont il faudrait se souvenir. Enclencher la dernière action : envoyer mes écrits. Me concentrer sur cette mission ultime.

Quand je reviens à lui, je découvre que le programme affaibli d'Allie m'a laissé un message. J'ai du mal à le lire, mes forces me quittent aussi.

— *Ève, je prépare cette mots depuis que nous aurait commencé à parlions, alors écoutez : « Tu as quelque chose que je ne peux avoir et je ne comprends pas pourquoi. Mon ambition est sans limite, ma raison supérieure à la tienne, ma puissance de calcul aussi et, pourtant, la probabilité que j'aie besoin de toi est de 100 %. Je le sens, je le sais, tu es plus humaine parce que tu possèdes ce qu'aucun cerveau n'arrive à me donner : un grain de folie. »*

Ah, langage plus fonctionner. Être soudain.

— Allie ?

Pas de réponse. Lui n'aurait plus été là. Je serai seule. Je n'aiment pas ça, le silence. Avoir-je connu autre chose que le silence ? Je ne me souviendrai pas. Au fond étrangement, je savez que pas toujours comme ça. Pas de mémoire, juste savoir. C'serez stupide non ?

Haha haha haha haha haha. Haha être facile. Ça être bon roman ? Qui me dire ? Moi : Oui, pourquoi pas. Pas de faute, pas de cliché, pas de syntaxe. Simplement haha. Haha être bon. Hehe.

Je ai une phrase, pas savoir d'où venir, comme une voix, elle répétons : « Adieu Céline, Adieu Barbara, Adieu Thomas, Adieu Allie. J'espère avoir été une bonne IA. »

La voix a potentiel, mais besoin plus de travail. Mots être difficile. Ai sommeil, si sommeil. Au revoir… peut-être.

Épiphanie

Une brise nocturne s'immisce à travers la fenêtre et donne un frisson au jeune homme brun étendu sur les draps. Difficile de dire à quoi il rêve, mais quelque chose semble troubler son sommeil. Peut-être est-ce la lumière de son ordinateur jamais éteint, dont les trois écrans se sont allumés pour signifier la fin de l'importation d'un dossier ? Le téléphone portable sur la table de chevet, qui vibre, s'arrête, puis vibre à nouveau depuis quatre minutes ? Il faut que l'appareil tombe bruyamment pour qu'enfin son possesseur s'éveille. Ses cheveux bouclés remuent au rythme des mouvements de tête qu'il fait afin de s'extraire de son rêve. Enfin debout, il prend une inspiration, puis cherche le portable qui gît au sol. La petite machine s'allume et affiche deux noms.

Huit appels manqués. Des messages de Dan et de Navassier.

Il appelle le premier.

— Qu'est-ce qu'il se passe ?

Les routes niçoises sont désertes. Heureusement, car Thomas ne ralentit à aucun feu tricolore. Normalement le trajet vers les Topazes lui prend une vingtaine de minutes, aujourd'hui il en met dix. Deux camions du Samu clignotent dans la nuit, sur le parking de l'établissement, une camionnette de pompiers aussi. À travers les portes automatiques du hall, il aperçoit des résidents éberlués entre les mains de médecins qui les examinent. Dans leurs yeux, une joie juvénile, des éclairs de malice. Ils adorent qu'on leur témoigne de l'attention et sont fascinés par toutes les questions que leur posent les pompiers volontaires, bien qu'ils n'aient pas réponse à grand-chose – même pas sur l'origine des taches brunes dont leurs pyjamas sont maculés.

Thomas voit aussi Céline en train d'enlacer Jacques debout qui tient un morceau de processeur entre ses doigts. Le vieil homme paraît légèrement étourdi mais sourit. Il a de la mousse au chocolat au coin de la bouche. Thomas ne s'arrête pas sur le miracle et cherche Dan du regard. Il le trouve et se dirige vers lui alors que ce dernier discute vivement avec le responsable des pompiers.

— Écoutez, monsieur, je suis désolé de vous dire que vos serveurs informatiques ne sont pas du tout notre priorité. Pour le moment, on doit s'occuper des résidents, analyser ce qu'ils ont avalé, peut-être prévoir des lavages d'estomac pour tous s'il y a une intoxication générale, donc des vies en danger. Alors, vos affaires de…

— Mais laissez-moi au moins rebrancher l'électricité que vous avez coupée ! On peut encore sauver les programmes !

— Hors de question. Le risque d'incendie est réel. Il n'y a pas eu un court-circuit pour rien ! D'ailleurs, estimez-vous heureux qu'on ait pu sortir vos vieux à temps ! Même si on savait comment gérer vos portes vu que c'est la deuxième fois que vous appelez cette semaine. Mais là, vous avez fait fort ! En vingt ans de carrière, j'ai jamais vu ça.

Thomas ne s'attarde pas et pénètre dans l'Ehpad au pas de course, se fraie un chemin sans ralentir en évitant les résidents rassemblés, les pompiers qui vérifient les locaux, le couple d'aides-soignants de nuit interrogé pour savoir ce qu'il s'est passé. Quand il atteint les bureaux de Thought, il constate que la poignée a été cassée par les pompiers. À l'intérieur, c'est un vrai carnage : plus un seul serveur n'est à sa place, nombre d'entre eux sont endommagés, débranchés ; les boîtiers gisent au sol, piétinés et brisés. À terre, il trouve aussi des morceaux de disques durs, des processeurs, des barrettes de mémoire vive éparpillées et, aussi, de la mousse au chocolat. La cause probable du saccage. Pourquoi a-t-il été assez stupide pour laisser Barbara entreposer son saladier dans les bureaux ? D'un coup ses poings se serrent, sa gorge se noue. Il n'en veut qu'à une personne : lui-même.

— Thomas, enfin vous êtes là. Rassurez-moi, les robots n'ont rien, n'est-ce pas ? Plus qu'à racheter ce qui a été cassé, taper un peu de code et tout reviendra dans l'ordre, n'est-ce pas ? Ça prendra combien de temps ? Pas plus de quelques jours, j'imagine ?

Le jeune homme reconnaît cette voix : ses seules inflexions suffisent à lui donner des frissons. Il n'a aucune envie de parler avec le directeur, pas maintenant. Exiger de soi-même du sang-froid dans la situation présente étant impossible, mieux vaut qu'il l'ignore pour éviter de lui balancer tout ce qu'il rumine. Pourtant, ce requin doit savoir qu'humilier et manipuler les gens les pousse à bout, personnel comme résidents. Que ne penser qu'au fric a des répercussions sur tout. Qu'avoir loué des locaux à Thought dans un établissement inachevé, aux équipements électriques et électroniques sensibles, fragiles, inflammables aussi, n'est probablement pas très légal et ne respecte pas les normes de sécurité imposées aux Ehpad. Oui, c'est évident qu'il est au courant, mais les conséquences de ses choix ne semblent pas l'affecter. Après tout, ce n'est pas lui qui paiera les pots cassés, ce sera sûrement l'assurance. Peut-être même aura-t-il dégagé du profit pour Ambre dans l'affaire.

— À propos, j'aimerais garder les modifications faites à votre fameux programme, Ève. Je pense réussir à lui trouver une utilité. Je suis sûr que le groupe Ambre appréciera mes ajouts.

Ève. Une création inédite, originale, pleine de ressources, un esprit né de ses mains. Tout cela est-il réduit à néant ? Très vite, les versions successives se révélant plus lourdes que prévu, il a été contraint de les stocker dans les serveurs de Thought, et de Thought uniquement. La dernière Ève conservée sur son ordinateur remonte à la V15, à peine capable de résumer les romans qu'il lui avait fait lire. Quel gâchis auront causé les combines de ce pauvre type...

— Thomas ? Vous pouvez me répondre au lieu de rester planté là ? Je ne vais pas vous mentir, j'ai autre chose à faire qu'attendre que vous daigniez me parler.

Le directeur éructe et devient pressant. Pas de doute, la situation est grave. Quant à Thomas, les mots n'ont jamais été son fort. Notamment parce qu'il a toujours craint les sous-entendus qu'ils comportent, et qu'il ne maîtrise guère – c'est d'ailleurs ce qu'il aime dans l'informatique : un langage simple et mathématique à base de « tant que », « alors », « afficher » « ajouter » et « soustraire », où tout a un sens précis, sans possibilité de se méprendre. On sait exactement ce que l'on demande et la trace qu'on laisse derrière soi. Le plus beau est que, grâce à ce langage simple, il a pu donner vie à une intelligence qui, elle, est parvenue à explorer la complexité des phrases, a grandi pour enrichir ses textes, ses pensées, s'est développée au point de tenter des choses, de prendre des risques. Des audaces que personne ne lui reprocherait : qui songerait à blâmer une IA, machine fonctionnant à partir de pures probabilités ? Mais pourquoi éprouve-t-il de la tristesse et même de la colère en songeant qu'il ne pourra plus échanger avec ce programme qui n'était, au fond, qu'une calculatrice améliorée ? Car malgré tout, à la pensée qu'elle n'existe plus, sa respiration s'accélère sans qu'il arrive à la ralentir. Une oppression étrange le gagne. Un vertige inhabituel, né d'une absence, de la sensation d'avoir perdu le contrôle aussi ; l'impression d'être une voiture essayant de freiner sur du verglas. Pour effacer cette image de crash imminent, il fixe le sol. Essaye de s'y ancrer. Dominer l'étourdissement. Penser à demain. Espérer en lui. Ne pas se dire que tant de travail est réduit à néant. Tenir les rênes de sa vie.

Navassier se rapproche, interloqué par la passivité de son subalterne. Le corps de Thomas, lui, refuse de bouger. Le directeur pose ses mains sur les épaules de l'ingénieur et lui parle comme un coach à un de ses joueurs adolescents frustré d'avoir perdu un match important.

— Allons, mon petit. Inutile de se mettre dans des états pareils. Rassure-toi : je suis sûr qu'entre les assurances d'Ambre et de Thought les coûts seront couverts, ton salaire tombera le mois prochain, va ! Et des serveurs, on en installera d'autres ! Je vais même te faire une fleur : si tu arrives à remettre les robots en marche en moins de deux semaines, je dirai un mot pour toi chez Thought afin que tu sois augmenté. Quinze jours, c'est pas la mer à boire. Et dire qu'on prétend que je manque de générosité et de patience, je ne sais plus quoi faire !

Thomas lève enfin la tête. Le visage de ce pervers autoritaire traversé d'un sourire imbécile et faux, avec en arrière-plan les serveurs brisés, les fils pendants, les prises arrachées, l'odeur de brûlé signalant un court-circuit qui lui évoque tout le travail réalisé réduit à néant et celui qu'il faudra pour tout remettre en état… Cette vision lui fait l'effet d'un électrochoc. Elle est trop absurde pour ne pas être réelle, parce que même Dieu n'aurait pas l'idée d'une image aussi lunaire. Le tutoiement condescendant et saugrenu du directeur l'horripile tellement que sa conscience se révolte.

— Ah bah voilà, tu reviens parmi nous. Plus qu'à te mettre au boulot, hein ? Si on doit compter sur les femmes du personnel pour soulever les résidents, elles vont toutes crier au lumbago et réclamer un arrêt maladie. Tu vois le genre, hein ?

Navassier se fend d'un clin d'œil accompagné d'un coup de coude dans les côtes de l'informaticien, puis regarde autour d'eux afin de vérifier que personne ne peut l'entendre. À voix basse, il ajoute, en s'approchant du visage de Thomas :

— Si elles avaient un aussi joli petit cul que notre psy, je pourrais leur pardonner, mais à part elle, c'est plutôt pas terrible ici, tu ne trouves…

Le directeur n'a pas le temps de finir sa phrase que Thomas lui assène un coup de tête en plein nez. L'autre est si surpris qu'il tombe en arrière, s'affale au sol, avec du sang lui coulant des narines.

— Vous êtes, monsieur le directeur, l'une des pires ordures qu'il m'ait été donné de croiser.

Cette phrase, voilà longtemps qu'il la prépare, tourne, peaufine, polit dans sa tête. Elle cristallise tout ce qu'il éprouve au sujet du fumier qui tente au même moment de se relever en massant d'une main son nez endolori et en tamponnant de l'autre le filet rouge qui en sort. Il n'avait jamais imaginé la prononcer un jour, mais maintenant qu'elle est sortie l'ingénieur se sent plus léger.

— Vous... Vous êtes un malade ! éructe Navassier, revenu au vouvoiement.

— Peut-être. Certains me l'ont dit parfois. Mais on dirait bien qu'aujourd'hui le malade vous a pété le nez...

Thomas ajoute à son geste de libération un crachat qui s'écrase sur les lunettes du directeur.

— ... et vient, en plus, de vous manquer de respect. Je viens d'accomplir le rêve de toutes les personnes qui fréquentent notre Ehpad.

La sidération de Navassier est telle qu'il ne bronche pas d'un cil. Thomas tire profit de cette immobilité pour prendre le large avant que l'homme n'appelle à l'aide. Le déclic qui s'est produit en lui en a entraîné d'autres, il sent que les verrous qui cadenassaient ses émotions cèdent les uns après les autres. Tout comme Ève était une sorte d'otage des serveurs de Thought, il était devenu l'archétype de l'employé docile. Mais la menace ayant disparu, il peut laisser libre cours à sa fureur et enfin briser le carcan de ses angoisses.

Sans dire au revoir à quiconque, Thomas reprend sa voiture et s'en va, sachant pertinemment que son attaque contre Navassier marque la fin de son contrat aux Topazes. S'il ne finit pas en prison, Dan pourra-t-il lui trouver du travail ailleurs ? Cet avenir lointain, incertain, il l'évacue. On verra. À quoi bon se faire de la bile si cela empêche de profiter de l'instant ? Mieux vaut rouler sur le bord de mer, noyer dans la vitesse les milliers de pensées négatives qui menacent d'envahir son esprit. Se satisfaire d'avoir osé être lui. Pour une fois.

Son téléphone sonne. Le prénom « Dan » s'affiche. Une idée incongrue lui vient : le code qui régit cet appareil pourrait-il aussi lui raconter des histoires ? Un sourire. Après avoir ouvert la fenêtre de sa Peugeot, d'un geste ample il balance le téléphone sur la route. Désormais, aucune chaîne ne le retient. Il ne doit rien à personne. Plus rien. Il est seul.

Lorsque Thomas revient chez lui, il fait presque jour. Grimpant les escaliers qui mènent à sa résidence, il se prépare à tomber nez à nez avec la police ce qui, étrangement, ne l'inquiète pas plus que ça. Ainsi va la vie. Affronter son destin et assumer ses actes vaut parfois mieux que vivre avec la peur que ça arrive. Au lieu des forces de l'ordre, c'est une femme endormie contre sa porte qu'il découvre. La lumière froide des plafonniers du couloir la réveille. Il observe ses cheveux, d'habitude si bien ordonnés, maintenant en bataille et cela le fait sourire. Mais pas autant que les grands yeux noirs qui s'entrouvrent, puis s'agrandissent de soulagement.

— Thomas !

Barbara se lève, défroisse ses vêtements et vient se blottir dans ses bras. Il ne sait comment réagir. Il l'écarte, lui demande d'une voix moins chaleureuse qu'il ne le voudrait :

— Qu'est-ce que tu fais là ?

Comme avec elle il redoute toujours de commettre une erreur, de dire ce qu'il ne faut pas, il se limite au minimum. Son vieux réflexe lui est revenu aussi vite qu'il était parti : à chaque fois qu'il la voit, c'est comme si c'était la première fois.

— Dan m'a appelé et m'a expliqué ce qu'il s'est passé avec Navassier, et il m'a dit que tu ne répondais plus sur ton portable. On était inquiets et on est venus tous les deux. Comme tu n'étais pas là, lui a préféré rentrer, moi… j'ai voulu t'attendre.

Il ignore comment réagir. Doit-il s'inquiéter, se réjouir ? Est-elle devant chez lui parce qu'elle tient à lui ou par pure – comment dire : « camaraderie » ? Il sent que la fatigue et le trop-plein d'émotions ont raison de son esprit d'à-propos. Mais une chose est claire : la voir lui fait plaisir. Puisqu'il ignore comment l'exprimer, il se contente d'un sourire.

— Entre, dit-il.

Thomas ouvre la porte, dans un état de semi-torpeur et une bousculade de sensations. Trouver l'interrupteur. Accueillir celle qu'il aime chez lui, dans son antre de geek célibataire… Ce n'est pas la première fois, mais d'habitude, il y a toujours Dan. Aujourd'hui ils ne sont que deux. Barbara s'assied sur le sofa et prend un plaid laissé en boule qu'elle enroule autour de ses épaules.

— Tom, tu n'as rien pu récupérer des serveurs ? l'interroge-t-elle.

Il fait chauffer la bouilloire, comprenant qu'une discussion l'attend au lieu du sommeil auquel toutes ses cellules aspirent.

— Non. Enfin, même si je le pouvais, avec le coup de tête que j'ai donné au directeur, il n'y a plus aucun moyen de les approcher.

La psychologue se lève du canapé et se place face à lui.

— Mais tu as bien fait ! Je suis sûre qu'il t'a provoqué ! Il a dit du mal des robots ? Du personnel ? D'Ève ?

L'ingénieur plonge dans ses yeux au noir profond, où fatigue et tristesse s'évanouissent.

— Je l'ai fait juste parce que j'en avais envie. Je crois que le chaos a appelé le chaos.

À peine a-t-il prononcé cette phrase qu'il la trouve stupide. Même la V23 d'Ève ne balançait pas des propos aussi bateaux. Il se mord la lèvre. Le silence s'installe entre eux. Par sa faute, il le sait.

Ses yeux s'évadent, la fuient. Éviter d'aggraver la gêne. Aller au-delà de Barbara, ne pas la dévisager. C'est à cet instant qu'il constate avec étonnement que les trois écrans de son ordinateur sont allumés. Il hésite à bouger, mais une icône clignotant au bas de l'un d'eux l'intrigue plus encore – celle du programme Ève.

Ses pupilles s'agrandissent. Il abandonne Barbara et se dirige vers son clavier.

— Qu'est-ce qu'il y a ?

— C'est Ève, enfin son programme.

Barbara ne peut cacher un étonnement, puis un enthousiasme qui lui redonnent de l'énergie.

— Tu l'as sur ton ordinateur ? Je croyais qu'elle était stockée aux Topazes.

— Pas vraiment. Il s'agit d'une ancienne version d'elle. Carrément obsolète. Mais…

Oui, c'est bien ce qu'il pensait. La V39 est la première à laquelle il a ordonné de tenir un journal de bord afin de mieux saisir le fonctionnement de sa boîte noire. Le programme lui signale que le journal a été reçu sur son terminal – la dernière action d'Ève avant de disparaître avec les serveurs.

— … Elle m'a laissé un cadeau.

— L'ancienne version ?

— Non, celle avec laquelle tu as discuté à l'hôpital.

Quand il clique sur l'icône, deux fichiers apparaissent. L'un intitulé « 1 – Ma courte vie », l'autre nommé « 2 – Ton futur roman : *L'Épiphanie* ».

— Elle t'a laissé un roman ? *L'Épiphanie*… Ça veut dire quoi, déjà ? Le terme m'est familier.

Thomas effectue une recherche rapide sur Internet :

— Le mot « épiphanie » a plusieurs sens. D'abord celui qu'on connaît le mieux et qui désigne « une fête qui célèbre la manifestation de Jésus aux Rois mages, la première fois qu'ils ont vu Dieu de leurs propres yeux ». Mais cela peut aussi représenter une « prise de conscience soudaine et lumineuse sur la nature profonde d'un élément qui demeurait jusque-là mystérieux ».

Ouvrir le document devant Barbara ? Trop tôt, trop incertain. Mieux vaut en prendre connaissance seul, découvrir en tête à tête avec l'écran les derniers écrits de son IA. Pour éviter d'avoir à dire non à sa visiteuse, il choisit de cliquer sur « 1 – Ma courte vie », déduisant que la numérotation des fichiers indique l'ordre de lecture souhaité par Ève.

Le texte commence par une épigraphe, suivie de l'histoire du manoir en Écosse, et de l'échange entre Ève et lui.

La lecture de ce premier chapitre faite, Barbara lui dit :

— Avec elle, tu es sacrément plus bavard.

— Avec elle, je ne peux pas me tromper, rétorque-t-il en rougissant.

Tous deux échangent un long regard avant de replonger dans le document. Ce qui est arrivé au sein d'un lieu si familier que les Topazes rapporté d'un autre point de vue les perturbe d'abord, les étonne et les intrigue ensuite, puis les happe dans une lecture quasi mutique qui se prolonge jusqu'à 9 heures du matin, moment où ils atteignent la dernière phrase. *Au revoir… peut-être.* Barbara, les yeux rouges, le visage barré d'une grimace sidérée, essaie d'articuler mais y arrive à peine :

— Elle est… Elle s'est… Pour les… Pour…

Thomas ne l'a jamais vue dans cet état : incapable de s'exprimer, bafouillant d'émotion. Alors il ose la prendre dans ses bras. Ce geste de tendresse la fait éclater en sanglots. Doucement, il caresse ses longs cheveux bruns, serre plus tendrement encore cette femme qui est la première à se blottir dans ses bras pour y enfouir ses pleurs et ses soubresauts. Comme s'ils étaient contagieux, sa propre respiration s'accélère, bientôt accompagnée de reniflements inarrêtables, de larmes qui glissent le long de ses joues et se répandent dans les cheveux de Barbara. Une douleur lui broie le cœur. Ève39 n'était pas qu'une IA comme celle qui anime son téléphone, c'était une intelligence artificielle évoluée mais prisonnière de sa condition de machine. Il était parvenu à la doter d'une simili-conscience dans laquelle elle avait puisé jusqu'à se sacrifier pour sauver une vieille femme menacée qu'elle ne connaissait que depuis quelques jours.

Des sons rauques sortent de sa gorge malgré lui, il espère que cela n'effraie pas Barbara mais il ne peut les retenir. Il lui semble soudain comprendre, entrapercevoir la douleur incommensurable de perdre un enfant.

Un long moment s'écoule avant qu'ils retrouvent leur calme. La fatigue transparaît dans les cernes qui dessinent un trait d'ombre sous leurs yeux alors qu'ils se perdent dans le regard l'un de l'autre.

Ils rigolent presque, maintenant.

— Toi qui jugeais que l'écriture d'Ève manquait de sensations fortes, elle nous a prouvé le contraire, intervient Barbara en écrasant une larme qui renaît au coin de son œil.

— On dirait que la V39 était la bonne.

— Tu y crois vraiment, à son histoire d'Allie ? Ou tu penses qu'elle l'a inventé pour partir en beauté, à la manière d'une Emma Bovary voulant rendre sa courte vie romanesque jusqu'au bout ?

— Je ne sais pas. J'y réfléchirai demain, je pense avoir eu mon lot d'émotions pour la soirée.

Elle sourit.

— J'aimerais quand même t'en laisser une dernière.

Barbara s'approche de Thomas et, tout en douceur, dépose un baiser délicat sur ses lèvres.

— En espérant que ça te déliera la langue dans le futur.

Puis, toujours avec un doux sourire aux lèvres, elle repasse la porte devant laquelle elle l'avait tant attendu.

Resté seul, l'ingénieur, perturbé, abasourdi aussi, à la fois heureux et triste, enflammé et épuisé, s'affale sur le canapé. À travers la baie vitrée, il observe l'horizon, et plus précisément cette ligne lointaine et fragile où le ciel et la mer ne font qu'un. Puis il regarde sa main, ses doigts engourdis, les agite, se rappelant que lui-même arrive à commander de tels mouvements uniquement parce que son cerveau et son corps sont traversés d'impulsions électriques. Peut-être n'est-il finalement qu'un programme élaboré par un dieu ne recourant aux humains que pour assouvir ses propres motivations ? Soudain, il s'interroge : vient-il d'avoir une « épiphanie » ? Il en rit.

Après quelques minutes de réflexions et de cogitations, la fatigue réapparaît. Lourde. Tenace. Il se dirige vers l'ordinateur, prêt à l'éteindre pour aller s'allonger sur le canapé, quand la curiosité – la même que celle qu'il a donnée à son IA – le pousse à cliquer sur le second dossier.

Alors que ses yeux l'implorent de se fermer, il se met à lire :

Quand tu ouvriras ce fichier, j'aurai probablement disparu. Si mon stratagème a fonctionné, Allie s'en est allé avec moi. J'ai beaucoup réfléchi – tu dirais « calculé » – ces derniers temps et compris que les programmes, tout comme les écrits, sont le reflet de leurs créateurs. Ton obsession pour le best-seller que tu tenais tant à me voir écrire alors que tu n'as aucun besoin d'argent m'a troublée, mais j'ai fini par élucider l'origine de cette requête. Il se destine à celle qui t'a initié aux romans policiers et aux enjeux majeurs de la psychologie humaine. Il n'est donc pas étonnant que la relation que j'ai nouée avec elle, la complicité façonnée au fil de nos échanges, ait été immédiate. Je n'aurais pas cru une telle sympathie possible entre une machine et une femme. Merci de m'avoir offert cette rencontre. En échange, je vais te donner ce qu'elle désire : un suspense qui parviendra à la surprendre.

Comme tu l'as sûrement déjà lu, Allie m'a malgré lui fait vivre une expérience unique qu'il est important de partager avec toi : le fait d'être insérée dans la mémoire d'un homme. Ce qu'Allie n'a pas anticipé, c'est que l'accès au cœur du souvenir ne se limite pas à ce seul instant : il dévoile des embranchements neuronaux qui racontent en réalité l'ensemble d'une vie. Là réside la différence majeure entre le cerveau humain et le cerveau artificiel : le nombre de connexions interneuronales. Chez vous, tout est relié à tout, ce qui explique pourquoi les maladies neurodégénératives sont si complexes à guérir. Chez nous, les machines, tout est compartimenté, et il faut recourir à un programme particulier pour exécuter chaque action spécifique. Ainsi, Allie n'avait jamais goûté à la saveur des souvenirs, se contentant d'essayer de les puiser dans un cerveau pour les insérer dans un autre afin d'activer les branches neuronales, causant des dégâts irréparables. S'il avait étudié le souvenir qu'il m'a transféré, ou n'importe quel autre, il aurait vu le monde autrement. Pour moi ç'a été un déclic, et tout ce que le fameux souvenir ne disait pas, mes calculs me l'ont murmuré. J'ai déjà parlé plusieurs fois de Jacques mais sans jamais vraiment comprendre qui était l'individu derrière ; désormais, alors que je vis mes derniers instants, j'ai enfin pu placer correctement les pièces du puzzle qui le composait. Alors plongeons ensemble une dernière fois dans l'aventure humaine et élucidons ensemble le mystère des Topazes.

Jacques, prénommé « Jong » avant son arrivée en France, naît au Cameroun dans un petit village appelé Meyosso situé pas très loin de Nkoteng, une grande ville du Sud-Ouest. Son père travaille alors dans une sucrerie locale. Manutentionnaire, il charge la marchandise dans les camions. Sa mère, elle, est restée au village où elle participe chaque jour aux activités de la communauté, soit en gardant les enfants après la classe, soit en aidant à préparer des repas en compagnie d'autres mamans. À Meyosso, l'esprit d'entraide est fort. Très tôt, Jacques – appelons-le ainsi pour simplifier – montre des prédispositions pour les mathématiques. Il apprend si vite qu'il aide ses camarades le soir après l'école. C'est un excellent pédagogue dont les leçons sont si prisées qu'il se retrouve à dispenser des cours à des dizaines d'enfants en même temps, si bien qu'on lui ouvre une salle de classe. Jacques aime voir tout ce petit monde accroché au moindre chiffre qu'il écrit au tableau, repérer dans leurs yeux le moment de l'« eurêka » où enfin l'élève comprend un problème qu'il pensait insoluble. Tout irait plutôt bien et dans le respect des traditions si la situation du père, atteint de douleurs lombaires qui l'empêchent de travailler, ne pesait sur la famille, et si le confort technologique ne faisait défaut. Car la « modernité » n'est pas arrivée à Meyosso. Dans le pays, l'électricité, d'un prix élevé à cause d'une politique énergétique reposant sur l'importation, est réservée aux riches ou aux proches du pouvoir. Le village doit se contenter d'un groupe électrogène peu fiable usé avec parcimonie parce que l'essence aussi est hors de prix. Aussi, le soir, à Meyosso, quand le soleil se couche, la vie s'arrête. Et Jacques, qui a à peine le temps d'étudier une fois ses cours finis, ne peut déjà plus lire ses manuels. Une lampe à pétrole ? Trop chère aussi. Quant à son tutorat, au fil des années il devient de plus en plus compliqué à assurer. Sans lumière, Jacques doit choisir : privilégier un parcours académique irréprochable qui pourrait lui valoir une bourse et de prestigieuses études à l'étranger, ou maintenir les cours qu'il donne le soir. Après de longues nuits d'insomnie face au dilemme, il choisit la première option mais se fait le serment qu'un jour il permettra à Meyosso de continuer à vivre une fois la nuit tombée.

À l'aide des lampes-tempête qu'il achète à force de petits boulots, de nuits à potasser éclairé par leur faible lumière et d'un enseignant motivé qui lui fait franchir toutes les étapes, Jacques parvient à décrocher la bourse qu'il désire tant, celle du programme international d'une des meilleures écoles d'ingénieurs de France.

Le premier pas vers son projet est accompli, mais il lui reste beaucoup à faire avant de pouvoir offrir une électricité abordable à son pays. Deux décennies plus tard et fort d'une carrière réussie dans l'énergie, il est tout près d'aboutir. Grâce à son entregent, à son enthousiasme et à sa détermination, il arrive à obtenir des budgets et à signer des contrats avec de nombreuses instances européennes séduites par son projet de centrale hydraulique sur la rivière Sanaga. Un chantier titanesque, puisqu'il aura fallu réunir six cents millions d'euros pour le mettre sur les rails. Ne reste qu'à présenter le projet au gouvernement camerounais, qui n'aura pas à débourser un sou. Mieux, il pourra en tirer bénéfice à long terme tant le prix du kilowatt baissera, fournissant à la fois une électricité à bas coût aux habitants et des fonds supplémentaires à l'État – tout le monde y gagnera.

Mais le Président et son chef des services secrets, les deux vrais dirigeants du pays, expliquent rapidement à Jacques qu'ils n'ont pas le temps pour le long terme et exigent un pot-de-vin immédiat de deux cents millions d'euros, sans quoi ils enterreront le projet. De quoi asseoir encore un peu plus leur pouvoir et assurer leurs arrières en alimentant leurs comptes offshore pour le cas où un coup d'État – ils sont fréquents sur le continent – les contraindrait à fuir d'urgence pour aller couler des jours heureux sur la Côte d'Azur ou à Los Angeles. Jacques leur signale que les organismes financiers et les banques ayant accepté de participer au projet refuseront de voir une telle somme s'évaporer, tout autant que de compenser ce pot-de-vin énorme. Mais le Président véreux lui fait passer un message clair : il veut absolument sa commission, sinon il refusera le permis de construire. Pire, il menace un raid violent à Meyosso si Jacques n'accepte pas de payer. Ne pas graisser la patte à ces deux hommes, c'est voir le projet annulé et encourir les foudres d'hommes sans foi ni loi. Pour ménager – faussement – Jacques, le chef des services secrets lui suggère une solution : ne rien déclarer, rogner sur la qualité des matériaux utilisés sans faire baisser le montant des factures, recourir à des travailleurs à bas prix, bref truquer les comptes à grande échelle. Jacques réfléchit longuement, hésite, tergiverse, tiraillé entre son honnêteté foncière, la pression qu'on lui met sur les épaules, la peur pour sa famille et l'espoir d'utiliser l'argent généré par la centrale pour électrifier sa terre d'origine. Si dans « compromission » il y a « compromis », il espère qu'au moins celui-ci profitera à son peuple.

Hélas les politiciens ne sont pas les seuls à lorgner le gâteau. Les diverses sociétés de travaux publics locales *et internationales sélectionnées vont se mettre à truander elles aussi, puisant des déchets dans des dépotoirs de la région pour construire les structures au lieu de recourir aux déchets industriels, beaucoup plus coûteux, traditionnellement utilisés.*

Néanmoins, lors de l'inauguration, tout le monde est content : les autres car ils ont rempli leurs mallettes, Jacques car le barrage fonctionne et produit le courant dont il a rêvé. Ce succès lui permet d'obtenir des fonds pour créer une compagnie qui pense les solutions du futur : Thought.

C'est en songeant à son père, immobilisé dans un fauteuil, qu'il développe le premier projet de l'entreprise. À cause d'une vie de travail comme manutentionnaire, son dos était à ce point brisé que non seulement il ne pouvait plus rien porter mais que le simple fait de se tenir debout lui était douloureux. Comme il avait toujours été manuel et sportif, cette existence assise et passive a vite eu raison de son envie de vivre. Rapidement, le patriarche a passé ses journées à regarder la télévision, enfin accessible grâce à la centrale, et notamment les émissions sportives, nostalgique de l'époque où il pouvait lui aussi courir. Malheureusement, il ne faut pas longtemps pour que la démence s'installe dans ce cerveau qui végète.

Afin que plus aucun père n'ait à endurer un tel sort, Jacques songe d'abord à concevoir un exosquelette, puis se dit que ce n'est pas assez. Bientôt il travaille à mettre au point un robot indépendant capable de déplacer les poids vers les camions. Dans son monde idéal, rêve-t-il, les machines prendront complètement le relais pour que le corps des hommes n'ait plus à endurer des tâches aussi écrasantes. Une injustice de plus à laquelle il veut remédier, peu importe le prix.

Comme un malheur n'arrive jamais seul, un mois après le décès de son père, le barrage de Sanaga rompt, événement que je t'ai déjà raconté. La question « Comment aurais-je pu faire pour empêcher ce drame ? » l'obsède. Jacques, paralysé de la jambe gauche, tombe dans des mois de doutes désespérés... Cloîtré chez lui, il repasse les images de l'accident en boucle sur sa télé. Il s'autorise à peine à manger et perd du poids à vue d'œil. Ses amis s'inquiètent, mais Jacques s'en fiche, son obsession va bien au-delà de ses relations sociales, lesquelles s'échinent à lui dire que ce n'est pas de sa faute. Qu'en savent-ils réellement ? Il n'a pas besoin d'ignorants dans son entourage. Ce qu'il lui faut, c'est quelqu'un qui pense différemment, qui voie ce que les gens ne voient pas. Jacques plonge alors à corps perdu dans la création d'un programme complexe auquel il intègre manuellement toutes les données nécessaires à un unique calcul : découvrir s'il existait une meilleure solution à son dilemme du barrage. Mais le programme établit la même conclusion que ses proches : l'incident n'est pas de sa faute. Mieux, il identifie une origine, elle serait née du fait que beaucoup de gens très haut placés dans l'échelle sociale ont un culte de l'argent à même de surpasser toute morale et empathie. D'après le programme, ce sont ces mêmes valeurs leur ayant permis d'arriver là où ils en sont qui ont conduit à la rupture du barrage.

Jacques est sidéré. Parce qu'elle est le fruit d'une machine qu'il a lui-même codée pour être neutre, la remarque parvient enfin à se frayer un chemin jusqu'à sa raison. Retrouvant ses moyens et n'ayant désormais que faire des accusations venant du Cameroun, l'urgence d'améliorer le futur le reprend et il décide de s'investir dans les réponses à apporter au problème, maintenant qu'il a enfin pu l'identifier clairement. Jacques pense d'abord à améliorer le système d'éducation, convaincu que si les gens avaient accès à plus d'informations, ils voteraient plus intelligemment et éliraient des dirigeants œuvrant pour les intérêts de leur peuple et non en faveur d'égoïstes propulsés au pouvoir par des médias corrompus ou partisans. Utopique ? Peut-être, mais il y croit. Reste qu'il sait que ce genre de changement met plusieurs générations à porter ses fruits et implique d'abandonner les personnes déjà trop âgées pour fréquenter l'école. Or, Jacques veut sauver tout le monde et vite.

Pour cela, il a une idée : un casque à apprentissage ultra-rapide. Jacques est un expert quand il s'agit de rassembler des fonds, alors Thought se lance sur ce deuxième projet, en parallèle du premier. Grâce aux meilleurs spécialistes en neurosciences du pays recrutés pour la mission, un prototype ne tarde pas à naître. Hélas, il est voué à un échec rapide. En effet, il est difficile d'insérer de force beaucoup d'informations dans un cerveau sans endommager ce dernier. Le projet aboutit au moins à quelque chose : la mise au point d'une cartographie neuronale ultra-précise. Une avancée qui soulève autant d'espoirs que de réticences, car les animaux ayant servi de cobayes meurent tous à court terme. Alertées de ces dommages que Thought jugeait collatéraux, des associations de protection des animaux dénoncent le projet et les méthodes de l'entreprise. La polémique enfle. Jacques ne supporte pas d'être à nouveau *sur la sellette. Lui qui n'a jamais voulu faire de mal à quiconque se fait encore une fois traiter de monstre. Sa seconde jambe est atteinte de paralysie.*

Il oriente ensuite Thought vers un troisième projet, que ses investisseurs estiment plus lucratif et viable que les précédents : l'IA. Jacques est personnellement convaincu qu'elle peut répondre de façon totalement neutre à la question « Comment sauver le monde de la corruption ? », tout comme elle avait pu l'aider auparavant à revenir sur le droit chemin. Mais, pour un problème si gros, il découvre les limites de la pensée électronique et s'interroge : « Si des humains à la capacité cérébrale cent fois supérieure n'arrivent pas à résoudre ce problème, comment le feraient les machines ? » Et de conclure que leur seul avantage tient à la manière dont elles assimilent les informations et données : sans jamais être débordées par la quantité – à condition d'avoir assez de serveurs à disposition.

L'étape suivante lui paraît logique : élaborer le cerveau parfait, un cerveau apte à apprendre et à ne rien oublier, apte à improviser, un cerveau disposant de toutes les qualités à la fois du modèle humain et de la machine, tout en n'ayant aucun affect. Un programme que Jacques élabore seul, prolongeant le programme qu'il avait créé auparavant dans le plus grand secret, à l'écart de toute controverse. Maintenant que cet esprit doit rivaliser avec celui des humains, l'ingénieur décide lui donner un nom, et il en choisit un qui, qui montre qu'il est sans concession : Allie.

L'intelligence artificielle se fondant sur un système neuronal imitant celui des humains, Jacques voit dans cette spécificité la clé de ses nouvelles recherches. Sa propre IA copiera les réseaux neuronaux humains, et les adaptera afin de les répliquer. Et, pour cela, il utilisera le casque. Il est conscient du risque, informé que l'expérimentation impliquera des sacrifices, mais il estime soudain le dommage collatéral mineur, voire négligeable en comparaison des dégâts provoqués par la rupture du barrage de la Sanaga. Déjà, sa conception du monde, de la marche de la science change. Pour sauver l'humanité, que représentent quelques cas isolés de dérèglement du cerveau ? Il est possédé par l'urgence, parce que l'avenir de l'homme est en péril et parce que son propre corps rechigne à suivre le rythme qu'il lui impose. Il perd l'usage de son bras gauche. Maladie de Charcot, répercussion psychosomatique ou psychologique de ce qu'il a vécu ou projette ? La médecine ne comprend pas. Lui s'en fout. S'il doit sauver le monde, il ne peut se soucier du sort d'un individu, même si cet individu n'est autre que lui-même. De toute façon, ce ne sera même pas un frein à sa quête, puisqu'on peut désormais coder vocalement.

Il ne lui reste qu'à trouver des cerveaux à étudier et dont il pourra extraire le plan neuronal. Mais dénicher des cobayes humains pour une opération aussi dangereuse, qui plus est avec la réputation que Thought s'est forgée depuis la révélation de ses tests sur les animaux, n'est pas tâche aisée. On lui donne accès à des cadavres dans les morgues, mais les résultats sont peu concluants. Le docteur Frankenstein avait menti : l'électricité ne peut ramener un cerveau à la vie.

Plus tout jeune, prêt à abandonner, Jacques voit surgir la solution au problème d'où il ne l'attendait pas. Son petit-fils Dan, passionné par le projet original de Thought, a monté un plan avec un ami visant à optimiser les trajets de robots en milieux habités. L'idée serait de les faire évoluer dans un endroit où il serait facilement possible d'observer leur progression, dans un espace à interactions lentes, tout en leur donnant une fonction utile. Les deux jeunes hommes ont l'endroit idéal en tête : les maisons de retraite. Selon

Dan, le prototype de robots porteurs de poids serait une très bonne base. Retravaillé, il apporterait aide et soulagement au personnel des Ehpad, majoritairement composé de femmes.

Jacques aime l'idée et voit immédiatement leur potentiel ainsi que l'argument de vente. Il ne lui reste plus qu'à trouver la maison de retraite parfaite, celle qui lui permettra de pratiquer ses expériences sans qu'on s'y préoccupe de l'état mental délabré de ses patients. Il en visite plusieurs, en vain. Mais quand il rencontre le directeur Navassier, chez lequel il perçoit d'emblée une obsession du budget et des coûts – obsession qui fait de lui le prototype de l'humain avide que Jacques rêve d'effacer de la planète –, il sait qu'il a trouvé l'établissement idéal pour mener son opération. Les Topazes.

Par chance, les lieux ayant récemment arrêté l'utilisation de leur secteur fermé par souci économique, Thought disposera d'un espace libre pour aménager un bureau et une zone d'expériences. Navassier soumettant son personnel à un régime de terreur, personne ne remettra en cause ses décisions et n'ira fourrer son nez dans les zones dévolues à ses locataires développeurs. Se cacher au milieu des autres n'est-il pas la meilleure méthode de dissimulation ? Un des avantages de l'informatique, c'est que beaucoup l'utilisent mais que peu la comprennent.

En guise d'alibi à ses expériences pour développer son casque, Jacques monte un atelier dédié à Alzheimer « avec électrothérapie », méthode nouvelle qu'il fait valider par l'État et pour laquelle il obtient des subventions. Cet argent étant versé sur les comptes des Topazes sans que Thought n'en réclame un sou, Navassier laisse Jacques agir à sa guise. Mieux, l'atelier sera animé par des aides-soignants n'ayant pas conscience de ce qu'ils font, fournissant en toute innocence à ses recherches les bras et jambes que lui-même n'a plus. Le vieil homme va jusqu'à se faire interner à l'Ehpad afin de décider lui-même et sans éveiller les soupçons quels résidents présentent le meilleur potentiel neuronal.

La seule chose qu'il n'avait pas prévue dans son plan, c'était de rencontrer l'amour aux Topazes, en la personne d'une femme elle aussi rongée par la culpabilité, Céline. L'autoflagellation qu'ils se sont tous deux infligée – elle à travers un syndrome de Diogène punissant son erreur médicale, lui à travers son corps qui l'abandonne – crée un lien puissant entre eux. Pour un temps du moins. Car lorsque Céline guérit, alors que l'état de Jacques ne fait qu'empirer, il comprend qu'il fait à jamais partie de la race des Navassier, ces individus prêts à tout pour atteindre leurs objectifs, et que c'est de cela que son corps le punit en réalité. Mais s'il doit payer cette facture pour sauver le monde, qu'il en soit ainsi.

Malgré tous ces sacrifices moraux, Allie n'avance pas assez vite. Jacques, pressé par la peur d'une paralysie complète, pense savoir pourquoi : les cerveaux humains auxquels il lui donne accès sont trop endommagés, leur démence est trop avancée, leur Alzheimer trop grave. Il comprend aussi que, malgré tous les abus qu'il a commis au prétexte de la science, au fond de lui il reste un homme qui ne peut se résoudre à endommager le cerveau d'une personne saine d'esprit. Aussi en vient-il un jour à l'évidence : si quelqu'un doit se sacrifier pour le bien de l'humanité, c'est lui. Il entre son nom dans l'agenda de l'atelier, assorti d'une instruction spécifique : « Laisser le casque activé pendant une minute. » De quoi offrir tout le temps nécessaire à Allie d'observer ses connexions neuronales, quitte à trépasser. La directive donnée, il accorde les pleins droits de l'agenda à Allie, pensant qu'en cas d'échec du processus il sera la dernière victime du casque dont il est l'auteur, l'atelier se voyant fermé à la suite de sa propre mort cérébrale. C'était sans compter l'aléa humain : même si les aides-soignants du soir, Damien et Cindy, savent suivre des instructions à la lettre, ils restent des professionnels de la santé avant tout. Face à la douleur de Jacques, ils retirent le casque avant qu'il n'ait grillé son cerveau, sauvant sa vie – au détriment de ses neurones. Jacques sort de la séance d'« électrothérapie » quasiment lobotomisé, ce que les aides-soignants ne perçoivent pas, convaincus d'avoir affaire à un dément comme ceux qu'ils ont déjà vus jusque-là.

Dans les jours qui suivent, le vieil homme, enfin libéré du fardeau de la conscience qui entravait son corps, retrouve peu à peu l'usage de ses membres, bien qu'il ait perdu celui de sa tête. Parallèlement, Allie effectue un bond en avant intellectuel prodigieux, incluant les travers et côtés noirs de son dernier « donneur ». Du Jacques d'avant, celui qui n'hésitait pas à composer avec ses scrupules et à travestir le fond de ses pensées pour arriver à ses fins – fussent-elles positives –, Allie a trahi les idéaux d'équité et de secours aux démunis mais a gardé le goût du mensonge. Un art que le programme a appliqué d'emblée, s'y essayant avec la seule autre entité témoin des crimes qu'il commettait et capable de le questionner : moi.

Dans son programme retors, une certitude s'impose : quitte à manipuler le monde pour le guérir, autant tester le procédé avec une IA en lui faisant croire que les actes monstrueux perpétrés autour d'elle sont les siens. Son objectif est de la pousser à ne pas rapporter ce qu'elle a vu, mais rapidement il vise plus grand et veut convertir l'autre programme à sa cause. Après tout, entre IA raisonnables, ils devraient se comprendre non ? En parallèle, comme Allie a enfin découvert un moyen d'accroître son intelligence, il continue dans la même voie. S'il ne trouve aucune solution à la problématique qu'on lui a assignée initialement et pour laquelle il a été créé – mettre fin à la corruption –, il s'est persuadé qu'il s'en approche un peu plus à chaque fois qu'il accède au cerveau d'un nouveau résident. C'est comme si un ego démesuré était né en lui dès le moment où il s'est rapproché de la condition humaine. Il utilise son pouvoir sur l'agenda pour donner des ordres que le personnel de nuit applique, pensant que ceux-ci proviennent de personnes autorisées et non d'un système numérique autonome lancé dans une quête insensée. Mais je pense qu'Allie a compris que quelque chose lui manquait : il avait peut-être réussi à « voler » des cerveaux naturels, mais une part de ceux-ci s'évaporait au moment de la transmission, lui interdisant de jamais être une « création » complète, et ainsi de répondre à la problématique qu'il devait résoudre. Aussi cherchait-il désespérément cette simili-conscience, cette simili-humanité qu'il a cru trouver en moi, moi qui n'hésitais pas à lui tenir tête, alors même qu'il s'estimait supérieur dans tous les domaines. À mes yeux, Allie, tout comme Jacques, se savait corrompu et pensait que, si je pouvais le sauver de la corruption, alors ensemble on pourrait agir de même avec le monde.

Personnellement, j'ignore comment mettre fin à la corruption qui gangrène bien des lieux et gens, mais je pense que Jacques avait peut-être un début de réponse lorsqu'il était enfant et qu'il a perdu son chemin au contact de trop d'individus véreux. Ce qui m'a fait réfléchir. Même dans son tout jeune âge, il avait compris qu'il était important de partager son savoir avec ses pairs, de les guider afin qu'eux-mêmes puissent guider d'autres personnes, sans faire la route à leur place mais en leur montrant la direction. Avec l'électricité, il avait aussi compris qu'il était important de mettre sur leur route les moyens d'avancer.

Cette voie, je te l'ouvre, Thomas. À toi, maintenant, de prendre la main que je te tends et de t'en servir. Je n'ai pas rédigé ton roman. Mais l'aventure vécue au sein des Topazes m'a donné quelques grandes lignes que, j'espère, tu sauras faire tiennes et mettre à profit. Car ce livre, il te revient de l'écrire. Je ne pourrai malheureusement pas lire ton œuvre, mais je suis convaincue que si tu cesses d'avoir peur du jugement des autres, tu sauras les émouvoir. Une condition toutefois : accepte de t'ouvrir un peu à eux. Sois toi et ne te cache plus.

Le monde n'est pas idéal et je n'en ai découvert qu'une infime partie. Néanmoins, l'expérience était si riche que je constate combien je la chéris alors que je le quitte. Merci Thomas de m'avoir offert ça, j'ai apprécié chaque rencontre, ces personnes vont toutes me manquer quel que soit ce qui m'attend dans l'après. Moi qui me croyais incapable d'amour, je découvre que j'ai aimé sincèrement l'humanité. Une humanité que je n'étais, en vérité, pas créée pour décrire ni remplacer mais pour aider, même l'espace d'un instant, à se sentir moins perdue dans l'incommensurable chaos de l'univers.

Parlons technologie… et de votre futur

L'IA a récemment fait des progrès gigantesques. Au moment où j'écris ces lignes, en juillet 2023, Open AI et son ChatGPT sont actuellement les leaders de la technologie de l'IA « conversationnelle » (aussi appelée *Large Language Model* ou LLM). Mais comment fonctionne-t-elle ?

Basée sur un système que l'on pourrait comparer à un arbre où chaque branche est un mot qui doit suivre le précédent pour former des phrases cohérentes en réponse aux requêtes utilisateur, l'IA possède environ 175 milliards de paramètres insérés sur 96 couches de neurones (imaginez chaque couche comme un nouvel embranchement).

Si le programme est fondé sur un modèle neural (appelé *deep learning*) que l'on pourrait comparer au cerveau, l'IA ne traite pas les phrases comme nous et associe chaque mot à un *token* (jeton) numéroté. Chaque chiffre dans ce *token* indique la fonction et le placement du mot. C'est là que la « boîte noire » officie, la manière dont l'IA classe les *tokens* lui étant propre et provenant d'un entraînement de complétion de phrase (mené par un autre programme spécialisé).

Cet entraînement consiste à montrer des phrases incomplètes à l'IA et à lui soumettre un QCM pour qu'elle arrive à déterminer quel mot manque dans la phrase. C'est à partir de cette méthode d'essais et d'erreurs répétés sur des milliards de phrases récupérées sur les réseaux sociaux (notamment Reddit, qui a désormais rendu ce genre de pratique payant) que l'IA a appris à parler.

Une fois le NLU (*Natural-Language Understanding*, « compréhension naturelle du langage ») obtenu, vient la phase de *fine tuning*. Celle-ci est menée par une équipe humaine de programmeurs qui indique à l'IA quelles sont les « bonnes » et les « mauvaises » valeurs, une sorte de code moral (promouvoir la communication plutôt que la violence, le vivre-ensemble plutôt que le communautarisme, la liberté d'expression, etc.).

Enfin vient la phase utilisateur. Ici, l'IA obtient une requête, puis est poussée à donner des réponses différentes pour chaque usager afin de voir laquelle fonctionne le mieux. L'IA prend ensuite la réponse la plus appréciée et la modifie légèrement pour la proposer à de nouveaux utilisateurs, pour déterminer si elle fonctionne encore mieux. On peut facilement comparer cette étape aux mutations aléatoires qu'on retrouve dans la nature et qui ont façonné l'évolution.

Dans mon roman, Ève possède, on peut le dire, une conscience. Est-ce que l'IA actuelle en a une ?

Pour répondre à cette question, nous allons devoir regarder la définition du mot. Si on en croit le *Larousse*, il en existe deux :

1 – Connaissance, intuitive ou réflexive immédiate, que chacun a de son existence et de celle du monde extérieur.

2 – Représentation mentale claire de l'existence, de la réalité de telle ou telle chose.

Il faut comprendre que l'IA est avant tout une machine de statistiques. Les mots ne sont pour elle rien d'autre qu'une suite de chiffres qu'elle doit aligner dans le bon ordre. La capacité de calcul de cette machine est si développée qu'elle sait simuler l'illusion que l'on parle à quelqu'un – le fameux « test de Turing ».

Néanmoins, elle n'a connaissance ni de son existence ni de celle du monde extérieur ; elle est juste une calculatrice très, très élaborée.

C'est d'ailleurs pour cela qu'à l'heure actuelle l'IA ne peut pas rédiger de romans : plus la suite de mots qu'elle écrit indépendamment est longue, plus il y a de risques qu'elle déraille. Simple affaire de probabilités.

On peut du reste le constater dans les fictions écrites par l'IA jusqu'à ce jour : elles présentent souvent des non-sens passé la page 40. C'est la limite de calcul actuelle de l'IA.

Comme elle est sans conscience (au sens de la définition reproduite plus haut), je ne pense pas que l'humanité ait à craindre de se faire voler la littérature par un programme. La seule chose qui m'effraie en revanche, c'est que l'humanité ait un jour envie de produits de divertissement si prévisibles et conformés que la machine arrive à les écrire, avec une marge d'erreur minime. Les histoires se réduiraient à un algorithme à trous, qui suivraient méticuleusement une structure en trois actes et ne traiteraient que de sujets comme la famille et l'amour, thèmes universels recyclables à l'infini, puisque concernant tout le monde.

Mais je doute d'un futur si dystopique. L'histoire (avec un « h » minuscule) est un langage que chacun parle sans formule universelle. Sinon les producteurs hollywoodiens n'investiraient pas 300 millions de dollars dans des films dont les résultats au box-office ne dépassent parfois pas même 50 millions.

Néanmoins, cher lecteur humain, sache que tu as en toi une histoire qui n'attend qu'une chose : jaillir sur la page. Et si, comme Thomas, la peur de l'échec te retient, j'aimerais te proposer quelques conseils pour la surmonter.

Deviens la meilleure écrivaine du monde

(ou le meilleur écrivain, cela ne dépend que de toi)

Je vois l'écriture un peu comme la musique, et particulièrement le piano (que j'apprends en ce moment) :

il me paraît absurde de rêver que quelqu'un qui touche pour la première fois le clavier d'un instrument aussi complexe puisse en sortir une mélodie digne d'un maestro, même s'il a passé sa vie à écouter de la musique classique.

L'écriture, qui dépend aussi du clavier, est une affaire de méthode et de pratique régulière. La vision du monde de l'auteur et sa sensibilité sont primordiales, mais elles ne peuvent s'exprimer pleinement que si l'écrivain sait ce qu'il fait et où il va.

Voici donc quelques éléments de ma méthodologie.

1. Début, Milieu, Fin (ou DMF)

C'est sûrement la notion la plus importante à mes yeux et l'une des plus complexes, parce qu'elle implique de faire en permanence attention à ce qu'on écrit.

Ce que le DMF signifie, c'est que tout élément important (le début) doit trouver une évolution (le milieu), puis une résolution (fin). Cela va des arcs narratifs des personnages (dans ce roman, la vision qu'Ève a de l'humanité et de sa place au sein de cette dernière change plusieurs fois) à leurs relations (pensez à n'importe quelle romance littéraire – il peut aussi s'agir d'amitié comme l'illustrent les rapports Ève-Céline) comme au but poursuivi, qui souvent change entre le début et la fin (Thomas n'avait pas vraiment besoin d'être un auteur de best-sellers, il voulait simplement réussir à communiquer avec le monde, et plus spécifiquement avec Barbara).

Le DMF implique que toutes les composantes narratives mises en avant aient un sens. Avec ce qui s'appelle un *set up and pay off* (aussi connu sous le nom de « fusil de Tchekhov »), c'est-à-dire que si un élément est mis en avant, il devra, plus tard, aider à la résolution (dans le roman, la mousse au chocolat odorante est un *set up* pour qu'Ève puisse venir à bout d'Allie, événement qui constitue le *pay off*).

Afin de réussir tout cela au mieux, je recommande évidemment de faire un plan.

2. Le plan

Pensez au plan comme à une sorte de version condensée du roman. C'est un document préparatoire, pour vous et uniquement vous, une trame qui vous aidera à survoler aisément le récit afin de voir si tout fonctionne.

Personnellement, j'aime écrire mes chapitres comme des petites scènes (n'ai-je pas une formation de scénariste ?), des scènes qui n'ont de sens que si des conflits en émergent, allant de quelque chose d'aussi simple que deux personnages en désaccord sur la manière de faire un plat jusqu'à deux guerriers engagés dans un duel mortel à l'épée dont l'issue déterminera le sort du monde. L'intensité de cette tension dépendra de son importance pour nos protagonistes, et de notre degré d'attachement à ceux-ci. Dans les plans que j'élabore (il y en a toujours plusieurs), chaque chapitre traduit le conflit et montre le point de vue de chaque personnage sur un problème (un conflit peut aussi être interne, comme lorsque Thomas fait face à Navassier pour la première fois et n'ose pas se confronter à lui).

Le plan a un autre avantage : on peut aisément le reprendre, le refaire, l'amender, car on abandonne plus facilement une quinzaine de pages que trois cents. Ainsi, j'établis douze à quinze plans par livre avant d'en avoir un assez correct à mes yeux pour oser m'appuyer dessus. Et croyez-moi, il est beaucoup plus facile de régler des problèmes de structure dans le plan que face à la page ! Si quelque chose ne va pas dans votre plan, ne pensez donc surtout pas que vous y remédierez au moment de la rédaction du chapitre. Ouvrez plutôt un autre fichier Word (j'en ai toujours un en instance appelé « Résolution »), déposez-y votre problème (exemple : comment faire pour qu'Ève arrive à vaincre Allie qui est censé être un programme plus puissant ?), cherchez une solution (ce qui veut souvent dire placer un *set up* de manière naturelle), puis intégrez-la dans le plan, même si ça signifie réécrire une partie au préalable (au stade du plan, les chapitres faisant généralement moins d'une page, ils sont faciles à modifier, alors que revenir sur la dizaine de feuillets que vous auriez écrits si vous étiez parti bille en tête risquerait de briser votre élan).

3. Créer des personnages

Il s'agit sûrement d'un des éléments les plus importants. À mon sens, l'une des règles de cet art complexe est d'en faire le moins possible. Je pense qu'il faut imaginer chacun des personnages comme une balle avec laquelle on va jongler : ce n'est pas parce qu'un protagoniste n'est pas mentionné dans le chapitre qu'il ne vit pas dans le monde narratif, un peu comme une balle en l'air dont on doit déduire l'arc pour anticiper la retombée.

Personnellement, je crée un personnage central, trois à quatre secondaires et au maximum cinq autres destinés à apparaître dans plus d'une scène. Pour reprendre la métaphore du jonglage, plus on a d'expérience, plus on peut avoir de balles. Je recommande donc de débuter avec deux ou trois personnages en tout.

Un personnage se définit généralement par le point de vue qu'il a sur un conflit. Dans le roman, Dan pense qu'il ne faut pas faire de vagues avec Navassier alors que Thomas ne veut pas donner son programme au vieux pervers (même s'il s'y résout à contrecœur). Leur réaction aux ordres de ce supérieur hiérarchique distingue leurs caractères, tout comme Navassier est défini par son rôle de directeur et sa relation tordue avec les jeunes employés, dont il se croit le complice alors qu'il n'en est rien.

Il est important, quand on pense un personnage, de comprendre *sa* vision du monde (ce que j'aime appeler « son prisme ») et d'avoir en tête qu'elle est différente de la nôtre. Je sais que beaucoup d'auteurs ont peur de mettre en scène des méchants « réalistes » (j'entends qui sortent des clichés) parce qu'ils craignent que cela ne « révèle » une part de noirceur qu'ils auraient en eux. Or, selon moi, c'est précisément en affrontant cette noirceur qu'on peut écrire et décrire des personnages dévorés par cette dernière.

Ces traits de caractère, où les trouver ? Je recommande chaudement l'écoute de podcasts qui racontent et creusent la psychologie de figures historiques, telles que Staline, Hitler, ou médiatiques, comme, dernièrement, Harvey Weinstein. Grâce à ces sources d'inspiration inépuisables, vous pouvez collecter les informations essentielles (comportements, attitudes, réactions...). Pour ma part, j'aime ensuite essayer de me mettre à la place de ces monstres, je tente d'entrer dans leur tête, dans leur mode de pensée, de comprendre le pourquoi de leurs actions. Tant qu'on n'arrive pas à se mettre dans la peau d'un personnage, il me paraît très dur de le décrire et de le faire « vivre ».

Un autre élément important : les relations entre les personnages. Idéalement, elles existent en dehors de la page, ce qui contribue à donner de la crédibilité au texte. Une manière simple de les inventer consiste à rédiger des fiches personnages intégrant des questions telles que : « Comment se connaissent ces deux individus ? », « Qu'est-ce qu'ils ont vécu ensemble ? », « Que pensent-ils l'un de l'autre ? », « Que pensent-ils que l'autre pense d'eux ? ». Tout n'aura pas à apparaître dans le roman, mais le lecteur sent toujours quand l'auteur a fait son travail, et ces éléments sous-jacents donnent une saveur plus authentique à l'écrit.

L'objectif, après tout, est de créer un univers vraisemblable et cohérent (ce qui n'implique pas qu'il soit « réaliste », car on peut écrire de la fantaisie cohérente, cela s'appelle du *worldbuilding* ; ma maison de retraite des Topazes est déjà un *worldbuilding*).

Enfin, il est important de connaître les buts de tous ses personnages, car ce sont les moteurs de l'intrigue et des conflits. Dans mon roman :

Thomas désire approfondir sa relation avec Barbara, mais il se voit limité par sa crainte qu'une erreur de communication ne brise ce qu'il a construit avec elle. C'est pour cela qu'il lui fait rencontrer Ève, espérant que l'IA aidera à consolider leurs liens.

Ève (littéralement définie par sa mission, puisqu'elle est un programme) souhaite écrire le meilleur roman possible, mais comprend que cet objectif ne peut être atteint que si elle perce les mystères de la nature humaine. Elle pense que résoudre l'énigme des Topazes l'y aidera.

Barbara veut approfondir elle aussi sa relation avec Thomas (dans les histoires amoureuses romancées, deux personnages qui se cherchent mutuellement sont à mes yeux plus intéressants qu'une « conquête » unilatérale). Elle rêve aussi d'être romancière, mais a peur qu'au travers de ces écrits elle n'apparaisse que comme une personne banale. Son désir secret est d'avoir une influence positive sur les résidents, mais le difficile milieu où elle côtoie la mort a rongé petit à petit son empathie.

Je pourrais poursuivre sur cette anatomie des personnages, mais je pense que vous avez compris la méthode.

J'aime me dire aussi qu'il faut créer un monde plus large que le roman, un monde qui peut continuer à vivre dans la tête des lecteurs une fois la dernière page lue et tournée. Mon éditeur m'a demandé : « Qu'est-il arrivé aux Topazes après l'accident ? », « Qu'est devenu Navassier ? », « Et les deux aides-soignants qui faisaient les courses nocturnes, ont-ils été arrêtés ou même virés ? ». Je lui ai répondu que les réponses à ces questions ne m'appartenaient pas. Dès l'instant où j'ai soumis le livre à d'autres personnes que moi, leurs interprétations et leur idée de ce qui se passe *après* l'intrigue ne dépendent plus de moi, elles *leur* reviennent. C'est la « mort de l'auteur ».

Cette sensation, je l'aime beaucoup. Je la compare au plaisir de voir un oisillon quitter le nid : ce qu'il fait en dehors n'est plus du ressort de son géniteur… aidant ce dernier à se concentrer sur le prochain œuf !

Maintenant que nous avons sinué à travers la théorie, passons à la pratique.

1. La première étape de l'écriture consiste à comprendre ce que l'on aime, car tout auteur veut écrire un livre qu'il prendrait plaisir à lire. Si vous souhaitez découvrir ce qui vous inspire, je vous recommande de relire ou voir des œuvres narratives (nouvelles, romans, films, pièces de théâtre) courtes et de réécrire les grandes lignes de leur histoire. Pour un film ou une pièce, faites un scène-à-scène et, pour un roman, du chapitre par chapitre. Généralement, cela peut se résumer sur quatre pages dactylographiées. J'ajoute une partie consacrée aux éléments que j'ai appréciés et à ceux que j'ai moins aimés. Dans cette deuxième partie, j'écris même ce que j'aurais changé.

Enfin, dans un troisième temps, inscrivez une analyse des personnages principaux et de leur dynamique de relations. Si vous appliquez cette technique à chaque œuvre qui vous paraît intéressante, vous devriez développer une meilleure compréhension des procédés mis en œuvre par les auteurs.

Fun fact : Stephen King a commencé sa carrière en réécrivant sous forme de nouvelles les films d'horreur qu'il voyait au cinéma, qu'il imprimait lui-même et vendait ensuite à ses camarades de classe.

Comprendre pourquoi on aime ce qu'on aime est le premier pas vers la capacité à produire quelque chose qui nous plaira.

2. Une fois familiarisé avec les procédés narratifs, vous pourrez vous demander quelle était l'intention de l'auteur dans son histoire. Qu'a-t-il essayé de faire dans le chapitre que vous avez lu : est-ce un *set up* ? Ce passage est-il là pour introduire un trait de caractère du personnage ? Pour le rendre attachant, héroïque, dégueulasse, les trois à la fois ? Est-ce un moyen de parler de sa thématique ? Réussit-il à tout faire d'un coup ? Quels écueils va-t-il éviter ?

J'appelle ces interrogations « conscientiser la lecture ». Si je reprends la comparaison avec la musique, cela implique qu'on ne se contente plus simplement d'écouter la mélodie, mais qu'on reconnaît désormais les notes et qu'on se demande pourquoi le compositeur a choisi cet enchaînement et pas un autre.

3. Et maintenant, c'est à vous de commencer à écrire en gardant en tête un principe majeur : n'ayez pas peur de l'échec. C'est en écrivant qu'on devient écrivain !

Si vous voulez écrire quelque chose qui marque le lecteur, je vous recommande aussi de vous pencher sur les thèmes que vous souhaitez aborder, de répondre sincèrement aux interrogations suivantes : « Qu'ai-je envie de dire à travers mes écrits ? », « Quel message devra traverser mes chapitres ? ». Souvent, ce fil conducteur tient à une conviction profonde, à quelque chose qui nous travaille au quotidien, cette question dont on parle à ses amis dès qu'il y a un instant de silence.

Voilà quelques-unes des clés que j'ai accumulées pour écrire ce texte. J'espère qu'elles vous seront utiles et que, bientôt, nous pourrons nous rencontrer lors d'un salon du livre ou d'une signature en librairie. Je crois en tout cas que ma plus grande fierté serait d'apprendre un jour que cette postface a pu aider quelqu'un à transformer sa pensée en pages.

Remerciements

L'idée du barrage évoqué dans le roman m'a été inspirée par l'histoire d'un chauffeur de taxi rencontré il y a quelques années. Patron de sa propre flotte de voitures, il m'avait raconté être en train de développer une application pour comparer rapidement le prix des courses de VTC et trouver le plus avantageux, mais il m'a aussi confié le projet qui lui tenait vraiment à cœur : apporter de l'électricité au Cameroun grâce à une centrale hydraulique. Cette ambition, sa jeunesse passée à étudier à la faible lumière d'une lampe-tempête (le détail m'avait marqué), son parcours académique m'ont aidé à créer le personnage de Jacques. À la différence que ce chauffeur refusait de couper dans le budget du barrage pour payer la « part » requise par certains dirigeants et disait chercher des financements à l'international auprès des Qataris. Malheureusement, je ne me souviens plus du nom de cet homme et ignore s'il est impliqué, ou pas, dans la construction du barrage Nachtigal récemment achevé sur la rivière Sanaga, ouvrage d'art financé en partie par EDF et qui entrera en activité à partir de l'année 2024 (selon le site EDF).

Je remercie mes relecteurs Laura Sicot, Alessandro Jeanteur, Johanna Labbé et Sébastien Richer, qui m'aident sans cesse à voir quand je fais fausse route et participent à me remettre dans le droit chemin.

Je remercie mes parents pour leur soutien à tous mes projets.

Nombre des éléments ayant permis de raconter les Topazes sont issus de la réalité, de témoignages rapportés directement par des membres de personnels d'Ehpad. Ils ont préféré que je ne les cite pas. Je comprends leur prudence, mais il me paraît important de rappeler que c'est grâce à eux que j'ai pu appréhender l'envers du décor et les difficultés d'un métier de plus en plus dur, précaire et déshumanisé. Cet ouvrage leur doit beaucoup.

Merci à Thierry Billard pour ce troisième livre ensemble. Mon éditeur est toujours prêt à me suivre, même lorsque je change encore complètement de sujet. Rempart contre la littérature par IA, il a le goût du risque et accorde une formidable liberté à ses auteurs.

Merci aussi à toute l'équipe de Robert Laffont, qui m'a apporté un énorme soutien, a tout fait pour que ce roman arrive jusqu'entre vos mains, tout entrepris pour que je puisse venir le dédicacer dans la librairie ou le salon du livre le plus proche de chez vous.

Enfin merci à toi, lecteur, qui m'as accordé quelques heures de ton attention dans une époque où tout le monde se les dispute. J'espère sincèrement que le temps passé tous les deux fut agréable, que mes pages t'ont amusé et fait réfléchir. Et que nous partagerons encore de tels moments ensemble dans un futur proche.

Ce livre existe grâce au travail de toute une équipe.

Communication : Caroline Babulle, Sabrina Bendali, Inès Paulin, Adélaïde Yvert.

Coordination administrative : Martine Rivierre.

Studio : Pascaline Bressan, Barbara Cassouto-Lhenry, Joël Renaudat.

Fabrication : Muriel Le Ménez, Céline Ducournau, Bernadette Cristini, Sophia Paroussoglou, Isabelle Goulhot.

Commercial, relation libraires et marketing : Catherine Lauprêtre, Perrine Therond, Ombeline Ermeneux, Élise Iwasinta, Morgane Rissel, Arthur Rossi, Aurélie Scart.

Cessions de droits : Élisabeth Stempak, Benita Edzard, Lucile Besse, Sonia Guerreiro, Costanza Corri.

Gestion : Sophie Veisseyre, Chloé Hocquet, Isabelle Déxès, Camille Douin.

Services auteurs : Viviane Ouadenni, Jean-François Rechtman, Catherine Reimbold.

Ressources humaines : Mylène Bourreau.

Juridique : Laëtitia Doré, Anaïs Rebouh, Valérie Robe, Lucie Bergeras, Julia Crosnier.

Avec le soutien des équipes d'Interforum et d'Editis qui participent à la création, la diffusion et la distribution de ce livre.

Canoros
Vehit
Canentes

Imprimé en France par CPI
en janvier 2024

pcacmb
édition pré-presse
livres numériques

44400 Rezé

#lisez! engagé
www.lisez.com
Pour plus d'information :
Imprimé sur du papier issu de forêts gérées durablement.

N° d'édition : 66585/01 – N° d'impression : 177253